KB105646

톨스토이 단편선

톨스토이 단편선

초판 1쇄 인쇄 | 2005. 12. 19
2판 37쇄 발행 | 2024. 1. 18

지은이 | L. N. 톨스토이
옮긴이 | 권희정 김은경
일러스트 | 이일선
펴낸이 | 박옥희
펴낸곳 | 도서출판 인디북

등록일자 | 2000. 6. 22
등록번호 | 제 10-1993호
주소 | 서울특별시 마포구 신수로 25-12 (현석동) 1층
전화 | 02)3273-6895
팩스 | 02)3273-6897
E-mail | indebook@hanmail.net

ISBN 978-89-5856-076-0   978-89-5856-075-3(세트)   04890

classic Letter Book

톨스토이
단편선

L. N. 톨스토이 지음

권희정 · 김은경 옮김 | 이일선 그림

인디북

차례

사람은 무엇으로 사는가

우리는 우리의 형제들을 사랑하기 때문에 이미 죽음을 벗어나서 생명의 나라에 들어와 있는 것이 분명합니다. 사랑하지 않는 사람은 죽음 속에 그대로 머물러 있는 것입니다.

「요한 I 서」 제3장 14절

누구든지 세상의 재물을 가지고 있으면서 자기의 형제가 궁핍한 것을 보고도 마음의 문을 닫고 그를 동정하지 않는다면 어떻게 그에게 하느님을 사랑하는 마음이 있다고 하겠습니까? 사랑하는 자녀들이여, 우리는 말로나 혀끝으로 사랑하지 말고 행동으로 진실하게 사랑합시다.

「요한 I 서」 제3장 17~18절

사랑하는 여러분에게 당부합니다. 우리는 서로 사랑합시다. 사랑은 하느님께로부터 오는 것입니다. 사랑하는 사람은 누구나 하느님께로부터 났으며 하느님을 압니다. 사랑하지 않는 사람은 하느님을 알지 못합니다. 하느님은 사랑이시기 때문입니다.

「요한 I 서」 제4장 7~8절

아직까지 하느님을 본 사람은 없습니다. 그러나 우리가 서로 사랑한다면 하느님께서는 우리 안에 계시고 또 하느님의 사랑이 우리 안에서 이미 완성되어 있는 것입니다.

「요한 1서」 제4장 12절

우리는 하느님께서 우리에게 베푸시는 사랑을 알고 또 믿습니다. 하느님은 사랑이십니다. 사랑 안에 있는 사람은 하느님 안에 있으며 하느님께서는 그 사람 안에 계십니다.

「요한 1서」 제4장 16절

하느님을 사랑한다고 하면서 자기의 형제를 미워하는 사람은 거짓말쟁이입니다. 눈에 보이는 형제를 사랑하지 않는 자가 어떻게 보이지 않는 하느님을 사랑할 수 있겠습니까?

「요한 1서」 제4장 20절

시몬이라는 구두 수선공은 자신의 집도 땅도 없었고, 아내와 아이들을 데리고 농부의 오두막집에 살면서 구두를 만들고 고치는 일로 살아가고 있었다. 그런데 품값은 쌌지만 빵은 비쌌기 때문에 시몬이 번 돈은 먹을 것을 사는 데 다 쓰였다. 시몬과 그의 아내는 겨울옷으로 양가죽 외투가 단

한 벌 있었는데 그마저도 다 낡고 해졌으며, 시
몬은 벌써 두 해째 새 양가죽 외투를 장만해야
겠다고 생각하고 있었다. 겨울이 오기 전 시몬
은 돈을 조금 모았다. 3루블 지폐는 아내의 장롱 속에 숨겨
져 있었고, 마을 사람들에게 빌려 준 돈이 5루블 20코페이
카쯤 있었다.

그래서 어느 날 아침 시몬은 양가죽 외투를 사기 위해 마
을에 갈 채비를 했다. 시몬은 윗옷 위에 솜을 넣은 아내의 무
명 웃옷을 입고, 그 위에 자신의 천 외투를 걸쳤다. 3루블 지
폐는 호주머니에 넣고, 나뭇가지를 잘라 지팡이로 삼은 뒤
점심을 먹고 출발했다.

'빌려 주었던 5루블을 받아서 이 3루블과 합하면 겨울에
입는 양가죽 외투를 충분히 살 수 있겠지.' 시몬은 생각했다.

시몬은 마을에 도착해서 한 농부의 오두막집을 방문했지
만, 농부는 집에 없었다. 농부의 아내는 다음 주에 돈을 갚겠
다고 약속했을 뿐 돈을 갚지 않았다. 또 다른 농부를 찾아갔
다. 그 농부는 돈이 한 푼도 없다고 맹세하면서 시몬이 수선
해 준 구두 고친 값 20코페이카만 줄 뿐이었다. 시몬은 하는
수 없이 외상으로 양가죽 외투를 사려고 했지만, 상인은 시
몬을 믿으려 하지 않았다.

"우선 돈을 가져오시오. 그럼 원하는 가죽을 고를 수 있을
거요. 외상값을 받아 내기가 얼마나 어려운지 잘 알지 않소?"

결국 시몬이 한 일은 구두를 수선했던 값으로 20코페이카를 받고, 한 농부가 가죽 창을 갈아 달라고 맡긴 펠트 장화 한 켤레를 받았을 뿐이었다.

마음이 몹시 상한 시몬은 20코페이카로 몽땅 보드카를 사마신 다음 양가죽 외투도 사지 못한 채 집으로 향했다. 아침에는 몸이 얼어붙을 듯이 추웠지만 보드카를 마신 지금은 양가죽 외투를 입지 않았는데도 따뜻했다. 시몬은 지팡이를 쥔 손으로 언 땅을 두드리며 또 다른 손으로 펠트 장화를 흔들면서 터벅터벅 걸어갔다. 그리고 혼자 중얼거렸다.

"양가죽 외투를 입지 않았지만 정말 따뜻해. 술을 한잔 걸쳤더니 그 술이 내 온 혈관을 따라 흐르는군. 그래 양가죽 외투 따윈 필요 없어. 그럭저럭 살고 있고 아무것도 걱정하지 않아. 그게 바로 나라는 사람이지! 뭘 근심해? 난 양가죽 외투가 없어도 살 수 있어. 필요하지 않아. 물론 아내는 안달할 거야. 그래도 분명 온종일 일하고도 돈을 받지 못하는 건 한심한 일이야. 아! 만약 그 돈을 가져오지 않으면 정말이지 빼앗아 버리고 말겠어. 도대체 20코페이카로 내가 뭘 할 수 있지? 한잔 걸치는 게 고작이야! 너희들은 돈이 없어 쩔쩔맨다고 말하지! 그래, 그럴지도 몰라. 하지만 난 어떻지? 너희들은 집도 있고, 소도 있고, 모든 걸 가졌어. 난 이렇게 입고 있는 게 전부야! 당신은 곡물을 재배해서 먹지만, 난 모든 곡식을 사야 해. 난 매주 빵을 사는 데만 3루블을 써야 해. 이제 집에 돌아가면 빵도 떨어졌을 테고, 그러면 또 일 루블 50코페이카를 써야 해. 그러니까 제발 변명 같은 거 하지 말고 내게 진 빚을 갚아!"

이제 시몬은 길모퉁이에 있는 교회에 거의 이르게 되었다. 그런데 교회 뒤에서 뭔가 희끄무레한 것이 보였다. 햇빛이 희미해지고 있어서 시몬은 그게 무엇인지 알 수 없었다. 그는 물끄러미 쳐다보았다. '전에는 흰 돌이 없었는데. 소인가? 소처럼 보이지는 않아. 머리가 사람 같지만, 너무 하얗잖아. 게다가 사람이 저런 곳에서 뭘 할 수 있겠어?'

시몬은 가까이 다가갔고, 그러자 뚜렷이 보이기 시작했다. 놀랍게도 정말로 사람이었고, 살았는지 죽었는지 벌거숭이로 앉아서 아무런 움직임 없이 교회에 기대어 있었다. 시몬은 공포에 사로잡혔다.

'누군가 이 사람을 죽이고 발가벗긴 후, 저곳에 버렸을 거야. 쓸데없이 참견했다간 나중에 무슨 변을 당할지 모르는 일이야.'

시몬은 계속 걸었다. 그 남자가 보이지 않도록 교회 앞으로 지나갔다. 그렇게 얼마간 걸어가다가 뒤를 돌아봤을 때 그 남자가 더 이상 교회에 기대어 있지 않고 움직이는 것을 발견했다. 마치 자신을 바라보고 있는 것 같았다. 시몬은 더 큰 두려움에 휩싸였다.

'저 남자에게 돌아가야 할까, 아니면 그냥 가

야 할까? 가까이 가면 뭔가 무서운 일이 일어날지도 몰라. 저 남자가 어떤 사람인지 누가 알겠어? 좋은 일로 여기에 온 건 아닐 거야. 내가 다가가면 벌떡 일어나서 내 목을 조를지도 몰라. 그럼 난 꼼짝없이 당해야 해. 설령 그렇지 않다고 해도 저 남자는 짐밖에 되지 않아. 벌거숭이 남자에게 내가 뭘 할 수 있겠어? 내 마지막 옷을 줄 수는 없어. 신만이 날 이곳에서 벗어나게 도와주실 거야!'

시몬은 교회를 뒤로하고 걸음을 재촉했다. 하지만 갑자기 양심의 가책을 느끼며 길에 멈춰 섰다.

"시몬, 지금 뭐 하고 있는 거야?"

시몬이 스스로에게 말했다.

"저 남자는 도움을 받지 못해서 죽어 가고 있는지도 몰라. 그런데 넌 두려움에 슬그머니 지나쳤어. 네가 강도를 두려워할 만큼 부자야? 아, 시몬. 부끄러운 줄 알아!"

그렇게 시몬은 뒤돌아섰고 남자를 향해 걸어갔다.

시몬은 그 낯선 사람에게 다가가 자세히 살펴보았다. 그가 몸에 아무 상처도 없는 건강한 젊은이라는 것과 다만 몹시 추위에 떨면서 두려움에 차 있다는 걸 알게 되었다. 젊은이는 눈을 치켜뜰 힘도 없는 것처럼 시몬을 쳐다보지도 않았고, 몸을 뒤로 젖힌 채 그곳에 앉아 있었다. 시몬은 좀 더 가까이 다가갔고, 남자는 깨어 있는 것처럼 보였다. 남자가 고개를 돌려 눈을 뜨고 시몬의 얼굴을 바라보았다. 그 한 번의 눈맞춤은 시몬으로 하여금 그 남자를 좋아하게 만들기에 충분했다. 시몬은 펠트 장화를 바닥에 던지고 띠를 풀어 장화 위에 놓은 뒤, 자신의 천 외투를 벗었다.

"지금은 이럴 때가 아니오. 자, 어서 이 외투를 입으시오!"

시몬은 남자의 팔꿈치를 잡고 일어나도록 도왔다. 남자가 자리에서 일어나자 시몬은 그의 몸이 깨끗하고 상태가 좋으며, 손발의 생김새가 아름답고, 얼굴이 선하다는 것을 알게 되었다. 시몬은 남자의 어깨에 자신의 외투를 걸쳐 주었지만, 남자는 소매를 찾지 못했다. 시몬이 그의 팔을 소매에 넣어 주었고, 외투로 그의 몸을 폭 감싼 다음 허리에 띠를 매 주었다.

심지어 시몬은 자신의 찢어진 모자를 벗어 그에게 씌웠다. 하지만 그렇게 하자 자신의 머리가 시렸다. '나는 머리가 거의 벗어졌지만 이 사람은 긴 곱슬머리야.' 시몬은 모자를 다시 썼다. '발에 뭔가를 신겨 주는 게 더 좋을 거야.'

시몬은 남자를 앉게 한 뒤, 펠트 장화를 신도록 도와주면

서 말했다.

"자, 이제 몸을 움직여서 따뜻하게 만들어요. 다른 문제는 나중에 해결하도록 하고. 걸을 수 있겠소?"

남자는 일어섰고 시몬을 다정하게 바라봤지만, 한마디도 하지 않았다.

"왜 말을 안 하시오? 여기에 있는 건 너무 추워요. 집에 가야 합니다. 여기 내 지팡이를 짚고, 힘들면 내게 기대요. 자, 발을 내딛어요!"

남자는 걷기 시작했고, 쉽게 움직였으며, 뒤로 처지지 않았다.

길을 따라 걸으면서 시몬이 물었다.

"어디에서 오셨소?"

"이곳에 살지 않습니다."

"그럴 거라 생각했소. 난 이 근방에 사는 사람들을 잘 알고 있으니까. 그런데 어쩌다가 교회 근처에 있게 된 거요?"

"말씀드릴 수 없습니다."

"누가 당신을 학대라도 했나요?"

"아무도 절 학대하지 않았습니다. 신이 벌하셨지요."

"물론 신이 모든 걸 다스리시죠. 하지만 당신은 먹을 것과 어딘가 쉴 곳을 찾아야 해요. 어디로 가고 싶소?"

"제겐 다 마찬가지입니다."

시몬은 깜짝 놀랐다. 남자는 악한처럼 보이지 않았고 부드럽게 말했지만, 자신에 대해서는 어떤 설명도 하지 않았다. 시몬이 속으로 생각했다. '세상에는 말 못할 사정도 있는 법이지.'

"그렇다면, 나와 함께 우리 집으로 갑시다. 적어도 잠시 몸을 녹일 수 있을 테니."

시몬이 낯선 남자에게 말했다.

그렇게 시몬은 자신의 집으로 향했고, 그 낯선 남자는 시몬을 따라 옆에서 걸어갔다. 바람이 세게 불었고 시몬은 옷 속을 파고드는 한기를 느꼈다. 이제 술기운이 가시고 있었고, 얼어붙을 듯한 추위를 느끼기 시작했다. 시몬은 코를 훌쩍거리며 솜을 넣은 아내의 웃옷으로 몸을 더욱 꼭 감싸면서 걸어갔다. 그리고 속으로 생각했다.

'아, 양가죽 외투! 양가죽 외투를 사러 나갔다가 입고 있던 외투마저 남에게 벗어 주고, 게다가 벌거벗은 남자를 데리고 집으로 가고 있어. 아내는 반기지 않을 거야!'

아내를 생각하자 시몬은 슬퍼졌다. 하지만 낯선 남자를 쳐다보고 그가 교회에서 자신을 올려다보았던 모습을 떠올리자 다시 기분이 좋아졌다.

3

시몬의 아내는 그날 일찌감치 모든 걸 준비했다. 나무를 자르고, 물을 길어 오고, 아이들을 먹이고, 자신도 식사를 마친 다음 자리에 앉아 생각에 잠겨 있었다. 마트료나는 언제 빵을 만들어야 할지 생각했다. '지금? 아니면 내일?' 아직 큰 빵 조각 하나가 남아 있었다. '남편이 마을에서 요기를 하고 오면 저녁을 많이 먹지 않을 거야. 그럼 저 빵으로 내일까지 충분할 테고.'

마트료나는 손으로 거듭 빵의 무게를 쟀다. '오늘은 더 이상 만들지 말아야지. 이제 한 번 더 빵을 구울 수 있는 밀가루밖에 남지 않았어. 그걸로 금요일까지 버틸 수 있을 거야.'

마트료나는 빵을 한쪽으로 치운 후 탁자에 앉아 남편의 윗옷을 기웠다. 그리고 바느질을 하는 동안 남편이 어떤 양가죽 외투를 사고 있을지 생각했다. '상인이 남편을 속이지 말아야 할 텐데. 내 착한 남편은 지나치게 성실하고 정직해서 아무도 속이지 못하지만, 어린 아이들조차도 남편을 속일 수 가 있거든. 8루블은 많은 돈이니까 그 값으로 좋은 외투를 사야 하는데. 무두질한 가죽은 아니더라도 적당한 겨울 외투로 말이야. 지난겨울엔 따

20

뜻한 외투가 없어서 정말이지 힘들었어. 강에도 갈 수가 없고, 어디에도 외출할 수가 없었지. 남편이 우리가 가진 모든 옷을 입고 나가면, 내가 입을 옷이 하나도 없었으니까. 아침 일찍 출발하진 않았지만, 이제 돌아올 때가 됐는데. 설마 술집으로 가진 않았겠지?'

마트료나가 그렇게 생각하자마자 문간에서 발소리가 들렸고, 누군가 들어왔다. 마트료나는 바느질을 멈추고 문간으로 나갔다. 그리고 두 남자를 보았다. 남편 시몬과 함께 모자를 쓰지 않고 펠트 장화를 신고 있는 남자가 서 있었다.

마트료나는 즉시 남편에게서 풍기는 알코올 냄새를 맡았다. '술을 마셨어.' 그리고 남편이 외투 없이 자신의 웃옷만을 입은 채, 꾸러미도 들지 않고 면목이 없는 듯 말 없이 서 있는 걸 보았다. 마트료나는 실망감에 화가 치밀기 시작했다. '그 돈으로 술을 마시고, 술집에 있던 아무짝에도 쓸모없는 남자를 집으로 데리고 온 거야.' 마트료나가 생각했다.

마트료나는 두 사람을 오두막집 안으로 들여보내고 뒤따라오면서, 그 낯선 남자가 젊고 홀쭉하며 남편의 외투를 입고 있다는 걸 알게 되었다. 외투 안으로는 어떤 옷도 보이지 않았고 모자도 없었다. 집 안에 들어온 뒤 그 남자는 움직이지도 않고 눈을 들지도 않은 채 서 있었다. 마트료나가 생각했다. '나쁜 사람이 틀림없어. 두려워하고 있잖아.'

마트료나는 눈살을 찌푸렸다. 그리고 화덕 옆에 서서 남편과 낯선 남자가 무엇을 하는지 지켜보았다.

시몬은 마치 아무 일도 없는 것처럼 모자를 벗고 의자에 앉았다.

"여보, 저녁이 준비됐으면 좀 내오구려."

마트료나는 혼자 중얼거리며 움직이지 않고, 화덕 옆에 그대로 있었다. 그리고 번갈아 두 사람을 쳐다보고는 고개를 젓기만 했다. 시몬은 아내가 화난 것을 알았지만 모르는 척했다. 그리고 아무것도 눈치 채지 못한 것처럼 낯선 남자의 팔을 잡아당겼다.

"앉으시오. 함께 저녁을 먹읍시다."

낯선 남자가 의자에 앉았다.

"여보, 우리를 위해 아무것도 안 만들었어요?"

시몬이 물었다.

마트료나는 화가 치밀어 올랐다.

"만들었지만, 당신 줄 건 없어요. 보아하니 술을 마시고 제정신이 아닌 것 같군요. 양가죽 외투를 사러 나간 사람이 입고 나간 외투마저 벗어 버리고, 저 벌거숭이 부랑자를 집에 데리고 들어왔으니 말이에요. 당신 같은 주정뱅이한테 줄 저녁은 없어요."

"그만해요, 마트료나. 잘 알지도 못하면서 함부로 말하지 말아요! 이 사람이 어떤 사람인지 먼저 묻는 게……."

"그 돈으로 대체 뭘 했는지 말해 봐요."

시몬은 웃옷 주머니를 뒤져서 3루블 지폐를 꺼낸 뒤, 펴 보였다.

"돈은 여기 있소. 트리포노프는 돈을 주지 않았지만, 곧 갚겠다고 약속했어요."

마트료나는 더욱 화가 났다. 남편은 양가죽 외투를 사지도 않았고, 자신의 하나밖에 없는 외투를 벌거벗은 남자에게 준데다 심지어 그를 집으로 데려왔다.

마트료나가 탁자에서 지폐를 획 집어 안전한 곳에 가져다 놓은 뒤 말했다.

"당신에게 줄 저녁은 없어요. 우린 세상에 있는 모든 벌거벗은 부랑자들을 먹일 수 없다고요."

"여보, 말조심해요. 우선 사람 말을 들어 봐야 할 것 아니오!"

"술 취한 바보에게서 참 많은 지혜를 듣겠군요. 처음부터 당신 같은 술고래와는 결혼하고 싶지 않았어요. 우리 어머니가 내게 주신 리넨도 술로 없애 버리더니, 이제 외투를 살 돈으로 술을 마셔요? 그것도 잔뜩 취할 만큼!"

시몬은 아내에게 20코페이카밖에 쓰지 않았으며, 그 남자를 어떻게 발견하게 됐는지 설명하려고 했지만, 마트료나는 한마디도 할 기회를 주지 않았다. 쉴 새 없이 지껄이면서 십

년 전의 일들까지 끄집어냈다.

그리고는 급기야 시몬에게 달려들어 소맷자락을 붙잡았다.

"내 옷 내놔요. 그건 내가 가진 유일한 웃옷이에요. 당신이
기어코 내게서 빼앗아 입었죠. 빨리 벗지 못해요? 그리고 악
마한테나 가 버려요."

시몬은 웃옷을 벗기 시작했고, 소매가 뒤집혀 벗겨졌다.
그때 마트료나가 옷을 잡아당기는 바람에 솔기가 터졌다. 마
트료나는 옷을 낚아채서 급히 입더니 문으로 걸어갔다. 밖으
로 나갈 생각이었지만, 결정을 하지 못하고 그 자리에 멈췄
다. 밖에 나가 화를 가라앉히고 싶었지만, 그 낯선 남자가 어
떤 사람인지도 알고 싶었다.

마트료나가 멈춰 서서 말했다.

"만일 저 사람이 좋은 사람이라면 벌거벗고 있지는 않았을
거예요. 어떻게 윗도리 하나 걸치지 않을 수 있죠? 만약 믿을
만한 사람이라면, 당신은 저 사람을 어디에서 만났는지 말했
을 거예요."

"내가 말하려고 하는 게 바로 그거예요."

시몬이 대답했다.

"교회에 다다르고 있을 때 저 남자가 실오라기 하나 걸치지 않고 꽁꽁 언 채 앉아 있는 걸 보았소. 이런 날씨에는 절대 벌거벗고 그렇게 앉아 있을 수가 없지! 신이 나를 저 남자에게 보내지 않았다면, 저 사람은 죽었을 거예요. 내가 어떻게 해야 했겠소? 저 남자에게 무슨 일이 일어났었는지 우린 모르잖아요. 그래서 저 남자에게 옷을 입히고, 여기에 데려온 거예요. 여보, 그렇게 화내지 말아요. 그건 죄를 짓는 거요. 우리 모두 언젠가 반드시 죽는다는 걸 기억하구려."

격한 말이 마트료나의 입술까지 솟았지만, 마트료나는 그 낯선 남자를 쳐다보고 침묵했다. 그는 의자 모서리에 앉아 두 손을 무릎 위에 포개고, 머리를 수그린 채 조금도 움직이지 않았다. 눈은 감겨 있었고, 괴로운 듯 미간이 주름져 있었다. 마트료나는 침묵했고, 시몬이 말했다.

"여보, 당신에겐 신의 사랑이 없어요?"

마트료나는 그 말을 듣고 낯선 남자를 바라보았다. 갑자기 그를 향한 마음이 누그러졌다. 마트료나는 문간에서 발길을 돌려 화덕이 있는 곳으로 갔고, 저녁을 내왔다. 탁자 위에 잔을 올려놓고 크바스(엿기름, 보리, 호밀 따위로 만든 러시아의 맥주 — 역주)를 따랐다. 그러고 나서 마지막 남은 빵을 꺼내고 칼과 숟가락을 놓았다.

"어서 드세요."

마트료나가 말했다.

시몬은 낯선 남자를 탁자로 끌었다.

"젊은이, 자리에 앉으시오."

시몬이 빵을 잘라 잘게 부순 뒤 수프에 넣었고, 두 사람은 먹기 시작했다. 마트료나는 탁자 귀퉁이에 앉아 손으로 턱을 괴고 낯선 남자를 쳐다보았다.

낯선 남자가 불쌍하게 생각되었고, 그리고 좋아지기 시작했다. 그러자 곧 남자의 얼굴이 환해졌다. 미간이 더 이상 주름져 있지 않았고, 그가 눈을 들어 마트료나를 보며 미소를 지었다.

저녁 식사가 끝나자 마트료나가 탁자를 치우고 나서 낯선 남자에게 묻기 시작했다.

"어디에서 왔어요?"

"이곳에 살지 않습니다."

"그런데 어쩌다가 그곳에 있게 됐지요?"

"말씀드릴 수가 없습니다."

"강도를 만났나요?"

"신이 벌하셨습니다."

"그래서 벌거숭이로 그곳에 누워 있었어요?"

"네, 벌거벗고 추위에 얼어붙어 있었지요. 시몬이 저를 보고 가엾게 여겼습니다. 자신의 외투를 벗어서 저에게 입히

고, 이곳에 데려왔지요. 그리고 당신은 제게 먹을 것과 마실 것을 주고, 동정을 보여 주었습니다. 신이 보답하실 거예요!"

마트료나는 자리에서 일어났고, 아까 기웠던 시몬의 낡은 윗옷을 가져와 낯선 남자에게 주었다. 그리고 바지도 한 벌 내주었다.

"안에 아무것도 안 입었던데, 이걸 입고 다락이든 난롯가 든 편한 곳에 누워요."

낯선 남자는 외투를 벗고 옷을 입은 뒤 다락에 누웠다. 마 트료나는 촛불을 껐고, 외투를 들고서 남편이 누워 있는 난 롯가로 갔다.

마트료나는 외투 자락으로 몸을 덮고 자리에 누웠지만, 잠이 오지 않았다. 그 낯선 남자가 머릿속에서 떠나지 않 았다.

그가 마지막 남은 빵을 먹었고, 내일 먹을 게 아무것도 없 으며, 자신이 내어준 윗옷과 바지를 생각하자 마트료나는 몹 시 슬펐다. 그러나 자신을 보며 미소 짓던 모습을 떠올리자 다시 기분이 좋아졌다.

마트료나는 오래도록 깨어 있었고, 시몬 역시 깨어 있다는 걸 알게 되었다. 시몬이 자신 쪽으로 외투를 끌어당겼다.

"여보!"

"응?"

"저녁에 먹은 게 마지막 빵이었어요. 아침

28

에 구울 빵도 준비해 놓은 게 없어요. 내일
어떡하죠? 이웃에 사는 마사한테 좀 얻을
수 있을지 모르겠네요."

"살아 있다면 먹을 걸 찾게 될 거예요."

마트료나가 잠시 가만히 누워 있다가 물었다.

"좋은 사람 같은데, 왜 자신이 누군지 말하지 않을까요?"

"이유가 있을 테지요."

"여보!"

"응?"

"우리는 남을 도와주는데, 왜 우리에게 뭔가를 주는 사람
은 아무도 없는 거죠?"

시몬은 뭐라고 말해야 할지 몰라서 다만 "그만 이야기합시
다."라고 말한 뒤, 돌아누워 잠을 청했다.

5.

아침이 되어 시몬이 눈을 떴다. 아이들은 여전히 잠들어
있고, 아내는 빵을 구하기 위해 이웃집에 가고 없었다. 그 낯
선 남자는 낡은 윗옷과 바지를 입고 의자에 홀로 앉아, 위를

올려다보고 있었다. 얼굴이 전날보다 더 빛
났다.

시몬이 그에게 말했다.

"배는 빵을 필요로 하고 벌거벗은 몸
은 옷을 필요로 하지. 누구나 살기 위해 일을 해야 한다오. 당
신은 무슨 일을 할 줄 아시오?"

"아무것도 모릅니다."

시몬은 깜짝 놀랐지만, "배우기를 원하는 사람은 무엇이든
배울 수 있지요."라고 말해 주었다.

"사람이 일을 한다면, 저 역시 해야지요."

"이름이 뭐요?"

"미카엘입니다."

"미카엘, 자신에 대해 말하고 싶지 않다면 그건 알아서 할
일이지만, 당신은 스스로 생계를 유지해야 해요. 내가 말하
는 대로 일을 한다면, 음식과 잘 곳을 제공하리다."

"신의 보답이 있으시기를! 배우겠습니다. 무엇을 해야 하
는지 가르쳐 주세요."

시몬은 실을 꺼내 엄지손가락에 걸고 꼬기 시작했다.

"아주 쉽소, 보시오!"

미카엘은 시몬이 하는 걸 지켜보았고, 시몬처럼 자신의 엄
지손가락에 실을 걸고 요령을 파악해 실을 꼬기 시작했다.

그리고 나서 시몬은 그 실에 밀을 바르는 법을 가르쳐 주

었다. 미카엘은 이 일 역시 능숙하게 해냈다. 그다음 시몬은 그 뻣뻣한 실을 어떻게 꼬아서 어떻게 꿰매는지 가르쳐 주었고, 미카엘은 이 일 또한 금세 배웠다.

미카엘은 시몬이 가르쳐 주는 모든 것을 곧바로 이해했고, 사흘이 지나자 마치 평생 동안 구두를 꿰맨 사람처럼 일을 했다. 미카엘은 쉬지 않고 일했으며, 조금밖에 먹지 않았다. 일이 끝나면 조용히 앉아 위를 올려다보았다. 미카엘은 거의 밖에 나가지 않았고, 꼭 필요한 말만 했으며, 농담을 하지도 소리 내어 웃지도 않았다. 시몬과 마트료나는 맨 처음 마트료나가 두 사람에게 저녁을 차려 주었던 날을 제외하고는 미카엘이 미소 짓는 모습을 한 번도 보지 못했다.

하루하루가 가고 주일들이 지나고 해가 바뀌었다. 미카엘은 시몬과 함께 살면서 일했다. 이제 사람들은 시몬의 직공만큼 솜씨 좋고 튼튼하게 구두를 꿰매는 사람이 아무도 없다고 말하게 되었다. 모든 인근 지역에서 사람들이 시몬을 찾아왔고, 시몬은 형편이 넉넉해지기 시작했다.

어느 겨울날 시몬과 미카엘이 앉아서 일을 하고 있을 때, 말 세 필이 끄는 방울이 달린 썰매 마차가 오두막집을 향해 달려왔다. 창밖을 내다보자, 마차가 집 앞에 멈추더니 세련된 하인 하나가 마부석에서 뛰어내려 마차 문을 열었다. 털가죽 외투를 입은 한 부유한 신사가 밖으로 나왔고 시몬의 오두막집으로 걸어왔다. 마트료나가 벌떡 일어나서 문을 활짝 열었다. 그 부유한 신사는 몸을 굽히고 오두막집으로 들어왔으며, 다시 몸을 폈을 때는 머리가 거의 천장에 닿았고, 방 한 곳을 모두 차지하는 것처럼 보였다.

시몬은 일어나서 인사를 했고, 놀라서 눈을 크게 뜨고 남자를 바라보았다. 일찍이 그런 사람을 한 번도 본 적이 없었다. 시몬은 말랐고, 미카엘은 야위었으며, 마트료나는 뼈가 앙상했는데, 이 남자는 다른 세상에서 온 사람 같았다. 불그스름한 얼굴에 우람한 체격, 목은 황소처럼 굵고 몸 전체가 마치 쇠로 만들어진 것처럼 보였다.

그 부유한 신사는 숨을 헐떡였고, 털가죽 외투를 홱 벗어 던진 다음 의자에 앉아서 말했다.

"구두장이 주인이 누군가?"

"접니다, 나리."

시몬이 앞으로 나오며 대답했다.

그러자 그 부유한 신사가 하인을 향해 소리쳤다.

"페드카, 그 가죽을 가져와!"

하인이 꾸러미를 들고 달려왔다. 남자가 꾸러미를 받아 탁자에 올려놓았다.

"풀어 봐."

하인이 꾸러미를 풀었다.

부유한 신사가 가죽을 가리키며 말했다.

"이봐, 이 가죽이 보이지?"

"네, 나리."

"이게 어떤 가죽인지도 아나?"

시몬이 가죽을 만져 본 뒤 말했다.

"좋은 가죽입니다."

"좋다마다! 자넨 이런 가죽을 평생 구경조차 못 했겠지. 독일제에다 20루블이나 나가니까."

시몬이 소스라치게 놀라며 물었다.

"그런 가죽을 제가 어디에서 볼 수 있겠습니까?"

"바로 그거야! 자, 이걸로 내 장화를 만들 수 있겠나?"

"네, 할 수 있습니다."

그러자 부유한 신사가 시몬에게 큰 소리로 말했다.

"할 수 있단 말이지? 그럼, 누구를 위해 그 장화를 만드는지 또 그 가죽이 어떤 건지 잘 기억하게. 자네는 내가 일년 동안 신을 수 있는, 모양이 변하지도 꿰맨 데가 터지지도 않는 장화를 만들어야 해. 그렇게 할 수 있다면 저 가죽을 자르되,

할 수 없다면 없다고 말하게. 경고하건대, 만약 그 장화가 일
년 안에 뜯어지거나 모양이 변하면 자넬 감옥에 보내 버릴
테니까. 만약 일년 동안 뜯어지지 않고 모양도 변하지 않으
면, 그 수고비로 십 루블을 주지."

시몬은 더럭 겁이 났고, 뭐라고 말해야 할지 몰랐다. 시
몬이 미카엘을 흘긋 쳐다보고 팔꿈치로 슬쩍 찌르면서 속삭
였다.

"이 일을 맡을까?"

미카엘은 마치 '네, 맡으세요.'라고 말하듯 고개를 끄덕
였다.

시몬은 미카엘의 말에 따랐고, 일년 내내 모양이 변하거나
뜯어지지 않는 장화를 만들겠다고 약속했다.

그 부유한 신사는 하인을 불러 자신의 왼쪽 다리에서 장화
를 벗기라고 말한 뒤, 다리를 쭉 뻗었다.

"치수를 재게!"

시몬은 종이 자를 17인치 길이로 이어 붙여서 판판하게
편 다음, 무릎을 꿇고 앞치마로 손을 깨끗이 닦았다. 부유한
신사의 양말을 더럽히지 않기 위해서였다. 그리고 치수를
재기 시작했다. 발바닥을 재고 발등을

둘러 잰 뒤, 장딴지를 재기 시작했지
만 종이 자가 너무 짧았다. 남자의 장딴
지는 대들보만큼이나 굵었다.

"다리가 꽉 째지 않도록 해."

시몬은 종이 자를 더 이어 붙였다. 부유한 신사는 오른쪽 발가락을 실룩실룩 움직거리며 오두막집을 둘러보다 미카엘을 발견했다.

"저 사람은 누군가?"

"제 직공입니다. 장화를 꿰맬 사람이지요."

남자가 미카엘에게 말했다.

"이봐, 일년 동안 신을 수 있는 신발을 만들어야 한다는 걸 명심해."

시몬 역시 미카엘을 바라보았다. 미카엘은 부유한 신사를 쳐다보고 있지 않았고, 마치 누군가 있는 것처럼 남자의 뒤쪽을 응시하고 있었다. 미카엘은 그곳을 계속 바라보았고, 별안간 미소를 짓더니 얼굴이 더 환해졌다.

"바보처럼 뭘 보고 웃는 거야?"

부유한 신사가 호통을 쳤다.

"장화를 제때 준비하는 게 좋을 거야."

"때맞춰 준비될 겁니다."

미카엘이 말했다.

"명심하게."

부유한 신사는 벗었던 장화를 신고 털가죽 외투로 몸을 감싼 뒤, 문으로 걸어갔다. 하지만 고개를 숙이는 걸 잊어버리고 그만 문틀에 머리를 부딪치고 말았다.

남자는 욕을 내뱉으며 머리를 문질렀다. 그러고 나서 마차에 올라탄 뒤 사라졌다.

남자가 떠나자 시몬이 말했다.

"체구가 대단하군! 나무망치로 내려쳐도 죽지 않을 거야. 문틀에 그렇게 부딪쳤는데도 별로 아프지 않은가 봐."

그러자 마트료나가 말했다.

"저 사람처럼 살면서 어떻게 튼튼하지 않을 수 있겠어요? 죽음조차 저렇게 바위 같은 사람은 건드리지 못할 거예요."

7

시몬이 미카엘에게 말했다.

"우리가 일을 맡았지만, 그 일로 곤란을 겪어서는 안 되네. 저 가죽은 값비싸고, 그 주인은 성미가 불같지. 절대 실수해선 안 돼. 자, 자네의 눈이 나보다 더 정확하고 자네의 손이 나보다 더 재빠르니, 이 치수로 장화를 재단하게. 나는 구두 수선하는 일을 마저 끝낼 테니."

미카엘은 시몬이 말한 대로 했다. 가죽을 탁자 위에 펼쳐서 반으로 접은 다음, 칼을 잡고 마름질을 시작했다.

마트료나가 와서 미카엘이 마름질하는 걸 지켜보고는 깜짝 놀랐다. 마트료나는 장화를 만드는 모습을 익히 보아 왔는데, 미카엘은 장화를 만들 때처럼 가죽을 자르지 않고 둥글게 잘라 내고 있었다.

마트료나는 뭐라고 말하고 싶었지만, 속으로 생각했다. '부유층 남자들의 장화가 어떻게 만들어져야 하는지 내가 모를 수도 있어. 그건 미카엘이 더 잘 알 테니, 간섭하지 말아야지.'

미카엘은 가죽을 다 자른 뒤 실을 꺼내 꿰매기 시작했다. 그러나 장화를 꿰맬 때처럼 실 두 가닥이 아닌, 부드러운 실내화를 꿰맬 때처럼 실 한 가닥을 사용했다.

마트료나는 또다시 이상하게 생각했지만, 여전히 간섭하지 않았다. 미카엘은 한낮이 될 때까지 꾸준히 신을 꿰맸다. 시몬이 식사를 하기 위해 일어났고, 집 안을 둘러보았다. 그리고 미카엘이 그 부유한 신사의 가죽으로 실내화를 만든 걸 알게 되었다.

"아아!" 시몬은 신음 소리를 냈고 속으로 생각했다. '일년 동안 나와 함께 일하면서 단 한 번도 실수한 적이 없는 미카엘이 어떻게 저런 무시무시한 일을 했을까? 그 부유한 남자는 목이 길고, 대다리를 대고, 구두코가 있는 신을 만들라고 주문했는데 미카엘은 창만 있는 부드러운 실내화를 만들고 가죽을 낭비했어. 이제 뭐라고 말하지? 난 죽었다 깨어도 저

런 가죽을 구할 수 없는데.'

시몬이 미카엘을 향해 말했다.

"지금 뭐 하고 있나? 자넨 날 망쳤어! 그 부유한 남자가 목이 긴 장화를 주문한 걸 아는 사람이 대체 이게 무슨 짓이야!"

시몬이 미카엘을 비난하기 시작했을 때, 곧바로 '쾅쾅' 소리와 함께 문간에 달려 있는 쇠 종이 울렸다. 누군가 문을 두드리고 있었다. 창밖을 내다보자, 어떤 남자가 자신이 타고 온 말을 붙들어 매고 있었다. 문이 열리고 그 부유한 신사와 함께 왔던 하인이 들어왔다.

"안녕하세요."

"안녕하세요. 무슨 일로 오셨습니까?"

시몬이 물었다.

"제 여주인께서 그 장화 때문에 절 이곳에 보내셨습니다."

"장화 때문이라니요?"

"저희 주인님은 이제 그 장화가 필요 없으십니다. 돌아가셨거든요."

"아니, 뭐라고요?"

"집으로 돌아가시던 길에 마차에서 돌아가셨죠. 집에 이르러 하인들이 나와 마차에서 내리는 걸 도우려고 하자, 큰 자루처럼 굴러 넘어지셨어요. 이미 돌아가신 뒤였고, 마차 밖으로 꺼낼 수 없을 만큼 몸이 뻣뻣해져 있었지요. 여주인께

서 저를 이곳에 보내시며 '구두장이에게 장화를 주문하며 가죽을 놓고 온 주인에게 더 이상 장화가 필요치 않으니 시신에게 신길 부드러운 실내화를 급히 만들라고 말한 후, 실내화가 준비될 때까지 기다렸다가 가지고 오너라.' 하고 말씀하셨습니다. 그래서 이렇게 온 것이죠."

미카엘은 남은 가죽을 모아서 돌돌 말았고, 자신이 만든 실내화를 꺼내 함께 포갠 후 앞치마로 닦았다. 그리고 남은 가죽과 함께 실내화를 하인에게 건넸다. 하인이 그것들을 받아 들고 말했다.

"안녕히 계십시오. 당신도요!"

해가 바뀌고 또 바뀌어, 이제 미카엘은 시몬과 함께 6년째를 보내고 있었다. 미카엘은 전과 다름없는 생활을 했다. 아무 데도 나가지 않았고, 꼭 필요한 말만 했으며, 6년이라는 세월 동안 딱 두 번 미소를 지었다. 한 번은 마트료나가 음식을 주었을 때였고, 두 번째는 그 부유한 신사가 그들의 오두막집에 찾아왔을 때였다. 시몬은 미카엘에게 더욱 만족했다.

이제 미카엘에게 어디서 왔는지 절대 묻지 않았고, 미카엘이 떠나지 않을까 걱정할 뿐이었다.

하루는 온 식구가 집에 있었다. 마트료나는 화덕에 솥을 올려놓고 있었고, 아이들은 의자를 따라 뛰어다니며 창밖을 내다보고 있었다. 시몬은 한쪽 창가에서 구두를 꿰매고 미카엘은 다른 쪽 창가에서 뒤축을 붙이고 있었다.

아이들 중 하나가 미카엘에게 달려왔고, 미카엘의 어깨에 기대어 창밖을 바라보았다.

"미카엘 아저씨, 저기 좀 보세요! 귀부인하고 작은 여자아이들이 있어요! 이쪽으로 오는 것 같은데요? 그런데 여자아이 하나가 다리를 절어요."

아이가 그렇게 말하자, 미카엘이 하던 일을 멈추고 창문으로 고개를 돌려 밖을 내다보았다.

시몬은 깜짝 놀랐다. 미카엘은 절대 창밖을 내다보는 법이 없었는데, 이번에는 창문에 얼굴을 바싹 들이대고 뭔가를 응시하고 있었다. 시몬 역시 창밖을 내다보았다. 옷을 잘 차려입은 여자가 털가죽 외투에 양털 숄을 걸친 작은 여자아이 두 명을 데리고 정말로 자신의 오두막집을 향해 걸어오고 있었다. 여자아이들은 서로를 구분할 수 없을 만큼 닮아 있었지만, 한 아이의 왼쪽 다리가 불구라 절뚝거리는 점이 달랐다.

여자는 오두막집 어귀에 들어섰다. 그리고 출입문이라고

생각하는 곳에서 걸쇠를 찾아 들어 올리고 문을 열었다. 여자는 두 아이들을 먼저 들여 보내고, 뒤따라 오두막집 안으로 들어왔다.

"여러분, 안녕하세요!"

"어서오세요. 뭘 도와드릴까요?"

시몬이 물었다.

여자는 탁자 옆에 앉았다. 작은 두 여자아이들은 오두막집에 있는 낯선 사람들이 두려운 듯 여자에게 꼭 붙었다.

"이 아이들에게 봄에 신길 가죽신이 필요해서요."

"그렇게 작은 신발을 만들어 본 적은 없지만, 할 수 있습니다. 이음매에 테를 두르거나 목을 접을 수 있고, 리넨으로 안감을 댄 신으로 말이죠. 여기 있는 미카엘은 솜씨가 뛰어나거든요."

시몬은 흘긋 미카엘을 보았다. 미카엘이 일을 멈추고 두 눈을 작은 여자아이들에게 고정한 채 앉아 있었다. 그 모습은 시몬을 놀라게 했다. 여자아이들이 검은 눈에 포동포동하고 발그레한 뺨이 예쁘게 생겼으며, 또 좋은 목도리와 털가죽 외투를 입고 있는 건 사실이었지만, 미카엘이 왜 그런 표정으로 아이들을 쳐다보고 있는지 시몬은 이해할 수 없었다. 마치 아이들을 알고 있기라도 하는 것 같았다. 시몬은 매우 의아했지만, 여자와 이야기를 계속했고 신발값을 결정했다. 가격을 정한 뒤 시몬은 치수를 잴 준비를 했다. 여자가 다리를 저는 아이를 무릎에 앉히고 말했다.

"이 아이의 두 다리를 재 주세요. 절룩거리는 발에 신길 신발 하나와 정상적인 발에 신길 신발 세 개를 만들어 주시면 돼요. 이 애들은 발 크기가 같거든요. 쌍둥이죠."

시몬은 치수를 쟀고, 다리를 저는 아이에 대해 물었다.

"어쩌다가 이렇게 됐지요? 아주 예쁜 아이인데. 태어날 때부터 그랬나요?"

"아니요. 이 애 엄마가 다리를 눌러서 뭉개고 말았어요."

그때 마트료나가 가까이 다가왔다. 마트료나는 이 여자가 누구이며, 또 이 아이들의 부모가 누구인지 궁금했다.

"그럼 당신은 이 아이들의 엄마가 아닌가요?"

"네, 저는 아이들의 엄마도 아니고 친척도 아니에요. 저와는 아무런 혈연관계가 없고, 제가 아이들을 양녀로 삼았지요."

"당신의 아이들이 아닌데도 그렇게 좋아하세요?"

"어떻게 좋아하지 않을 수 있겠어요? 둘 다 제 젖을 먹여서 키웠어요. 저한테도 아이가 하나 있었지만, 신께서 데려가셨지요. 제가 낳은 아이였지만 지금 이 아이들만큼 좋아하진 않았어요."

"그럼 이 아이들의 부모는요?"

9

여자는 말하기 시작했고, 모든 이야기를 그들에게 들려주었어요.

"아이들의 부모가 죽은 지 6년 정도가 지났네요. 두 사람 모두 같은 주일에 죽었어요. 아이들의 아빠는 화요일에 묻히고, 엄마는 금요일에 죽었으니까요. 이 쌍둥이들은 아빠가 죽고 사흘 후에 태어났어요. 그리고 엄마는 그날을 넘기지 못하고 죽었지요. 남편과 저는 그때 같은 마을에서 농부로 살고 있었어요. 마당을 사이에 놓고 바로 이웃해서 살았지요. 아이들의 아빠는 멀리 떨어진 숲에서 나무를 베는 사람이었어요. 어느 날 나무를 베고 있을 때 나무 한 그루가 그만 그 사람 위로 넘어지고 말았지요. 그 사람 몸을 가로질러 떨어져 몸을 으깼고, 내장이 밖으로 나왔어요. 집에 도착하기도 전에 그의 영혼이 신께 가 버렸지요. 그 주에 그의 아내가 이 쌍둥이들을 낳았어요. 가엾게도 혼자였지요. 옆에 아무도 없었으니까요. 아이들의 엄마는 혼자서 쌍둥이를 낳고, 혼자서 죽음을 맞이했어요.

다음날 아침 제가 그 집에 가서 오두막집 문을 열었을 때, 아이들의 불쌍한 엄마는 이미 차갑게 굳어 있었어요. 죽어

갈 때 이 아이 위로 굴러서 다리를 뭉개고 말았지요. 마을 사람들이 와서 시신을 씻기고 밖으로 옮겼어요. 그리고 관을 짜서 묻어 주었답니다. 착한 사람들이었어요. 이제 쌍둥이 아기들만 남게 되었지요. 아기들을 어떻게 해야 했겠어요? 그때 마을에서 아기를 키우고 있는 여자는 저 혼자뿐이었어요. 8주밖에 안 된 첫아이였지요. 그래서 제가 잠시 쌍둥이를 맡게 되었어요. 마을 사람들이 함께 와서 쌍둥이를 어떻게 할 건지 생각하고 또 생각하다, 마지막에 '메리, 당분간은 당신이 저 아기들을 키우는 게 나을 것 같군요. 나중에 우리가 방법을 생각해 보겠소.' 라고 말했어요. 저는 아기들에게 젖을 물렸지요. 하지만 처음엔 이 다리를 저는 아이에게 젖을 주지 않았어요. 살 거라고 생각하지 않았거든요. 하지만 속으로 왜 이 불쌍하고 죄 없는 아기가 고통을 받아야 하나 싶은 생각이 들었어요. 아기가 가여웠고, 젖을 먹이기 시작했지요. 제가 낳은 사내아이와 쌍둥이 둘, 모두 세 아기들에게 젖을 먹였어요. 그때만 해도 나는 젊고 건강했고, 좋은 음식을 먹었고, 또 신이 제게 아주 많은 모유를 주셔서 넘쳐흐를 때도 있었죠. 때로는 두 아이를 동시에 먹이고, 한 아이를 기다리게 했어요. 한 아이가 충분히 먹었다 싶을 때 그 아이를 먹였지요. 신이 명하셨기 때문에 이 아이들은 잘 자랐고, 제가 낳은 아이는 두 돌이 채 지나기 전에 땅에 묻었어요. 풍족하게 살았지만 저는 아이를 더 낳지 못했어요. 지금 제 남편

은 제분소에서 곡물상으로 일하고 있어요. 급료가 좋고 우린 잘살고 있지요. 제가 낳은 아이가 없기 때문에, 만약 이 쌍둥이들이 없었다면 정말 외로웠을 거예요! 제가 어떻게 이 아이들을 사랑하지 않을 수 있겠어요! 이 아이들은 제 인생의 기쁨이랍니다!"

여자는 다리를 저는 아이를 한 손으로 꼭 껴안고 다른 손으로 볼에 흐르는 눈물을 닦았다.

마트료나가 한숨을 내쉬고 말했다.

"'사람은 아버지나 어머니 없이 살지는 몰라도, 신 없이는 살 수 없다.' 는 격언이 사실이에요."

그들은 함께 이야기했고, 그때 갑자기 미카엘이 앉아 있는 한쪽 구석에서 마른번개가 치는 것처럼 오두막집 전체가 환하게 밝아졌다. 모두 미카엘과 미카엘이 앉아 있는 곳을 바라보았다. 미카엘은 손을 무릎 위에 포개고 위를 올려다보며 미소를 지었다.

10

여자는 아이들을 데리고 떠났다. 미카엘은 의자에서 일어나 일감을 내려놓고 앞치마를 벗었다. 그리고 나서 시몬과 마트료나에게 머리를 숙여 인사한 다음 말했다.

"안녕히 계십시오. 신께서 저를 용서하셨습니다. 두 분이 했던 잘못에 대해서도 용서를 구했습니다."

시몬과 마트료나는 미카엘의 몸에서 나오는 빛을 보았다. 시몬이 일어서서 미카엘에게 고개를 숙이며 말했다.

"미카엘, 당신은 평범한 사람이 아니며 당신을 머물게 하거나 자세한 것을 물을 수 없다는 걸 알겠습니다. 이것만 말씀해 주십시오. 제가 당신을 발견하고 집으로 데려왔을 때 당신은 침울했습니다. 그러나 제 아내가 음식을 내오자 아내를 보고 미소를 지으며 더 밝아진 이유가 무엇인가요? 그 부유한 남자가 와서 장화를 주문했을 때 다시 미소를 짓고 더욱 밝아진 이유는 무엇이지요? 그리고 지금, 여자 분이 어린 아이들을 데려왔을 때 세 번째로 미소를 짓고 이렇게 환히 밝아진 이유가 무엇입니까? 미카엘, 왜 당신의 얼굴이 그토록 빛나고, 왜 그렇게 세 번 미소를 지었는지 말씀해 주십시오."

그러자 미카엘이 대답했다.

"제게서 나오는 빛은 제가 벌을 받았으나, 이제 신께서 저를 용서해 주셨기 때문입니다. 그리고 제가 세 번 미소를 지은 것은 신께서 세 가지 진리를 배우도록 저를 이곳에 보내셨고, 제가 그 세 가지를 배웠기 때문입니다. 첫 번째 진리는

48

당신의 아내가 절 동정했을 때 배웠고, 그래서 처음으로 미소를 지었지요. 두 번째 진리는 그 부유한 남자가 장화를 주문했을 때 배웠고, 그래서 다시 미소를 지었습니다. 그리고 지금, 그 작은 여자아이들을 보면서 세 번째이자 마지막 진리를 배웠고, 세 번째로 미소를 지은 것입니다."

"미카엘, 신이 왜 당신을 벌하신 거지요? 그리고 그 세 가지 진리가 무엇인지도 알고 싶습니다."

이에 미카엘이 대답했다.

"제가 신의 말씀에 따르지 않았기 때문에 벌하신 것입니다. 저는 하늘에 있는 천사였고 신의 말을 거역했습니다. 신은 제게 한 여자의 영혼을 데려오게 하셨지요. 저는 지상으로 내려왔고, 홀로 누워 있는 병든 여자를 보았습니다. 그 여자는 막 쌍둥이 여아를 낳았지요. 아기들이 어머니 옆에서 힘없이 움직였지만, 여자는 아기들을 가슴까지 안아 올릴 수 없었습니다. 여자는 저를 보았고, 신께서 자신의 영혼을 데려가기 위해 절 보냈다는 걸 깨달았지요. 여자가 눈물을 흘리며 말했습니다. '신의 천사님! 제 남편은 나무에 깔려 죽었고, 바로 얼마 전 땅에 묻혔습니다. 저에게는 자매도 친척도 어머니도 없습니다. 고아가 된 제 아이들을 보살필 사람이 아무도 없어요. 제 영혼을 데려가지 말아 주세요! 제 아이들을 먹이고 키워서, 제힘으로 설 수 있게 할 때까지 살게 해 주세요. 아이들은 아버지나 어머니 없이는 살 수 없어요.'

49

저는 여자의 말을 귀 기울여 들었습니다. 그리고 한 아이를 가슴에, 다른 아이를 팔에 안겨 주고 하늘에 계신 신께 돌아갔습니다. 신 앞에 나아가 말씀드렸지요. '그 어머니의 영혼을 데려올 수 없었습니다. 남편이 나무에 깔려 죽고 쌍둥이를 낳았는데, 아이들을 먹이고 키워서 제힘으로 설 수 있게 할 때까지 자신의 영혼을 데려가지 말아 달라고 간원했습니다. 그리고 아이들은 아버지나 어머니 없이는 살 수 없다고 말했습니다. 저는 그 여자의 영혼을 데려오지 않았습니다.'

그러자 신께서 말씀하셨지요. '가서 그 어머니의 영혼을 데려오고, 세 가지 진리를 배워라. 사람에게 무엇이 있고, 사람에게 무엇이 주어지지 않았으며, 사람이 무엇으로 사는지를 배워라. 이것들을 배웠을 때 너는 다시 천상으로 돌아올게 될 것이다.'

저는 다시 지상으로 내려와 그 어머니의 영혼을 불렀습니다. 갓난아이들이 여자의 가슴에서 떨어졌지요. 여자의 육신이 침상 위에서 굴렀고, 한 아기의 다리를 비틀었습니다. 저는 여자의 영혼을 신께 데려가기 위해 마을 위로 날아올랐습니다. 하지만 바람이 저를 붙잡았고, 날개가 축 처지면서 떨어져 나갔습니다. 여자의 영혼이 홀로 신께 날아가는 동안 저는 지상으로 떨어졌지요."

11

시몬과 마트료나는 자신들과 함께 산 사람이 누구이며 자신들이 누구에게 옷을 주고 음식을 주었는지 알게 되었다. 두 사람은 경외(敬畏)와 기쁨으로 눈물을 흘렸다. 그러자 천사가 말했다.

"저는 벌거숭이로 들판에 홀로 있었습니다. 인간이 되기 전까지는 인간에게 필요한 것들과 추위와 배고픔을 전혀 알지 못했지요. 굶주리고, 얼어붙고, 무엇을 해야 할지 몰랐습니다. 들판 가까이 신을 위해 지어진 교회를 보았고, 피난처를 찾길 바라며 그곳으로 갔습니다. 하지만 잠겨 있어서 안으로 들어갈 수 없었지요. 그래서 최소한 바람이라도 피하기 위해 교회 뒤로 가서 앉았습니다.

저녁이 가까워 왔지요. 저는 굶주리고, 얼어붙고, 고통 속에 있었습니다. 갑자기 한 남자가 길을 따라 걸어오는 소리가 들렸습니다. 장화 한 켤레를 들고 혼잣말을 하고 있었지요. 사람이 된 후 처음으로 보는 사람의 얼굴이었는데, 끔찍해서 고개를 돌렸습니다. 남자는 겨울 추위로부터 자신의 몸을 어떻게 감싸고, 아내와 아이들을 어떻게 먹여 살릴 것인지 혼자 중얼거렸습니다. 저는 생각했지요. '나는 추위와 배고픔으로 죽어 가고 있는데, 여기 있는 남자는 오직 자신과 아내가 입을 옷, 그리고 자신들이 먹을 것만을 생각하고 있구나. 저 사람은 나를 도울 수 없어.' 남자는 저를 보고 눈살을 찌푸리더니 더욱 끔찍한 표정이 되어 다른 쪽으로 지나가 버렸습니다. 제가 절망하고 있을 때 돌연 남자가 되돌아오는 소리가 들렸지요. 저는 고개를 들었지만 남자를 알아보지 못했습니다. 그전까지 남자의 얼굴에서 죽음을 봤지만 이제 그는 살아 있었고, 저는 그에게서 신의 존재를 느꼈습니다. 남자는 제게 다가와 옷을 입혀 주고 저를 그의 집으로 데려갔습니다.

집 안으로 들어가자 한 여자가 나와서 말하기 시작했지요. 그 여자는 남자보다 더욱 끔찍했습니다. 죽음의 혼이 여자의 입에서 나왔고, 여자 주위에 퍼져 있는 죽음의 악취 때문에 숨을 쉴 수가 없었지요. 여자는 저를 추운 곳으로 내쫓기를 원했고, 저는 만약 그렇게 하면 여자가 죽게 될 거라는 걸 알고 있었습니다. 갑자기 남편이 신에 대해 말하자, 여자가 곧바로 변했습니다. 그리고 제게 먹을 것을 주고 저를 바라보았지요. 이제 더 이상 여자의 얼굴에서 죽음이 보이지 않았습니다. 여자는 살 수 있었고, 저는 그녀에게서 다시 신을 보았습니다.

그때 신이 하신 첫 번째 말씀을 기억했습니다. '사람에게 무엇이 있는지 배워라.' 그리고 저는 사람에게 사랑이 있다는 것을 깨달았습니다! 신께서 제게 약속하신 것을 이미 보여 주기 시작하셨기 때문에 저는 기뻤습니다. 그리고 처음으로 미소를 지었지요. 하지만 아직 배워야 할 것들이 있었습니다. 사람에게 무엇이 주어지지 않았고, 사람이 무엇으로 사는지 아직 알지 못했지요.

저는 당신들과 함께 살면서 일년을 보냈습니다. 한 남자가 찾아와 일년 동안 모양이 변하거나 뜯어지지 않는 장화를 주문했습니다. 그 남자를 바라보았을 때, 갑자기 그의 어깨 뒤에 서 있는 죽음의 천사를 보게 되었습니다. 저 외에는 아무도 천사를 볼 수 없었지만, 저는 죽음의 천사가 해가 지기 전 그 부유한 남자의 영혼을 데려갈 거라는 걸 알고 있었습니다. 속으로 생각했지요. '저 남자는 앞으로의 일년을 준비하고 있지만, 자신이 저녁이 되기 전에 죽는다는 것을 모르고 있어.' 저는 신의 두 번째 말씀을 기억했습니다. '사람에게 무엇이 주어지지 않았는지 배워라.'

저는 사람에게 무엇이 있는지 이미 배웠습니다. 그리고 이제 사람에게 무엇이 주어지지 않았는지를 알게 되었지요. 사람에게는 자신에게 필요한 것을 아는 힘이 주어지지 않았습니다. 저는 두 번째로 미소를 지었습니다. 제 동료인 천사를 보게 되어 기뻤고, 또한 신께서 제게 두 번째 배움을 보여 주셨기에 기뻤습니다.

그러나 여전히 모르는 것이 있었지요. 사람이 무엇으로 사는가는 알지 못했습니다. 저는 신께서 마지막 배움을 드러내실 때까지 계속 살았습니다. 6년째가 되는 해 그 쌍둥이 아이들이 여자와 함께 찾아왔습니다. 저는 그 아이들을 알아보았고, 아이들이 어떻게 살아 있게 되었는지 들었습니다. 이야기를 듣고 나서 생각했지요. '아이들의 어머니는 내게 아이들을 위해 살게 해 달라고 간청했었어. 그리고 난 아이들은 아버지나 어머니가 없이는 살 수 없다는 말을 믿었지. 그러나 아무런 관계도 없는 사람이 아이들을 보살피고 키웠구나.' 여자가 자신이 낳지도 않은 아이들에게 사랑을 보이며 아이들을 위해 눈물을 흘릴 때, 저는 그 여자에게서 살아 있는 신을 보았고 사람이 무엇으로 사는지 알게 되었습니다. 그리고 신께서 제게 마지막 배움을 보여 주시고 절 용서하셨다는 걸 알았습니다. 그때 세 번째로 미소를 지었지요."

12

천사의 몸에서 옷이 벗겨졌고, 그의 몸이 빛으로 덮여 눈으로 바라볼 수가 없었다. 천사의 목소리가 점점 커져서 마치 그가 아닌 하늘에서 들려오는 소리 같았다. 천사가 말했다.

"저는 모든 사람이 자신을 위한 걱정이 아니라 사랑으로 산다는 것을 배웠습니다.

어머니는 자신의 아이들이 살기 위해 무엇이 필요한지 알지 못했습니다. 부유한 남자는 자신에게 무엇이 필요한지 알지 못했습니다. 어떤 사람도 저녁이 다가올 때 자신의 육신을 위해 장화가 필요할 것인지 아니면 자신의 시신(死身)을 위해 실내화가 필요할 것인지 알지 못합니다.

사람이 되었을 때 저는 제 자신을 돌보는 것이 아니라 지나가는 사람이 베푼 사랑 때문에, 그리고 그와 그의 아내가 저를 불쌍히 여기고 사랑했기 때문에 살 수 있었습니다. 고 아들은 그들을 낳아 준 어머니의 보살핌이 아니라, 그들을 불쌍히 여기고 사랑했던 한 낯선 여자의 가슴 안에 있는 사랑 때문에 살 수 있었습니다. 그리고 모든 사람은 그들 자신의 행복을 위한 생각이 아니라, 사람에게 존재하는 사랑 때문에 사는 것입니다.

저는 신이 사람에게 생명을 주시고 그들이 살기를 바라신다는 걸 알고 있었고, 이제 그 이상의 것을 이해하게 되었습니다.

신은 사람이 떨어져서 사는 것을 바라지 않으시며, 그리하여 저마다 자신에게 무엇이 필요한지 드러내지 않으신다는 걸 알게 되었습니다. 신은 사람이 하나가 되어 살기를 원하시며, 그리하여 각각의 사람들에게 모두를 위해 무엇이 필요한지 드러내신다는 걸 알게 되었습니다.

비록 그들이 자신을 위한 걱정으로 사는 것처럼 보이지만, 실은 그들이 사랑에 의해서만 산다는 것을 이제 이해했습니다. 사랑이 있는 사람은 신 안에 있고, 신은 그 사람 안에 있습니다. 신은 사랑이기 때문입니다."

천사가 신을 찬양하는 노래를 부르자, 오두막집이 천사의 목소리로 진동했다. 지붕이 열리고 불기둥이 지상에서 하늘로 솟았다. 시몬과 마트료나와 아이들은 바닥에 쓰러졌다. 천사의 어깨에 날개가 펼쳐지더니 천사는 천상으로 올라갔다.

시몬이 의식을 되찾았을 때 오두막집은 이전 그대로였고, 집 안에는 시몬의 가족만이 있었다.

1881년

버려 둔 불꽃이 집을 태운다

그때에 베드로가 예수께 와서 "주님, 제 형제가 저에게 잘못을 저지르면 몇 번이나 용서해 주어야 합니까? 일곱 번이면 되겠습니까?" 하고 묻자 예수께서는 이렇게 대답하셨다. "일곱 번뿐 아니라 일곱 번씩 일흔 번이라도 용서하여라. 하늘나라는 이렇게 비유할 수 있다. 어떤 왕이 자기 종들과 셈을 밝히려 하였다. 셈을 시작하자 일만 달란트나 되는 돈을 빚진 사람이 왕 앞에 끌려왔다. 그에게 빚을 갚을 길이 없었으므로 왕은 '네 몸과 네 처자와 너에게 있는 것을 다 팔아서 빚을 갚아라.' 하였다. 이 말을 듣고 종이 엎드려 왕에게 절하며 '조금만 참아 주십시오. 곧 다 갚아 드리겠습니다.' 하고 애걸하였다. 왕은 그를 가엾게 여겨 빚을 탕감해 주고 놓아 보냈다. 그런데 그 종은 나가서 자기에게 백 데나리온밖에 안 되는 빚을 진 동료를 만나자 달려들어 멱살을 잡으며 '내 빚을 갚아라.' 하고 호통을 쳤다. 그 동료는 엎드려 '꼭 갚을 터이니 조금만 참아 주게.' 하고 애원하였다. 그러나 그는 들어 주기는커녕 오히려 그 동료를 끌고 가서 빚진 돈을 다 갚을 때까지 감옥에 가두어 두었다. 다른 종들이 이 광경을 보고 매우 분개하여 왕에게 가서 이 일을 낱낱이 일러바쳤다. 그러자 왕은 그 종을 불러들여 '이 몹쓸 종아, 네가 애걸하기에 그 많은 빚을 탕감해 주지 않았느냐? 그렇다면 내가 너에게 자비를 베푼 것처럼 너도 네 동료에게 자비를 베풀었어야 할 것 아니냐?' 하며 몹시 노하여 그 빚을 다 갚을 때까지 그를 형리에게 넘겼다. 너희가 진심으로 형제들을 서로 용서하지 않으면 하늘에 계신 내 아버지께서도 너희에게 이와 같이 하실 것이다."

「마태복음」 제18장 21~36절

옛날 어떤 마을에 이반 스체르바코프라는 농부가 살았다. 그는 꽤 잘살았고 한창나이 때에 있었으며, 그 마을에서 일을 가장 잘 하는 사람이었다. 아들이 셋이었는데, 모두 일을 할 수 있었다. 큰아들은 결혼을 했고, 작은아들은 결혼을 앞두고 있으며, 막내아들은 말을 돌보고 이미 땅을 갈기 시작할 만큼 다 자라 있었다. 이반의 아내는 재주 있고 알뜰한 여자였으며, 그들은 조용하고 근면한 며느리를 얻는 복도 누렸다. 이반과 그의 가족이 행복하게 사는 것을 가로막는 건 아무것도 없었다. 그들에게는 부양해야 할 단 한 사람이 있었는데, 바로 이반의 아버지였다. 이반의 아버지는 천식을 앓았고 7년 동안 벽돌 화덕 윗자리에 병들어 누워 있었다. 이반은 필요한 모든 것 — 말 세 필과 망아지 한 마리, 송아지를 낳은 암소 한 마리, 양 열다섯 마리 — 을 갖고 있었다. 집안 여자들이 가족을 위해 모든 옷을 만들고 들일까지 도왔으며, 남자들은 땅을 갈았다. 이반의 가족은 언제나 이듬해 추수가 지날 때까지 먹을 수 있는 충분한 곡식이 있었고, 귀리를 팔아 세금을 내고 다른 필요한 것들을 샀다. 만약 이반과 바로 이웃에 사는 절름발이 가브리엘(고르데이 이바노프의 아들) 사이에 불화(不和)만 없었다면, 이반과 이반의 자식들은 완전히 안락하게 살았을지도 모른다.

고르데이 노인이 살아 있고 이반의 아버지가 아직 집안 살림을 꾸려 갈 수 있었던 동안, 그들은 사이좋은 이웃으로 살았다. 여자들에게 마침 체나 통이 필요하거나 남자들에게 포대가 필요할 때, 또는 짐마차의 바퀴가 망가지거나 당장 고칠 수 없을 때, 그들은 늘 서로의 집으로 사람을 보냈고 친한 이웃들이 하는 식으로 서로를 도와주었다. 옆집 송아지가 자신들의 타작마당으로 잘못 들어오면 밖으로 몰면서 단지 "송아지가 못 들어오게 해 줘요. 거기 우리 곡식이 있거든요."라고 말할 뿐이었다. 헛간과 바깥채를 자물쇠로 잠그거나 서로의 눈을 피해 물건을 숨기고, 뒤에서 험담하는 일 같은 건 당시에는 결코 생각할 수 없는 것들이었다.

사이좋은 이웃은 아버지 대의 일이었다. 그 아들들이 집안의 가장이 되면서 모든 게 변했다.

불화는 사소한 일로 시작되었다.

이반의 며느리에게는 그 계절에 일찍 알을 낳기 시작한 암탉이 있었고, 그녀는 부활절을 맞아 달걀을 모으기 시작했다. 매일 수레가 있는 헛간에 갔고 수레 안에서 달걀을 발견했지만, 하루는 그 암탉이 (아마도 아이들 때문에 깜짝 놀라서) 울타

63

리를 넘어 이웃집 마당으로 날아가 그곳에 알을 낳았다. 이반의 며느리는 암탉이 꼬꼬댁거리는 소리를 들었지만 '지금은 시간이 없어. 주일(主日)을 맞아 집안을 말끔히 정돈해야 하니까. 달걀은 나중에 가져와야지.' 라고 속으로 생각했다. 저녁이 되어 이반의 며느리는 수레로 갔지만 달걀을 찾을 수가 없었다. 그래서 시어머니와 시숙들에게 가서 달걀을 치웠는지 물었다. 그들은 아니라고 대답했지만, 막내시숙인 타라스가 말했다.

"형수님의 암탉이 이웃집 마당에 알을 낳았어요. 알을 낳고 꼬꼬댁꼬꼬댁 울더니 울타리를 넘어 다시 집으로 날아왔죠."

이반의 며느리는 밖으로 나가 암탉을 쳐다보았다. 암탉은 다른 새들과 함께 홰에 올라앉아 눈을 감은 채 막 잠들려 하고 있었다. 이반의 며느리는 암탉에게 물어서 대답을 들을 수 있다면 좋겠다고 생각했다.

그러고 나서 이반의 며느리는 이웃집으로 갔고, 가브리엘의 어머니가 밖으로 나왔다.

"무슨 일로 왔어요, 새댁?"

"제 암탉이 오늘 아침 이곳으로 넘어왔거든요. 여기에 알을 낳지 않았나요?"

"전혀 못 봤는데. 고맙게도 우리 집 암탉들이 일찌감치 알을 낳기 시작해서 달걀을 충분히 모았기 때문에 다른 집 달갈은 필요하지 않아요! 그리고 우린 새댁처럼 다른 집 마당에서 달걀을 찾지 않아요!"

이반의 며느리는 화가 났고, 예의에 어긋나는 말을 하게 되었다. 이에 가브리엘의 어머니가 이자를 붙여 응수했고 두 여자는 서로를 욕하기 시작했다. 물을 길러 나왔던 이반의 아내가 마침 그 옆을 지나가다 싸움에 끼어들었다. 가브리엘의 아내가 급히 뛰어나왔고, 실제로 일어났던 일들과 전혀 그렇지 않은 일들을 들먹이며 이반의 며느리를 호되게 꾸짖기 시작했다. 그렇게 소란이 시작되었고, 모두 한꺼번에 소리치며 한 번에 두 마디씩 내뱉고 생각나는 대로 쏟아 놓기에 바빴다.

'당신은 이래!', '당신은 저래!', '당신은 도둑이야!', '당신은 막돼먹었어!', '당신은 늙은 시아버지를 굶겨 죽이고 있어!', '당신은 아무짝에도 못쓸 인간이야!' 등등의 말이 오고 갔다.

"당신은 내가 빌려 준 체에 구멍을 냈어! 당신의 물통을 지는 멜대도 우리 거야! 당장 돌려줘!"

그들은 멜대를 낚아채다 물을 엎질렀고, 이내 서로의 숄을 와락 붙잡고 치고받으며 싸우기 시작했다. 들일을 마치고 돌아오던 가브리엘이 아내를 편들고 나섰다. 급하게 달려 나온 이반과 그의 아들이 그들의 식구를 역성들었다. 힘이 센 이반이 모든 사람들을 흩뜨려 놓은 뒤 가브리엘의 턱수염을 한 움큼 뽑아 버렸다. 동네 사람들이 무슨 일인지 알기 위해 모여들었고 그들을 어렵사리 떼어 놓았다.

그것이 모든 불화의 시작이었다.

가브리엘은 뽑힌 턱수염을 종이에 쌌다. 그리고 이반을 고소하기 위해 지방 법원을 찾았다.

"난 수염이 없소. 그 곰보 이반이 다 뽑아 버렸기 때문이오!"

가브리엘의 아내는 이반이 형을 선고받고 시베리아로 보내질 거라며 이웃들에게 자랑하고 다녔다. 그리하여 불화가 커졌다.

이반의 늙은 아버지는 벽돌 화덕 윗자리에 누워서 화해하도록 가족들을 설득했지만, 그들은 들으려고 하지 않았다. 이반의 아버지가 말했다.

"애들아, 그렇게 하찮은 문제로 싸우는 건 어리석은 짓이야. 생각해 보거라! 그 모든 게 달걀 하나 때문에 시작됐잖니. 아이들이 달걀을 가져갔을지도 모르고, 또 그게 어떻단 말이냐? 달걀 하나가 뭐 그리 대수야? 신은 모두를 위해 충분히 주시고 계셔! 그리고 만약 너희 이웃이 불친절한 말을 하면, 바로잡아 주고 더 좋게 말하는 법을 가르쳐 줘야 해! 싸움이 있으면 우리 모두 죄를 짓는 거야. 그러니 화해를 하고 싸움을 끝내! 분노를 품는 건 너희 자신을 위해 더욱 나쁜 일이 될 거야."

그러나 젊은 사람들은 노인의 말을 들으려 하지 않았다. 나이 든 사람의 망령된 소리에 불과하다고 여겼다. 이반은 이웃 앞에서 자신을 낮추려 하지 않았다.

"전 절대 수염을 뽑지 않았어요. 스스로 뽑아 버린 거예요. 오히려 가브리엘의 아들이 제 옷에 붙어 있던 단추를 모두 뜯어 버렸어요……. 보세요!"

이반 역시 가브리엘을 고소했다. 그들은 치안 판사에게 재판을 받고 또 지방 법원에서 재판을 받았다. 이 모든 일이 진행되는 동안 가브리엘의 집에서 수레바퀴를 연결하는 가늘고 긴 쇠막대가 사라졌다. 가브리엘의 집 여자들은 이반의 아들이 훔쳐 갔다고 주장했다.

"이반의 아들이 밤에 우리 집 창문으로 지나가는 걸 봤어요. 수레가 있는 쪽으로요. 이웃 사람도 이반의 아들이 술집에서 지주(地主)에게 그 쇠막대를 주는 걸 봤다고 말했어요."

그들은 그 일로 또다시 법원을 찾았다. 집에서는 말다툼이나 심지어 몸싸움 없이 지나가는 날이 단 하루도 없었다. 아이들 역시 어른들이 하는 것을 보고 배워서 서로를 욕했다. 여자들이 빨래를 하기 위해 강가에서 우연히 만나면, 팔로 물을 짜내는 일보다 입으로 잔소리를 늘어놓기에 바빴다. 그리고 모든 말이 악담이었다.

처음에는 서로를 비방하기만 했지만, 나중에는 가까이 있는 건 무엇이든 날쌔게 잡아채기 시작했다. 아이들도 그대로 따라 했다. 생활은 점점 더 힘들어졌다. 이반 스체르바코프와 가브리엘은 모든 재판관들이 그들에게 지치고 싫증을 낼 때까지 마을 의회와 지방 법원과 치안 판사를 찾아가 서로를 상대로 계속 소송을 제기했다. 가브리엘이 이반에게 벌금이나 감금형을 받게 하면 그다음엔 이반이 가브리엘에게 똑같이 했고, 서로를 괴롭힐수록 그들의 분노는 더욱 커졌다. 개들이 서로를 공격해서 점점 사나워질수록 더욱 오래 싸우는 것과 같았다. 어떤 개를 뒤에서 때리면, 그 개는 다른 개가 자신을 물었다고 생각하며 더욱 사나워진다. 농부 이반과 가브리엘이 그러했다. 그들은 고소를 했고 어느 한쪽이 벌금을 물거나 구금을 당했지만, 이것은 그들로 하여금 오직 서로에 대해 점점 더 분하게 만들 뿐이었다. 그들은 "조금만 기다려. 이 빚을 고스란히 갚게 해 주지."라고 말했다. 그렇게 그들은 6년을 보냈다. 벽돌 화덕 윗자리에 누워 있는 노인만이 계속해서 이야기했다.

"지금 뭐 하고 있는 거냐? 앙갚음하는 일을 모두 그만둬. 너희의 일에 전념하고 악의(惡意)를 품지 마라. 그게 너희를 위해 좋아. 악의를 품을수록 더욱 나빠지게 돼."

하지만 그들은 노인의 말을 들으려 하지 않았다.

7년째에 접어든 어느 날, 이반의 며느리가 결혼식장에서 가브리엘이 말을 몰래 훔치다 잡혔다고 헐뜯으며 망신을 주었다. 가브리엘은 얼근히 취해서 화를 억누를 수가 없었고, 이반의 며느리를 한 대 쳐서 일주일 동안 누워 있게 만들었다. 그때 이반의 며느리는 임신한 상태였다. 이반은 크게 기뻐했다. 그리고 즉결 재판소를 찾아가 가브리엘을 고소하며 말했다.

"이제 내 이웃을 쫓아낼 거요! 금고형이나 시베리아로 추방되는 걸 피할 수 없을 테니까."

그러나 이반의 바람은 이뤄지지 않았다. 즉결 재판소 판사는 그 소송을 기각했다. 이반의 며느리를 조사했지만, 자리에서 일어나 건강하게 돌아다녔고 어떤 상처 흔적도 보이지 않았기 때문이다. 그러자 이반이 치안 판사를 찾아갔고, 치안 판사는 그 사건을 지방 법원으로 넘겼다. 이반은 분기(奮起)해서 지방 법원의 원로와 서기에게 많은 술을 대접하여 가브리엘이 태형을 선고받도록 만들었다. 서기가 가브리엘 앞에서 판결문을 읽었다.

"본 법정은 농부 가브리엘에게 법원에서 자작나무 장대로 매 스무 대를 맞도록 선고한다."

이반 역시 그 선고를 들었고, 곧바로 가브리엘을 쳐다보았다. 가브리엘이 어떻게 나올지 보기 위해서였다. 가브리엘은 백지장처럼 창백해졌고, 돌아서서 통로로 들어갔다. 이반은 형구(形具)를 볼 목적으로 가브리엘을 따라가다가 우연히 그가 하는 말을 듣게 되었다.

"좋아! 내 등에 매질을 하도록 만들었군. 내 등에 불을 내겠다고? 하지만 이반, 네 뭔가가 내 등보다 더 심하게 타오를지도 모르는 일이라고!"

이반은 이 말을 듣기가 무섭게 법정으로 돌아가서 말했다.

"공정한 재판장님! 가브리엘이 저희 집을 불태우겠다고 위협합니다! 증인도 있어요!"

가브리엘이 법정으로 불려 왔다.

"그렇게 말한 게 사실이오?"

"난 아무 말도 안 했소. 나를 매로 때리시오. 당신에겐 그럴 힘이 있으니까. 이반은 제 하고 싶은 대로 해도 모든 것이 옳고, 나만 혼자 고통을 받아야 하는 것 같군."

가브리엘은 뭔가를 더 말하고 싶었으나 입술과 볼이 떨렸고, 벽 쪽으로 돌아섰다. 법원 관리들조차 그의 모습을 보고 두려움을 느꼈다. '저 사람은 자기 자신이나 이웃에게 어떤 위해를 가할지도 몰라.' 그들은 속으로 생각했다.

그때 나이 든 판사가 말했다.

"여기를 보시오. 여러분은 이성적으로 생각하고 서로 화해하는 편이 좋소. 가브리엘 씨, 임신한 여자를 때린 게 옳은 행동이었습니까? 다행히 큰일 없이 지나갔지만, 하마터면 어떡할 뻔했어요? 그게 잘 한 일이에요? 잘못을 인정하고 사과를 하세요. 그럼 이반이 당신을 용서할 것이고, 우린 선고를 변경하리다."

서기가 이 말을 듣고 말했다.

"그건 법령 117조에 의해 불가능합니다. 당사자 간의 합의가 이뤄지지 않았을 때 법원에서 내려진 결정은 집행돼야 하니까요."

하지만 판사는 서기의 말을 귀담아듣지 않았다.

"조용히 하시게. 모든 법의 으뜸은 평화를 사랑하는 신에게 복종하는 것이네."

판사는 농부들을 다시 설득하기 시작했지만, 성공할 수 없었다. 가브리엘은 판사의 말을 들으려고 하지 않았다.

"내년이면 내 나이가 쉰이고, 내겐 결혼한 아들이 있소. 그리고 이날 이때까지 매질을 당해 본 적이 없는데, 저 곰보 이반이 나한테 매질당하는 벌을 받게 만들었소. 그런데 나더러 용서를 빌라고요? 싫소, 난 충분히⋯⋯. 이반은 반드시 날 기억하게 될 거요!"

다시 목소리가 떨렸고, 가브리엘은 더 이상 말을 할 수 없었다. 가브리엘이 돌아서서 밖으로 나갔다.

법원에서 마을까지는 11킬로미터 떨어져 있었고, 이반이 집에 도착했을 때는 해가 저물고 있었다. 이반은 마구(馬具)를 풀어 제자리에 갖다 놓고 집으로 들어갔다. 집에는 아무도 없었다. 여자들은 소를 몰아넣기 위해 벌써 밖으로 나간 뒤였고, 젊은 아들들은 아직 들에서 돌아오지 않았다. 이반은 안으로 들어가 자리에 앉아 생각했다. 선고를 듣던 가브리엘의 모습과 종잇장처럼 새하얗게 변한 얼굴, 벽으로 돌아서던 모습을 기억했다. 그러자 마음이 무거워졌다. 이반은 만약 그 자신이 선고를 받았다면 어떠했을 것인가 생각했고, 가브리엘을 불쌍히 여겼다. 그때 자신의 늙은 아버지가 벽돌 화덕 위에서 기침하는 소리가 들렸다. 노인은 자리에서 일어났고, 화덕 아래로 다리를 옮겨 힘겹게 내려왔다. 노인이 느릿느릿 발을 끌며 다가와 자리에 앉았다. 그렇게 움직이느라 완전히 지쳐 있었고, 오랫동안 기침을 한 뒤 목소리를 가다듬었다. 그리고 탁자에 몸을 기대며 말했다.

"가브리엘이 선고를 받았니?"

"네, 장대로 매 스무 대를 맞는 벌이요."

노인은 고개를 절레절레 저었다.

"나쁜 일이야. 이반, 네가 잘못하고 있는 거야! 그건 가브리엘보다 너 자신을 위해 더욱 나빠!…… 가브리엘이 매를 맞는다고 해서 네가 얻는 게 뭐야?"

"다시는 그런 짓을 안 하게 되겠죠."

이반이 대답했다.

"무슨 짓을 다시 안 한다는 거냐? 가브리엘이 너보다 더 나쁘게 한 일이 뭐야?"

"저한테 입힌 해를 생각해 보세요! 가브리엘은 제 며늘애를 죽일 뻔했고, 이제 우리 집을 불태우겠다고 위협하고 있어요. 가브리엘한테 감사라도 해야 한단 말씀이세요?"

노인이 한숨을 내쉬며 말했다.

"이반아, 너는 넓은 세상을 돌아다니지만 나는 수년간 저 벽돌 화덕 위에 누워 있었고, 따라서 넌 모든 것을 보지만 난 아무것도 못 본다고 생각하지……. 하지만 애야! 보지 못하는 건 바로 너야. 악의가 널 눈멀게 하고 있어. 다른 사람의 죄는 네 눈앞에 있지만, 네 죄는 너의 등 뒤에 있다. '가브리엘이 나쁜 짓을 했어요!' 이런 말이 어디 있어! 만일 가브리엘 혼자만 나쁜 짓을 했다면 다툼이 어떻게 존재할 수 있겠니? 사람들 간의 다툼이 어디 한 사람에 의해 생겨난 적이 있다더냐? 다툼은 언제나 두 사람 사이에 발생한다. 너는 가브리엘의 나쁜 점을 보면서 정작 네 자신의 나쁜 점은 보지 않아. 만약 가브리엘이 나쁘고 네가 옳다면, 다툼은 일어나지 않을 게다. 가브리엘의 수염을 누가 뽑았니? 가브리엘의 건초 가리를 누가 망쳤어? 가브리엘을 누가 법원으로 끌고 갔냐? 하지만 넌 그 모든 걸 가브리엘 탓으로 돌리고 있어! 너 스스로 나쁜 삶을 살고 있고, 그게 바로 잘못된 거야! 애야, 난 그렇게 살지 않았고, 너한테 그렇게 살라고 가르치지도 않았다. 가브리엘의 아버지와 내가 그렇게 살았다냐? 우린 이웃의 도리를 지키며 살았어! 고르데이 집에 밀가루가 떨어져 그 집 아낙이 찾아오면 난 '곳간에 가서 필요한 만큼 가져가라.'고 말했다. 고르데이 집의 말들을 목초지로 데려갈 사람이 없으면 난 '이반아, 가서 말들을 돌봐라.' 하고 말했어. 그리고 우리 집에 뭔가가 부족하면 난 고르데이를 찾아가 이런 게 이런 게 필요하다고 말했고, 그럼 고르데이가 '가져가게나!' 라고 말했어. 우린 그렇게 아무 걱정 없이 편안하게 살았다. 하지만 지금은 어떠냐?…… 지난번에 군인이 와서 플레브나 교전(交戰)에 대해 말해 주고 갔다. 하지만 너와 가브리엘 간의 싸움이 플레브나보다 더 나빠! 그게 사는 거냐?…… 그건 죄를 짓는 거야! 너는 집안의 남자이자 주인이고 이 집안을 책임져야 할 사람도 바로 너야. 집안 여자들과 자식들에게 네가 무엇을 가르치고 있니? 으르렁거리고 물어뜯는 일이냐? 요전번에 철부지 타라스카가 이웃에 사는 이레나에게 악담을 퍼붓고 있는데, 네 아내가 조용히 듣고 있다가 큰 소리로 웃더구나. 그게 옳은 거냐? 그 책임을 져야 할 사람이 바로 너야. 네 영혼을 생각해라. 이 모든 게 당연한 일이니? 상대방이 나한테 한 마디 하면 두 마디로 돌려주고, 상대방이 날 한 대 치면 두 대로 갚아 주고. 얘야, 그건 아니야! 그리스도께서는 이 세상에 오셨을 때 우리 어리석은 인간들에게 매우 다르게 가르치셨다……. 누군가로부터 심한 말을 들으면 침묵해라. 그의 양심이 그를 비난할 것이다. 이게 바로 그리스도가 가르치신 거야. 만일 누가 뺨을 치거든 다른 뺨도 내주어라. '만일 내가 맞을 일을 했다면 날 때리시오!' 그러면 그의 양심이 그를 꾸짖게 될 것이며, 그는 마음을 누그러뜨리고 너의 말에 귀를 기울일 것이다. 이게 바로 그리스도께서 우리에게 가르치신 방식이야. 교만하지 말라고 하셨지! 왜 말이 없니? 내 말이 틀린 것 같으냐?"

이반은 침묵한 채 경청했다.

노인은 기침을 했고, 어렵사리 목을 가다듬고 다시 말하기 시작했다.

"그리스도가 우리에게 잘못 가르치셨다고 생각하니? 그건 모두 너 자신을 위한 일이야. 지금의 네 삶을 생각해 봐. 가브리엘과의 불화가 시작된 이후 삶이 더 나아졌니 나빠졌니? 법원을 쫓아다니느라 네가 소비한 모든 것들을 헤아려 봐. 그곳까지 갔다 왔다 길에서 허비한 시간이 얼마며 또 밥값으로 얼마를 낭비했는지! 네 아들들은 참으로 훌륭하게 자랐지? 이렇게 그럭저럭 살 수 있을지는 몰라도, 네 자력(資力)은 줄어들고 있어. 그 이유가 뭐냐? 모두 이런 어리석음과 네 자만 때문이야. 넌 너의 아들들과 땅을 갈고 마음의 양식을 쌓아야 하지만, 악마가 너를 판사나 엉터리 궤변가 같은 이들에게 보내고 있어. 때맞춰 땅을 갈고 씨를 뿌리지 않으면, 대지는 제대로 열매를 맺지 못해. 올해 왜 귀리를 수확하지 못했지? 씨를 언제 뿌렸어? 네가 도회지에서 돌아왔을 때야! 그래서 네가 얻은 게 뭐냐? 네 어깨에 스스로 짐을 올려놓았을 뿐이야……. 애야, 네 일을 생각해라! 네 아들들과 함께 들과 집에서 일하고, 만일 누군가 널 성나게 하거든 신이 네게 바라시는 대로 그를 용서해라. 그럼 삶이 편안해지고 네 마음이 늘 가벼워질 거야."

이반은 침묵을 지켰다.

"이반아, 이 늙은 아비의 말을 들어! 나가서 마구를 채워 당장 관청으로 가거라. 그곳에서 이 모든 일을 끝내. 그리고 아침에 부디 가브리엘과 화해하고, 내일 성모 마리아 탄생 축일을 맞아 집으로 초대해라. 차를 준비하고 보드카도 한 병 사 와서 앞으로 더 이상 그런 일이 없도록 이 사악한 일을 끝내. 집안 여자들과 아이들에게도 똑같이 하라고 말해라."

이반이 한숨을 내쉬며 생각했다. '아버지의 말씀이 옳아.' 그러자 마음이 더 가벼워졌다. 단지 이반이 모르는 건 '어떻게 문제를 바로잡기 시작할 것인가.' 였다.

그러자 노인이 마치 이반이 무슨 생각을 하고 있는지 추측한 듯 다시 말하기 시작했다.

"이반아, 그 일을 미루지 마라! 불은 번지기 전에 꺼야 해. 그렇지 않으면 너무 늦어 버려."

노인이 좀 더 말하려고 했으나 여자들이 참새처럼 재잘거리며 집 안으로 들어왔다. 가브리엘이 매를 맞는 형을 선고받았으며, 집에 불을 지르겠다고 위협했다는 소문이 벌써 그들에게 전해진 뒤였다. 여자들은 모든 일에 대해 들었고, 거기에 자신들의 말을 덧붙였으며, 목초지에서 가브리엘 집안의 여자들과 다시 입씨름을 벌였다. 여자들은 가브리엘의 며느리가 새로이 어떻게 위협을 했는지 말하기 시작했다. 가브리엘이 심리(審理)를 맡은 즉결 재판소 판사의 마음에 들어 이제 그 판사가 모든 일을 뒤집을 것이며, 마을 훈장이 이번에는 황제에게 직접 보낼 탄원서를 쓰고 있기 때문에 이반의 농장 중 절반이 곧 그들의 차지가 될 거라는 말이었다. 여자들이 하는 소리를 들은 이반은 마음이 다시 차가워졌고, 가브리엘과 화해하겠다는 생각을 버렸다.

농장에는 언제나 그 주인이 해야 할 일이 많았다. 이반은 자리에서 일어나 탈곡장과 헛간으로 향했다. 그곳을 말끔히 치울 때쯤 해가 다 저물고 아들들이 들일을 마치고 돌아왔다. 그들은 말 두 필로 겨울 작물을 심기 위해 땅을 갈고 있었다. 이반은 들일이 어떻게 되어 가는지 물었고, 그들을 도와 모든 농기구들을 제자리에 갖다 놓았다. 그리고 수선이 필요한 말의 목사리를 한옆으로 치운 다음, 말뚝 몇 개를 헛간 안쪽으로 옮겨다 놓으려고 했지만 상당히 어두컴컴해졌기 때문에 다음날까지 그냥 두기로 했다. 그러고 나서 이반은 소들에게 여물을 주고, 문을 열어 타라스카가 목초지로 데려갈 말들을 밖으로 몬 뒤 다시 문을 닫고 빗장을 걸었다. '이제 저녁을 먹고 자야겠군.' 이반은 말의 목사리를 손에 들고 집으로 들어갔다. 이반은 가브리엘과 늙은 아버지가 자신에게 했던 말에 대해 까맣게 잊고 있었다. 하지만 집 안으로 들어가려고 문손잡이를 잡는 순간, 울타리 너머에서 가브리엘이

쉰 목소리로 누군가를 저주하는 소리가 들려왔다.

"아무짝에도 쓸모없는 놈! 죽어 마땅해!"

그 말을 듣자 이웃을 향한 이반의 모든 원한이 되살아났다. 이반은 가브리엘의 말이 끝날 때까지 그 자리에 서 있다가 집 안으로 들어갔다.

이반의 며느리는 앉아서 실을 잣고, 아내는 저녁을 준비하며, 큰아들은 목피 신발용 끈을 만들고, 둘째는 책을 들고 탁자 가까이 앉아 있으며, 타라스카는 말들을 목초지로 데려갈 채비를 하고 있었다. 그 골칫거리(나쁜 이웃)만 없었더라면 모든 게 즐겁고 편안했을 터였다!

이반은 찌무룩하고 언짢은 표정으로 집 안에 들어서서 고양이를 의자 밑으로 내쫓은 뒤, 오물통을 아무 데나 두었다고 여자들을 꾸짖었다. 그리고 눈살을 찌푸린 채 자리에 앉아 말의 목사리를 고치기 시작했다. 가브리엘이 법원에서 했던 위협과 조금 전 '죽어 마땅한' 누군가를 향해 쉰 목소리로 일갈했던 말들이 계속 귓전에 맴돌았다.

이반의 아내는 타라스카에게 저녁을 차려 먹였다. 타라스카는 낡은 양가죽과 또 다른 외투를 입은 뒤 허리에 띠를 매고 말들이 있는 곳으로 나갔다. 타라스카의 큰형이 그를 배웅하려고 했지만, 대신 이반이 일어나 현관으로 나갔다. 밖은 매우 어둡고 구름이 끼었으며, 바람이 세게 불었다. 이반은 계단을 내려가 타라스카가 말 위에 오르는 걸 돕고, 망아

지를 뒤따라 출발시켰다. 타라스카는 마을 아래로 내려가 말을 몰고 나온 다른 젊은이들과 합류했다. 이반은 그들의 목소리가 들리지 않을 때까지 그곳에 서 있었다. 그렇게 문 옆에 서 있을 때 이반은 가브리엘의 말을 머릿속에서 떨칠 수가 없었다. "이반의 뭔가가 내 등보다 더 심하게 타오를지도 모르지!"

'가브리엘은 독기 어린 눈을 하고 있었어. 모든 게 건조한데다 바람까지 세게 불고 있어. 집 뒤편 어딘가에 나타나서 불을 붙이고 사라질 거야. 악당 같으니!…… 그런 짓을 할 때 누가 붙잡기만 하면 벌을 받게 할 수 있는데!' 이반은 가브리엘이 불을 지를 거라는 생각에 빠져서 계단을 오르는 대신 길가 쪽으로 내려가 모퉁이를 돌았다. '농장 주위를 걸어야겠어. 가브리엘이 무슨 짓을 할지 누가 알겠어?' 이반은 살며시 걸음을 옮겨 입구를 지났다. 그리고 울타리를 따라 주위를 둘러보았다. 갑자기 맞은편 모퉁이에서 뭔가가 움직이는 것처럼 보였다. 마치 누군가 밖으로 나왔다가 다시 사라진 것 같았다. 이반은 걸음을 멈추고 조용히 서서 지켜보았다. 모든 게 잠잠했다. 버드나무 잎사귀와 초가지붕 위의 짚만이 바람에 흔들거리며 와삭거릴 뿐이었다. 처음에는 칠흑같이 어두웠지만 어둠에 눈이 곧 익숙해졌고, 이반은 먼 구석까지 볼 수 있었다. 그곳에 쟁기 하나가 놓여 있고 처마가 보였지만, 사람의 모습은 전혀 없었다.

'내가 잘못 본 모양이군. 그래도 계속 살펴야겠어.' 이반은 살금살금 헛간을 지났다. 목피 신발을 신은 자신의 발소리조차 들리지 않을 만큼 조심스럽게 걸음을 옮겼다. 맞은편 모퉁이에 이를 때쯤 쟁기 가까이에서 무언가 확 불이 붙는 것처럼 보였다. 이반은 가슴이 덜컥 내려앉는 것을 느끼며 그 자리에 멈췄다. 멈춰 서기가 무섭게 무언가 똑같은 곳에서 더욱 밝게 타올랐고, 이반은 모자를 쓰고 자신을 등진 채 쭈그리고 앉아서 손에 들고 있는 짚 한 다발에 불을 붙이는 남자를 똑똑히 보았다. 이반의 심장이 고동치기 시작했다. 이반은 온 신경을 집중해서 성큼성큼 다가갔다. 다리의 감각을 거의 느낄 수 없었다. '이제 도망가지 못해! 내가 현장을 잡을 테니까!'

그곳에 이르기 전, 이반은 별안간 밝은 빛을 보았지만 종전과 같은 곳이 아니었고 작은 불꽃도 아니었다. 처마가 확 타오르며 불길이 지붕으로 번지고 있었다. 그리고 그 아래 서 있는 가브리엘의 모습이 뚜렷이 눈에 들어왔다.

이반은 종달새를 덮치는 매처럼 가브리엘에게 달려들었다. '내가 잡을 거야. 빠져나가지 못해!' 그러나 가브리엘은 이반의 발소리를 들은 게 분명했고, 흘긋 돌아볼 경황도 없이 헛간을 지나 황급히 달아났다.

"도망치지 못해!"

이반이 재빨리 가브리엘을 뒤쫓으며 외쳤다.

가브리엘을 막 붙들려고 할 때 가브리엘이 몸을 홱 피했지만, 이반은 가까스로 그의 외투 자락을 붙잡았다. 그러나 옷이 찢어지면서 이반은 넘어지고 말았다. 이반은 고함을 지르며 다시 일어섰다.

"도와줘요! 저 남자를 붙잡아요! 도둑이야! 살인이야!"

이반이 다시 뒤쫓았지만 가브리엘은 자신의 집 입구에 도착해 있었다. 그곳에서 가브리엘을 따라잡아 붙들려는 순간, 이반은 마치 돌멩이로 관자놀이를 얻어맞은 것처럼 무언가로 일격을 당했다. 가브리엘이 문 가까이에 있던 나무쐐기로 있는 힘껏 이반을 내리친 것이었다.

이반의 눈앞에 불꽃이 번쩍이더니 이내 모두 캄캄해졌고, 이반은 비틀거리다 쓰러졌다. 정신을 차렸을 때 가브리엘은 더 이상 그곳에 있지 않았다. 대낮처럼 밝았으며, 이반의 농장 쪽에서 발동기가 돌아가듯 요란하고 탁탁 바지직거리는 소리가 났다. 이반은 고개를 돌렸고 자신의 뒤꼍 곳간이 활활 타오르는 모습을 보았다. 옆의 곳간에도 불이 붙었고, 화염과 연기와 불붙은 짚이 한데 섞여 이반의 집 쪽으로 옮겨 가고 있었다.

"이게 무슨 일이야?"

이반이 팔을 들어 올려 자신의 넓적다리를 치면서 외쳤다.

"아, 처마 밑에서 진즉에 불을 빼앗고 밟아 껐어야 했어! 이게 무슨 일이야?"

이반은 몇 번이고 되풀이해서 말했다. 소리치고 싶었지만 숨쉬기가 곤란했고, 목소리가 나오지 않았다. 달리고 싶었으나 다리가 말을 들으려 하지 않고 자꾸 꼬였다. 이반은 천천히 움직이다 다시 비틀거렸고 가쁜 숨을 몰아쉬었다. 이반은 호흡이 정상으로 돌아올 때까지 가만히 서 있다가 앞으로 나아갔다. 뒤꼍 곳간에 이르렀을 때는 옆 곳간 또한 온통 화염에 휩싸여 있었고, 집 한 귀퉁이와 출입구에도 불이 붙어 있었다. 불길이 걷잡을 수 없이 번져서 마당 안으로 들어가는 일은 불가능했다. 수많은 사람들이 모여들었지만, 아무것도 할 수가 없었다. 이웃에 사는 사람들은 그들의 집에서 물건들을 끄집어내고 가축들을 우리 밖으로 내몰고 있었다. 이반의 집에 뒤이어 가브리엘의 집에도 불이 붙었고, 이내 바람이 거세지더니 불길이 길 맞은편으로 옮겨 붙었다. 마을의 반이 몽땅 불에 타 버렸다.

이반의 가족들은 이반의 늙은 아버지를 가까스로 구해냈다. 그들은 입고 있던 옷만을 걸친 채 탈출했으며, 목초지로 몰고 나간 말들을 제외하고 모든 것을 잃었다. 소들과 홰에 올라앉은 닭들, 수레, 쟁기, 써레, 옷을 넣어 둔 여자들의 커다란 가방과 창고에 쌓아 둔 곡식들이 모두 불에 타 없어졌다!

가브리엘의 집에서는 소들을 밖으로 내몰고, 집 안에서 몇 가지 것들을 가지고 나왔다.

불은 밤새도록 꺼지지 않았다. 이반은 자신의 농장 앞에 서서 "이게 무슨 일이야?…… 불을 빼앗아 발로 끄기만 했어도!"라고 계속 되풀이할 뿐이었다.

그러나 지붕이 내려앉자 급하게 불길 속으로 뛰어 들어가 까맣게 그은 들보를 붙잡고 끌고 나오려 했다. 여자들이 그 모습을 보고 소리쳐 불렀지만 들보를 밖으로 끌고 나왔고, 또다시 들어가 다른 들보를 끌고 나오려다 그만 발을 헛디뎌 불길 속에 쓰러졌다. 그러자 이반의 아들이 불길을 헤치고 들어가서 아버지를 데리고 나왔다. 이반의 머리칼과 수염, 옷과 손이 불에 그슬리고 탔지만 이반은 아무것도 느끼지 못했다.

"저 사람 아주 넋이 나간 거 아니야?"

사람들이 말했다.

불은 계속 타올랐고, 이반은 "이게 무슨 일이야?…… 그걸 빼앗아 발로 끄기만 했어도!"라고 되풀이해서 말했다.

아침이 되어 마을 장로의 아들이 이반을 데리러 왔다.

"아저씨 아버님께서 돌아가시기 직전이세요! 빨리 아저씨를 데려오라고 하셨어요."

이반은 아버지에 대해 까맣게 잊고 있었고, 그가 무슨 말을 하는지 이해하지 못했다.

"아버님이라니? 누굴 데려오라 하셨다고?"

"마지막 인사를 하신다고 아저씨를 데려오라고 하셨어요. 지금 저희 집에 계시는데 돌아가시기 직전이세요! 빨리 일어나세요."

장로의 아들은 이반의 팔을 잡아당겼고, 이반은 청년을 따라갔다.

이반의 아버지가 집 밖으로 옮겨지고 있을 때 불붙은 짚이 노인을 덮치고 말았다. 노인은 마을의 먼 곳에 위치한 장로의 집으로 보내졌으며 그곳에는 불길이 미치지 않았다.

이반이 도착했을 때 오두막집 안에는 화덕 위쪽에 있는 어린아이들을 제외하고 장로의 늙은 아내만 있었다. 다른 사람들은 모두 화재가 난 곳에 가고 없었다. 이반의 아버지는 손에 양초를 들고 긴 의자 위에 누워서 계속 문 쪽을 바라보고 있었다. 아들이 들어오자 노인이 약간 움직였다. 장로의 아내가 노인에게 와서 아들이 왔다고 말하자, 노인이 아들을 가까이 오게 해 달라고 부탁했다. 이반이 바투 다가앉았다.

"이반아, 내가 뭐라고 했더냐? 마을을 누가 태웠어?"

"가브리엘이 그랬어요, 아버지! 제가 현장을 목격했어요. 가브리엘이 불을 붙여서 처마로 밀어 넣었어요. 그때 그 불붙인 짚을 빼앗아서 불을 껐더라면 이런 일은 일어나지 않았을 텐데."

"이반아, 나는 죽어 가고 있다. 너도 언젠가는 죽음을 맞이하게 될 거야. 그 죄를 누가 지었니?"

이반은 아무 말도 할 수가 없었고, 침묵한 채 아버지를 응시했다.

"이제 신 앞에서 그 죄가 누구의 것인지 말해 보거라. 내가 너한테 뭐라고 이야기했지?"

그제야 이반은 제정신을 되찾고 모든 것을 이해했다. 이반이 코를 훌쩍이며 "저의 죄입니다, 아버지!"라고 말했다. 그리고 아버지 앞에 무릎을 꿇었다.

"용서해 주세요. 아버지와 신 앞에 제가 죄를 지었습니다."

노인은 손을 움직여 오른손에 들고 있던 양초를 왼손으로 옮겼다. 그리고 오른손을 이마로 가져가 성호를 그으려고 했지만, 하지 못하고 멈췄다.

"신을 찬미할지어다! 신을 찬미할지어다!"

노인이 다시 아들을 바라보며 말했다.

"이반아! 이반아!"

"네, 아버지?"

"이제 네가 무엇을 해야 하느냐?"

이반은 눈물을 흘리고 있었다.

"이제 어떻게 살아야 할지 모르겠어요, 아버지!"

노인은 눈을 감고 입술을 움직거렸다. 남은 힘을 모으는 것 같았다. 그리고 다시 눈을 뜨며 말했다.

"넌 살게 될 거다. 신의 뜻에 따른다면 넌 살게 돼!"

노인이 말을 멈추고 미소를 지어 보였다.

"이반아, 명심해라! 누가 불을 질렀는지 말하면 안 돼! 다른 사람의 죄를 숨기면 신께서 너희 둘을 모두 용서하실 거야!"

노인은 양초를 두 손으로 잡고 가슴에 올려 놓은 뒤 한숨을 내쉬었다. 손이 가슴 아래로 떨어졌고 노인은 숨을 거뒀다.

이반은 가브리엘에 대해 어떤 말도 하지 않았다. 아무도 무엇 때문에 불이 났는지 알지 못했다.

가브리엘에 대한 이반의 분노는 모두 사그라졌으며, 가브리엘은 이반이 아무에게도 말하지 않은 것에 놀라워했다. 처음에는 두려움을 느꼈지만 얼마 지나지 않아 자연스럽게 받아들였다. 이반과 가브리엘은 싸움을 멈추었고 그러자 가족들도 싸우지 않았다. 오두막집을 다시 짓는 동안 그들은 한집에서 함께 살았다. 그리고 마을이 재건되었을 때 멀리 떨어진 곳으로 옮길 수도 있었지만, 이반과 가브리엘은 전처럼 서로 이웃으로 남았다.

그들은 좋은 이웃의 도리를 다하며 살았다. 이반 스체르바코프는 '버려 둔 불꽃이 집을 태운다.'는 교훈과 신의 법을 따르라는 아버지의 말씀을 기억했다. 만일 누군가 그에게 해를 입히면 이제 복수하려 하지 않고 문제를 바로잡고자 애썼

다. 만일 누군가 그에게 나쁜 말을 하면 두 배로 돌려주는 대
신 악한 말을 사용하지 않도록 그들을 타일렀다. 이반은 집
안 여자들과 자식들에게도 똑같이 가르쳤다. 이반 스체르바
코프는 자신의 힘으로 다시 일어섰으며, 그전보다 더욱 잘
살게 되었다.

1885년

두 노인

그랬더니 그 여자는 "과연 선생님은 예언자이십니다. 그런데 우리 조상은 저 산에서 하느님께 예배드렸는데 선생님네들은 예배드릴 곳이 예루살렘에 있다고 합니다." 하고 말하였다. 예수께서는 이렇게 말씀하셨다. "내 말을 믿어라. 사람들이 아버지께 예배를 드릴 때에 '이 산이다.' 또는 '예루살렘이다.' 하고 굳이 장소를 가리지 않아도 될 때가 올 것이다.

그러나 진실하게 예배하는 사람들이 영적으로 참되게 아버지께 예배를 드릴 때가 올 터인데 바로 지금이 그때이다. 아버지께서는 이렇게 예배하는 사람들을 찾고 계신다.

「요한복음」 제4장 19~21절, 23절

옛날에 신께 예배드리기 위해 예루살렘으로 순례 여행을 떠나기로 결심한 두 노인이 있었다. 한 노인은 에펌 타라시치 세베레프라는 이름의 유복한 농부였고, 다른 노인은 엘리사 보드로프로 그렇게 유복하지는 않았다.

에핌은 진중(鎭重)한 사람으로 진지하고 단호했다. 술을 마시지도 담배를 피지도 코담배를 맡지도 않았으며, 평생 나쁜 말을 사용한 적이 없었다. 에핌은 마을 장로를 두 번 지냈고, 장로직에서 물러났을 때 금전적으로 넉넉했다. 에핌은 대가족으로 두 아들과 결혼한 손자까지 모두 함께 살았다. 정정하고 긴 수염에 허리가 꼿꼿했으며, 나이 육십이 지나서야 희끗한 수염이 조금 보이기 시작했다.

엘리사는 부유하지도 가난하지도 않았다. 전에는 목수 일을 하며 집을 떠나 있었지만, 이제 나이가 들어 집에서 벌을 쳤다. 아들 하나는 일자리를 찾아 멀리 떠났고, 다른 아들은 함께 살고 있었다. 엘리사는 인정 많고 명랑한 노인이었다. 때로는 술을 마시고 담배도 피우며 노래하기를 좋아했지만, 싸움이나 다툼을 싫어했고 가족, 이웃들과 화목하게 지냈다. 엘리사는 작은 키에 피부가 검고 고불거리는 수염에, 그의 수호성인인 '엘리사'처럼 사실상 대머리였다.

두 노인은 훨씬 전에 맹세를 하고 예루살렘으로 순례의 길을 떠날 준비를 했다. 하지만 에핌은 결코 그 시간을 낼 수가 없었다. 당장 해야 할 일이 언제나 너무 많았고, 한 가지 일이 끝나면 곧바로 다른 일을 시작했다. 우선 에핌은 손자의 결혼식을 준비해야 했으며, 그다음에는 막내아들이 군대에서

돌아오는 걸 기다려야 했고, 그런 뒤에는 새 오두막집을 짓기 시작했다.

　어느 휴일 두 노인은 그 오두막집 밖에서 만났고, 나무 위에 걸터앉아 이야기를 나누기 시작했다.

"자넨 언제 우리의 맹세를 이행할 텐가?"

엘리사가 묻자 에핌이 얼굴을 찡그렸다.

"좀 더 기다려야 하네. 올해는 내게 힘든 해였어. 이 오두막집을 짓는 데 백 루블이 조금 넘게 들 거라고 생각했지만, 벌써 3백 루블이 들어갔고 게다가 일이 아직 끝나지 않았지. 내년 여름까지 기다려야 해. 여름이 되고, 신의 뜻이 그러하다면 우린 꼭 떠나게 될 걸세."

"난 그 일을 미루지 말고 당장 떠나야 한다고 생각해. 봄이 최적기야."

"물론 봄이 가장 좋지만, 이 집은 어떡하나? 이렇게 놔두고 내가 어떻게 떠날 수 있어?"

"자네가 아니면 그 일을 할 수 있는 사람이 아무도 없는 것처럼 말하는군! 자네 아들이 있지 않은가?"

"내 큰아들은 믿음직스럽지가 못해. 이따금 술을 지나치게 마시거든."

"이보게, 우리가 죽으면 자식들은 우리 없이 살아야 하네. 이제 자네 아들에게 경험을 쌓게 할 때야."

"자네 말이 맞네만, 여하간 누구나 어떤 일을 시작하면 그 일을 끝내고 싶어하지."

"우린 우리가 해야 할 모든 일을 결코 다 끝낼 수가 없다네. 지난번에 부활절을 맞아 집안 여자들이 빨래를 하고 대청소를 했었지. 여기에 이 일도 해야 하고 저기에 저 일도 해야 하고, 결국 모든 일을 끝낼 수가 없었어. 그때 현명한 내 큰며느리가 이렇게 말하더군. '축일이 우릴 기다리지 않고 찾아오는 걸 감사해야 할지도 모르겠어요. 아무리 열심히 일해도 절대 모든 걸 준비하지는 못할 테니까요.'"

에핌은 생각에 잠겼다.

"난 이 집을 짓는 데 많은 돈을 썼어. 빈손으로 순례를 떠날 수는 없네. 우린 각자 백 루블이 필요하고, 그건 적은 돈이 아니야."

엘리사가 유쾌하게 웃었다.

"이보게, 친구! 자넨 나보다 열 배는 더 많이 갖고 있어. 그런데 지금 돈 걱정을 하는 건가? 우리가 언제 출발할 건지만 말하게. 비록 지금은 가진 게 없다 해도 그때까지 마련할 수 있을 거야."

에핌 역시 미소를 지었다.

"자네가 그렇게 부자인줄 몰랐군! 그 돈을 어떻게 마련할 텐가?"

"일단 집에 있는 돈을 그러모으고, 그걸로 부족하면 벌통 열 개를 이웃에게 팔 거야. 그 사람은 오래전부터 내 벌통을 사고 싶어했거든."

"그러다 올해 양봉이 잘 되면 자넨 후회하게 될 거야."

"후회? 이 사람아, 난 아니네! 나는 지금까지 내 죄 말고는 어떤 것도 후회해 본 적이 없어. 영혼보다 더 소중한 건 아무것도 없으니까."

"그렇다고 해도 집안일을 돌보지 않는 건 옳지 않아."

"그럼 우리의 영혼을 돌보지 않는 건 옳다는 건가? 그게 더 나쁜 일이야. 우린 맹세를 했고, 이제 가야 하네! 이제 떠나야 해!"

엘리사는 친구를 설득하는 데 성공했다. 아침이 되어 에핌은 그 일을 다시 한 번 숙고한 뒤 엘리사를 찾아갔다.

"자네가 옳아. 가세. 삶과 죽음은 신의 뜻에 달렸지. 우린 지금 가야 해. 이렇게 살아 있고 아직 힘이 남아 있을 때 말이야."

일주일 후, 두 노인은 떠날 준비가 되었다. 에핌은 수중에 충분한 돈이 있었다. 백 루블은 자신이 갖고, 2백 루블은 아내에게 맡겼다.

엘리사 역시 준비가 끝났다. 여름이 오기 전에 새 분봉(分蜂)을 할지도 모를 벌통 열 개를 이웃에게 팔고 70루블을 받았다. 나머지 30루블은 다른 가족들이 가지고 있던 것을 모두 그러모아서 마련했다. 엘리사의 아내는 자신의 장례식 비용으로 모아 두었던 돈을 전부 내주었고, 며느리 역시 갖고 있던 돈을 내놓았다.

에핌은 큰아들에게 모든 일에 대해 명확한 지시를 내렸다. 풀을 언제 그리고 얼마만큼 베어야 하는지, 거름을 짐수레에 실어 어디로 날라야 하는지, 어떻게 일을 끝마치고 오두막집의 지붕을 어떻게 달아야 하는지 일러 주었다. 에핌은 모든 것을 생각해 냈고, 그에 맞게 지시를 내렸다. 반면에 엘리사는 자신이 이웃에게 판 벌통에서 분봉하는 벌 떼들을 어떻게 분리해야 하는지만 아내에게 설명해 주고, 그 이웃에게도 있는 그대로 모두 알려 주었다. 집안일에 관해서는 언급조차 하지 않았다.

"무엇을 해야 하고 어떻게 해야 하는지는 필요에 의해서 알게 될 거야. 너희가 주인이고, 따라서 너희를 위해 가장 좋은 것을 어떻게 해야 하는지 알게 될 게다."

엘리사가 말했다.

그렇게 두 노인은 모든 채비를 마쳤다. 가족들은 그들을 위해 빵을 굽고 가방을 만들고, 다리띠로 사용할 아마포를 잘라 주었다. 그들은 새 가죽 신발을 신은 뒤 목피 신발을 여분으로 챙겨 넣었다. 가족들이 동구 밖까지 배웅을 나와 작별 인사를 했고, 두 노인은 그들의 순례 여행을 시작했다.

엘리사는 즐거운 기분으로 집을 나섰고, 마을을 벗어나자마자 모든 집안일을 잊었다. 그의 유일한 관심사는 어떻게 친구를 기쁘게 할까, 어떻게 해야 누구에게도 무례한 말을 하지 않게 될까, 어떻게 평화와 사랑 속에서 목적지까지 갔다가 집으로 다시 돌아갈까 하는 것이었다. 길을 따라 걷는 동안 엘리사는 자기 자신에게 기도의 말을 속삭이거나 기억할 수 있는 성인(聖人)들의 삶 같은 것들을 되새겼다. 길에서 어떤 사람과 마주치거나 하룻밤을 묵기 위해 어떤 곳에 들르게 되면, 할 수 있는 한 정답게 행동하고 신심(信心)이 깊은 말을 건넸다. 그렇게 엘리사는 기쁨에 차서 여행을 계속했다. 하지만 끊을 수 없는 한 가지 일이 있었으니, 바로 코담배였다. 코담뱃갑을 집에 두고 왔지만 엘리사는 코담배 생각이 간절했다. 그때 길에서 만난 한 남자가 코담배를 조금 주었고, 엘리사는 이따금씩 뒤떨어져서(친구를 유혹에 빠뜨리지 않기 위해) 코담배를 한 줌 맡곤 했다.

에핌 또한 침착하고 굳세게 걸어갔다. 어떤 잘못된 일도 하지 않고 어떤 무익한 말도 하지 않았지만, 마음은 그렇게 가볍지가 못했다. 집안 걱정이 그의 마음을 내리누르고 있었

다. 에핌은 집에서 무슨 일이 일어나고 있는지 계속 걱정했
다. 미처 아들에게 지시하지 못한 일은 없을까? 아들이 일을
제대로 할 것인가? 감자 씨를 뿌리거나 짐수레로 거름을 나
르는 모습을 우연히 보게 되면, 에핌은 아들이 자신이 일러
준 대로 하고 있는지 궁금해했다. 그리고 되돌아가서 아들에
게 일하는 방법을 가르쳐 주거나 심지어 자신이 직접 하기를
원했다.

3

두 노인은 달포 이상을 걸었고, 집에서 만든 목피 신발이
다 해져서 새 것을 구입해야 할 때쯤 소(小)러시아에 닿았다.
집을 떠난 이후 그들은 음식을 먹고 하룻밤을 묵기 위해 돈
을 지불해야 했지만, 소러시아에 도착하자 사람들이 앞 다투
어 그들을 집으로 초대했다. 소러시아 사람들은 그들에게 잠
자리를 제공하고 먹을 것을 주었지만 돈은 받으려 하지 않았
고, 가는 길에 먹으라며 빵이나 다른 음식들을 싸 주기까지
했다.

두 노인은 8백여 킬로미터를 이렇게 돈을 들이지 않고 여

행했다. 그러나 다음 지방을 넘고 난 후, 흉작이 든 지역에 이르게 되었다. 농부들은 여전히 무료로 하룻밤을 재워 주었지만, 음식은 그냥 내주지 않았다. 심지어 두 노인은 빵을 구하지 못할 때도 있었다. 돈을 지불해도 그들에게 내어줄 빵이 하나도 없기 때문이었다. 사람들은 바로 지난해에 완전히 흉작이 들었다고 말했다. 부유한 사람들은 몰락해서 그들이 가진 모든 것을 팔아야 했고, 중류층 사람들은 곤궁에 빠졌으며, 가진 게 없던 가난한 이들은 구걸을 하며 헤매거나 집에서 철저히 굶주렸다. 겨울에 이들은 곡식 껍질이나 명아주로 연명을 해야 했다.

두 노인은 잠을 청하기 위해 어느 작은 마을에 들렀다. 그곳에서 빵을 사고 하룻밤을 묵은 뒤 새벽같이 출발했다. 더운 기운이 올라오기 전에 더 많은 길을 걷기 위해서였다. 십여 킬로미터를 걸은 후 개울가에 앉아 그릇에 물을 담고 빵을 적셔 먹었다. 그런 다음 다리띠를 새로 동여매고 잠시 쉬었다. 엘리사가 코담배를 꺼내자 에핌이 설레설레 머리를 가로저으며 말했다.

"자넨 그 좋지 못한 습관을 왜 못 버리나?"

엘리사가 손을 내저으며 대답했다.

"이 나쁜 습관이 나보다 더 강하거든."

그들은 이내 자리에서 일어나 걷기 시작했다. 다시 십여 킬로미터를 걸었을 때 큰 마을에 이르렀고, 마을을 곧바로 통과했다. 이제 날이 뜨거워져 있었다. 엘리사는 지쳤고 쉬면서 물을 마시고 싶었지만, 에핌은 멈추지 않았다. 에핌이 엘리사보다 잘 걸었기 때문에 엘리사는 에핌을 따라가는 일이 힘들다는 걸 알게 되었다.

"난 물을 마셔야겠어."

엘리사가 말했다.

"그러게. 난 됐어."

엘리사가 걸음을 멈췄다.

"먼저 가게. 난 저기 보이는 오두막집에 들렀다 가지. 곧 자네를 따라잡겠네."

"그렇게 하게."

에핌은 혼자 큰길을 따라 계속 걸어갔고, 엘리사는 오두막집이 있는 곳으로 되돌아갔다.

진흙으로 벽을 처덕처덕 바른 작은 오두막집이었고, 아래쪽은 어두운 색으로 위쪽은 백색 도료로 칠해져 있었다. 분명 진흙을 다시 바른 지 오랜 시간이 지났고, 초가지붕의 한 면은 떨어져 나가고 없었다. 입구에서 집까지 마당이 나 있었다. 엘리사는 마당 안으로 들어섰고, 집 가까이 흙더미 옆에 누워 있는 한 남자를 보았다. 몹시 야윈 모습에 아직 젊고, 소아시아 사람들이 그렇듯 윗옷 끝을 바지 안에 집어넣고 있었다. 그늘에 누워 있었을 테지만, 이제 태양이 떠올라 그의 온몸에 내리쬐고 있었다. 잠들어 있지 않았지만 남자는 여전히 그곳에 누워 있었다. 엘리사가 남자를 부르며 물 한 잔을 부탁했지만, 그는 아무 대답도 하지 않았다.

'병들었거나 아님 불친절한 사람이군.' 엘리사가 속으로 생각하며 문 쪽으로 걸어가는데 집 안에서 아이 우는 소리가 들려왔다. 엘리사는 손잡이로 사용되는 고리를 잡고 문을 두드렸다.

"계시오?"

아무 대답이 없었다. 엘리사는 들고 있던 지팡이로 다시 문을 두드렸다.

"주인장!"

아무 소리도 들리지 않았다.

"안에 아무도 없어요?"

여전히 아무도 대답하지 않았다.

엘리사가 막 돌아서려고 하는데 집 안에서 신음소리가 들려왔다.

"이 집 사람들에게 불행한 일이 일어난 게 틀림없어! 들어가 보는 게 낫겠군."

4

  엘리사는 고리를 돌렸다. 문은 잠겨 있지 않았다. 엘리사는 문을 열고 좁은 통로를 따라 들어갔다. 방이 하나 나왔고 문이 열려져 있었다. 왼쪽으로 벽돌 화덕이 있고, 정면 벽에 성상(聖像)을 얹은 받침대와 탁자 하나, 긴 의자가 놓여 있었다. 그리고 의자 위에 모자를 쓰지 않고 얇은 옷 하나만을 걸친 노파가 탁자에 머리를 기댄 채 앉아 있었다. 야위고 창백하며 배만 볼록 튀어나온 사내아이가 애처롭게 울면서 노파의 소매를 붙잡고 뭔가를 요구하고 있었다. 엘리사가 안으로 들어갔다. 방 안은 역한 공기로 가득했다. 엘리사는 주위를 둘러보았고, 화덕 뒤 맨바닥에 길게 누워 있는 한 여자를 발견했다. 여자는 눈을 감은 채 가르랑가르랑 소리를 내다가, 다리 하나를 내뻗더니 다시 끌어당겨서 좌우로 뒤흔들기 시작했다. 악취는 여자에게서 나고 있었다. 분명 여자는 스스로 아무것도 할 수가 없었고, 아무도 여자를 시중들고 있지 않았다. 노파가 고개를 들어 낯선 노인을 쳐다보았다.

  "뭘 원하시오? 뭘 원하시오? 우린 아무것도 없다오."

  노파가 말했다.

  엘리사는 노파가 소아시아 방언으로 말했지만 알아들었다.

"물 한 잔 마시려고 들어왔습니다."

"아무것도, 아무것도 없어요. 물을 담을 그릇도 하나 없다오. 그냥 가세요."

그러자 엘리사가 물었다.

"그럼, 저 여자를 시중들 사람이 이 집에 아무도 없습니까?"

"네, 아무도 없어요. 내 아들은 밖에서 죽어 가고, 우린 이 안에서 죽어 가고 있으니까요."

작은 사내아이는 낯선 노인을 보고 울음을 멈췄지만, 노파가 말하기 시작하자 다시 노파의 소매를 꽉 붙잡고 울기 시작했다.

"빵, 할머니, 빵."

엘리사가 노파에게 막 질문을 하려는데 남자가 비틀거리며 안으로 들어왔다. 남자는 벽에 들러붙어서 걸어왔고, 방에 들어오자 문지방과 가까운 구석에 털썩 주저앉았다. 그리고 의자가 있는 곳으로 가기 위해 다시 일어나려 하지 않고, 띄엄띄엄 말하기 시작했다. 남자는 한 번에 한마디를 말하고 숨을 헐떡거렸다.

"우린 병에 걸렸어요……. 굶주리고…… 아이가 죽어 가고 있어요."

남자가 작은 사내아이를 가리키며 흐느껴 울기 시작했다.

엘리사는 어깨 뒤에서 자루를 홱 잡아당겨 바닥에 내려놓았다. 그리고 다시 자루를 의자 위에 올려놓고 끈을 풀었다. 엘리사는 빵 한 덩어리를 꺼내 칼로 한 조각을 베어서 남자에게 건넸다. 남자는 받으려 하지 않았고 마치 '저 애들에게 주세요.'라고 말하는 것처럼 작은 사내아이와 화덕 뒤에 쭈그리고 있는 어린 소녀를 가리켰다.

엘리사는 빵을 사내아이에게 내밀었다. 아이는 빵 냄새를 맡고 팔을 뻗어 작은 두 손으로 빵을 잡았다. 그리고 빵 속에 코를 묻은 채 먹기 시작했다. 어린 소녀가 화덕 뒤에서 나왔고, 빵에서 눈을 떼지 못했다. 엘리사는 소녀에게도 빵 한 조각을 주었다. 그리고 다시 빵을 잘라 노파에게 건넸다. 노파 역시 게 눈 감추듯 먹기 시작했다.

"물을 좀 마실 수 있으면 좋겠는데."

노파가 말했다.

"아이들 목이 바싹 말랐어요. 내가 어제, 아니 오늘인지 기억이 안 나지만 물을 길어 오려다가 넘어져 버렸어요. 누가 훔쳐 가지 않았다면 들통이 저 바깥에 그대로 있을 거예요."

엘리사는 우물이 어디에 있는지 물었다. 노파가 가르쳐 주었고, 엘리사는 밖으로 나가 들통을 찾아서 물을 떠왔다. 그리고 사람들에게 마시게 했다. 아이들과 노파는 물과 함께 빵을 더 먹었지만, 남자는 먹으려 하지 않았다.

"전 먹을 수가 없어요."

남자가 말했다.

화덕 뒤에 누워 있는 여자는 여전히 의식이 없었지만, 계속해서 다리를 뒤흔들었다. 엘리사는 곧바로 마을 가게에 가서 기장과 소금, 밀가루, 기름을 사 왔다. 그리고 도끼를 찾아 나무를 자르고 불을 피웠다. 어린 소녀가 와서 엘리사를 도왔다. 그런 다음 엘리사는 수프를 끓여서 굶주린 사람들에게 식사를 차려 주었다.

5

남자는 조금 먹었고 노파 역시 요기만 채웠으며, 어린 소녀와 사내아이는 그릇을 깨끗이 핥고 난 뒤 기분 좋게 웅크리고서 곧 서로의 팔을 베개 삼아 잠이 들었다.

남자와 노파는 엘리사에게 어떻게 그러한 지경에 처하게 되었는지 이야기하기 시작했다.

"그전에도 매우 가난했지만, 흉작이 들자 우리가 수확한 것으로는 가을도 채 나기가 힘들었어요. 겨울이 되자 아무것도 남지 않았고, 우린 이웃과 우리가 아는 모든 사람들을 찾아가 구걸을 해야 했지요. 처음에는 먹을 것을 주었지만 곧 거절하기 시작했어요. 어떤 이들은 우릴 도와주고 싶어도 우리에게 줄 게 아무것도 없었어요. 달라고 하기도 부끄러웠어요. 돈과 밀가루, 빵 등 사방에 다 빚을 졌지요."

"저는 일거리를 찾아 나섰지만 전혀 찾을 수가 없었어요."

남자가 말했다.

"모두 날품팔이 일뿐이었지요. 하루를 일하면, 또 다른 일거리를 찾기 위해 이틀을 보내야 했어요. 늙으신 어머니와 어린 딸이 구걸을 하기 위해 더 멀리 갔지만 얻어 오는 건 아주 적었어요. 그래도 어떻게든 함께 먹을 것을 모았고, 이듬해 추수 때까지 버틸 수 있기를 바랐지요. 그런데 봄이 다가오면서 사람들이 일체 아무것도 내주지 않았어요. 그리고 이렇게 병이 우릴 덮쳤습니다. 생활은 나날이 악화됐어요. 어쩌다 먹을 것을 구하는 날이 있으면, 그다음 이틀은 완전히 굶었어요. 그러다 풀을 뜯어 먹기 시작했지요. 그게 풀이었는지 뭔지는 몰라도 아내가 그때 병을 얻었습니다. 아내는 일어설 수가 없고 전 아무 힘도 남지 않았고, 우리가 나을 수 있는 방법은 아무것도 없어요."

"한동안 혼자서 아등바등 애썼지만, 결국 먹지를 못해서 건강을 해치고 모든 기력을 잃었어요."

노파가 말했다.

"손녀 역시 약하고 소심해졌어요. 이웃들을 찾아가 보라고 말했지만, 집을 떠나려 하지 않고 구석으로 기어 들어가

쪼그린 채 앉아 있지요. 그저께 한 이웃 여자가 와서 우리가 병들고 굶주린 걸 발견했지만 돌아서서 가 버렸어요. 남편이 멀리 떠나 버린데다 자신의 어린 자식들에게 먹일 것조차 없으니까요. 그래서 우린 이렇게 누워서 죽음을 기다리고 있어요."

이야기를 다 들은 엘리사는 그날 친구를 따라잡겠다는 생각을 포기하고 그들의 집에서 하룻밤을 보냈다. 아침이 되자 엘리사는 마치 자신의 집인 것처럼 일을 하기 시작했다. 노파의 도움을 받아 밀가루를 반죽해서 빵을 만들고 불을 피웠다. 그리고 어린 소녀와 함께 이웃을 찾아가 가장 필요한 것들을 얻었다. 빵을 얻기 위해 부엌세간과 옷 등 모든 것을 팔아 버렸기 때문에 오두막집 안에는 아무것도 남아 있지 않았다. 엘리사는 어떤 것들은 손수 만들고, 어떤 것들은 돈을 주고 사다가 장만해 놓기 시작했다. 그렇게 하루를 보내고 또 하루를 보내고 사흘째가 되었다. 작은 사내아이는 힘을 되찾았고 엘리사가 앉아 있을 때마다 살그머니 의자 옆으로 다가와 다정하게 몸을 기댔다. 어린 소녀는 얼굴이 밝아졌고, 엘리사를 졸졸 따라다니며 모든 일을 도왔다.

노파는 점차 기운을 되찾고 밖으로 나가 이웃을 만났다. 남자 역시 나아졌으며, 벽에 의지해서 움직일 수 있게 되었다. 남자의 아내만이 일어나지 못했지만, 사흘째 되는 날 의식을 되찾고 음식을 찾았다.

'이렇게 많은 시간을 도중에 쓰게 되리라고는 전혀 생각지 못했어. 이제 떠나야 해.' 엘리사가 생각했다.

나흘째가 되는 날은 여름 단식에 뒤따르는 축일이었고, 엘리사는 속으로 생각했다.

'하루 더 머물면서 이 사람들과 단식 후 첫 음식을 먹어야 겠군. 가서 뭘 좀 사다가 함께 축일을 맞은 다음 내일 저녁에 출발해야지.'

엘리사는 마을에 가서 우유와 밀가루, 기름을 사 왔다. 그리고 노파를 도와 다음날 먹을 음식을 준비했다. 축일 날 엘리사는 예배당에 다녀온 후 오두막집 사람들과 아침을 먹었다. 그날 남자의 아내가 자리에서 일어났고, 조금씩 돌아다니기 시작했다. 남자는 수염을 깎고 노파가 빨아 준 깨끗한 옷을 입고서 마을의 한 부유한 농부를 찾아갔다. 그리고 추수가 끝날 때까지 자신의 저당 잡힌 목초지와 경작지를 사용할 수 있게 해 달라고 간절히 청했다. 하지만 남자는 저녁이 되어 매우 슬픈 표정으로 돌아왔고, 눈물을 흘리기 시작했

다. 부유한 농부는 '돈을 가져오라.'고 말하며 전혀 자비를 베풀지 않았던 것이다.

엘리사는 다시 생각에 잠겼다. '이제 이들은 어떻게 살아야 하지? 다른 사람들은 건초를 만들겠지만, 이들에겐 풀을 벨 땅이 하나도 없고 목초지는 저당을 잡혔어. 호밀이 여물고 다른 사람들은 수확을 하겠지만, 이들은 수확을 기대할 게 아무것도 없어. 대지는 올해 풍년을 약속하고 있지만 이들의 경작지는 그 부유한 농부에게 담보로 잡혀 있지. 내가 가 버리고 나면, 처음 내가 발견했던 상태로 다시 돌아가게 될 거야.'

엘리사는 고민했지만, 결국 그날 저녁 떠나지 않고 하룻밤을 더 묵기로 결정했다. 엘리사는 잠을 청하기 위해 마당으로 나갔다. 기도를 하고 자리에 누웠으나 잠이 오지 않았다. 한편으로는 이미 너무 많은 시간과 돈을 써 버렸기 때문에 떠나야 한다고 생각했지만, 다른 한편으로는 오두막집 사람들이 딱하게 여겨졌다.

"전혀 끝이 없을 것 같아. 처음엔 단지 물을 떠 주고 빵 한 조각씩을 줄 생각이었어. 하지만 지금 내가 어떻게 됐지? 문제는 목초지와 경작지를 되찾는 데 있지만, 그것들을 되찾아 준 뒤에는 이들을 위해 암소를 사 주고 남자가 수레로 곡식을 나를 수 있도록 말을 사 주어야 해. 아, 엘리사, 스스로 혼란을 자초한 거야! 내 본분을 잊고 판단을 잘못한 거야!"

엘리사는 자리에서 일어나 베개로 사용했던 자신의 웃옷을 펼쳐서 코담배를 꺼냈다. 그리고 코담배가 자신의 생각을 정리해 줄지도 모른다고 생각하며 한 줌 들이마셨다.

허나 그렇지가 못했다! 엘리사는 생각하고 또 생각했지만 결론을 얻을 수가 없었다. 응당 떠나야 하지만 동정이 그를 가로막았다. 엘리사는 어떻게 해야 할지 몰랐다. 다시 웃옷을 접어 머리에 베고 누웠다. 그렇게 오랫동안 누워 있다 보니 어느새 수탉들이 울었다. 이내 졸음이 밀려왔고, 갑자기 누군가 자신을 깨운 것처럼 생각되었다. 엘리사는 자루를 등에 지고 손에 지팡이를 든 여행자가 되어 있었으며, 문은 자신이 비집고 통과할 수 있을 만큼 열려져 있었다. 엘리사가 막 문을 나서려는데 울타리 한쪽에 자루가 걸렸다. 자루를 벗으려고 하자 이번엔 다리띠가 다른 쪽 울타리에 걸려 풀어지고 말았다. 자루를 잡아당길 때 엘리사는 자루가 울타리에 걸린 게 아니라는 걸 알게 되었다. 그 어린 소녀가 자루를 붙들고 빵을 달라며 울고 있었다.

엘리사는 발을 내려다보았다. 자그마한 사내아이가 다리띠를 붙잡고 있었으며, 오두막집의 남자와 노파는 창문으로 그를 바라보고 있었다.

엘리사는 잠에서 깨어났고, 분명한 목소리로 말했다.

"내일 경작지를 되찾아 주고, 말 한 필과 추수 때까지 먹을 수 있는 밀가루와 아이들을 위해 암소 한 마리를 사야겠어.

그렇지 않으면 바다 건너 하느님을 찾아가는 동안 내 안에서 그분을 잃어버릴지도 몰라."

그리고 엘리사는 잠이 들었다. 아침 일찍 눈을 뜬 엘리사는 그 부유한 농부를 찾아가 경작지와 목초지를 모두 되찾았다. 그리고 큰 낫을 하나 사서 돌아왔다. 엘리사는 남자에게 낫을 주어 풀을 베어 오도록 보내고 다시 마을로 나갔다. 여인숙에서 수레를 파는 소리가 들렸고, 엘리사는 그 주인과 흥정을 한 뒤 수레를 샀다. 그런 다음 밀가루 한 부대를 사서 수레에 싣고 암소를 보기 위해 나섰다. 엘리사는 길을 따라 가다가, 이야기를 나누면서 걷고 있는 두 여자 옆을 지나가게 되었다. 여자들은 소러시아 방언으로 말했지만 엘리사는 그들이 하는 말을 알아들었다.

"처음엔 어떤 사람인지 몰랐대요. 그저 지나가는 사람이라고 생각한 거죠. 그런데 노인이 물 한 잔을 청하기 위해 들어왔고 계속 그 집에 머문 거예요. 노인이 그들을 위해 사 준 것들을 생각해 보세요! 오늘 아침엔 여인숙에서 그들에게 줄 수레를 샀다고 하더라고요! 세상에 그런 사람은 많지 않아요. 가서 그 사람 얼굴만이라도 좀 봐야겠어요."

엘리사는 자신을 칭찬하고 있다는 걸 알았고, 암소를 사러 가는 대신 여인숙으로 되돌아갔다. 그곳에서 수레를 끄는 말 한 필을 사서 마구를 채운 후 오두막집으로 몰고 왔다. 오두막집 사람들은 말을 보고 깜짝 놀랐다. 그 말이 어쩌면 자신들을 위한 것일지도 모른다고 생각했지만, 감히 물을 수가 없었다. 남자가 밖으로 나가 문을 열었다.

"말을 어디에서 가져오신 거예요?"

"내가 샀다네. 싼값에 나왔지. 가서 풀을 가져다가 여물통에 넣게. 말이 밤사이에 먹을 수 있도록 말이야. 수레에 있는 밀가루 부대도 들여놓게."

남자는 말에서 마구를 끄르고, 밀가루 부대를 헛간으로 옮겼다. 그리고 풀을 가져다가 여물통에 넣었다. 오두막집의 모든 사람들이 누워서 잠을 청했다. 그날 저녁 엘리사는 자신의 가방을 들고 밖으로 나왔다. 모두가 잠들자, 자리에서 일어나 가방을 챙겨서 묶고 다리에 아마포 띠를 둘렀다. 그리고 신발을 신고 웃옷을 걸친 후 에핌을 따라가기 위해 출발했다.

5킬로미터 정도를 걸었을 때 날이 밝기 시작했다. 엘리사는 나무 아래 앉아 가방을 열어 돈을 세어 보았다. 17루블 20

코페이카밖에 남아 있지 않았다.

'이 돈으로는 바다를 건널 수 없어. 내가 여행을 고집하는 건 아예 가지 않느니만 못할지도 몰라. 친구 에핌은 나 없이도 예루살렘에 도착할 것이고, 성전(聖殿)에 내 이름으로 촛불을 밝혀 줄 거야. 유감스럽게도 살아 있는 동안 내 맹세를 결코 이행하지 못할 테지만, 그것이 자비로운 그리스도와 죄인들을 용서하시는 분의 뜻이라면 감사히 여겨야 해.'

엘리사는 자리에서 일어나 가방을 어깨 위로 가볍게 둘러멘 다음, 뒤로 돌아섰다. 누가 자신을 알아보는 걸 바라지 않았기 때문에 오두막집이 있는 마을을 우회해서 돌았고, 기운차게 집으로 향했다. 집에서 떠나올 때는 길이 험한 것 같고 에핌을 따라가는 일이 힘들었지만, 이제 집으로 돌아가는 길에는 신이 그와 함께 했기 때문에 거의 피로함을 느끼지 못했다. 걷는 일이 아이들 놀이처럼 쉬웠다. 엘리사는 지팡이를 흔들며 길을 따라 나아갔고, 하루에 7, 80킬로미터를 걸었다.

엘리사가 집에 도착했을 때는 추수가 끝나 있었다. 가족들은 엘리사를 보고 매우 기뻐했으며, 모두 무슨 일이 있었는지 알고 싶어했다. 왜, 그리고 어떻게 홀로 남겨졌으며, 어째서 예루살렘에 가지 않고 되돌아왔는지 궁금해했다. 하지만 엘리사는 말하지 않았다.

"내가 그곳에 가는 건 신의 뜻이 아니었어요. 가는 길에 돈을 잃어버리고, 친구와 떨어지게 됐어요. 부디 날 용서해 주오!"

엘리사는 늙은 아내에게 남은 돈을 주었다. 그리고 가족들에게 집안일에 대해 물었다. 모든 게 순조로웠다. 모든 일을 끝냈고, 어떤 일도 소홀히 하지 않았으며, 모두 평온하고 조화롭게 살고 있었다.

그날 에픰의 가족이 엘리사가 돌아왔다는 말을 듣고 찾아와서 에픰의 소식을 물었다. 엘리사는 똑같이 대답했다.

"에픰은 걸음이 빠르지요. 우린 성(聖) 베드로 축일을 사흘 앞두고 헤어졌어요. 다시 에픰을 따라잡으려고 했지만, 이런저런 여러 가지 일들이 일어났습니다. 전 돈을 잃어버려서 더 이상 갈 수가 없었고, 그래서 돌아왔어요."

에픰의 가족들은 그렇게 현명한 노인이 그렇게 어리석게 행동했다는 데 깜짝 놀랐다. 여행을 떠났지만 목적지에 이르지도 않고 게다가 모든 돈을 낭비했다는 걸 이상하게 생각했지만 곧 모두 잊어버렸다. 엘리사 역시 잊었다. 엘리사는 다시 집안일을 돌보기 시작했다. 아들의 도움을 받아 겨울 땔감을 마련하고 집안 여자들과 곡식을 타작했다. 헛간의 초가지붕을 수선하고 벌통에 덮개를 씌운 뒤, 이웃에게 자신이 판 벌통 열 개와 그 벌통들에서 분봉한 모든 벌통을 넘겨주었다. 엘리사의 아내는 얼마나 많은 벌통이 분봉되었는지 말하지 않으려 했지만, 엘리사는 이웃에게 판 벌통들에서 분봉

한 것들과 그렇지 않은 것들을 잘 알고 있었다. 그리하여 열 통이 아닌 열다섯 통을 이웃에게 건넸다. 겨울을 나기 위한 모든 준비가 끝나자 엘리사는 일자리를 찾도록 아들을 떠나보내고, 그 자신은 벌통으로 사용할 통나무의 속을 비우면서 목피 신발을 만들기 시작했다.

엘리사가 그 병든 사람들과 오두막집에 남아 있던 날, 에픰은 줄곧 엘리사를 기다렸다. 에픰은 친구와 헤어지고 얼마 지나지 않아 자리에 앉았다. 기다리고 또 기다리면서 잠시 눈을 붙였다 일어나고, 다시 앉아서 기다렸지만 엘리사는 오지 않았다. 에픰은 눈이 아플 때까지 뚫어져라 바라보았다. 해가 이미 서산으로 지고 있었지만, 엘리사의 모습은 조금도 보이지 않았다.

'어쩌면 나를 지나쳤는지도 몰라. 혹은 누군가 엘리사를 태워서 내가 잠자는 사이에 지나갔을지도 모르지.' 에픰은 생각했다. '하지만 어떻게 날 못 볼 수가 있지? 여기는 아주 멀리까지 내다볼 수 있는데. 돌아가야 할까? 만약 엘리사가 나보다 앞서 있는 거라면, 우린 완전히 어긋나게 될 테고 그럼 더 좋지 않아. 그냥 가는 편이 낫겠어. 오늘 밤 우리가 묵게 되는 곳에서 분명 만나게 될 거야.'

에핌은 마을에 이르렀고, 파수꾼에게 이러이러한 노인이 지나가거든 자신이 묵는 집으로 데려와 달라고 부탁했다. 그러나 엘리사는 그날 밤 나타나지 않았다. 에핌은 여행을 계속하면서 만나는 모든 사람에게 키가 작고 대머리인 노인을 보았는지 물었다. 아무도 그런 여행자를 본 적이 없었다. 에핌은 이상하게 여겼지만 '틀림없이 오데사(흑해에 면한 우크라이나 남부의 항구 도시 — 역주)나 배 위에서 만나게 될 거야.' 라고 말하며 계속 나아갔다. 그리고 더 이상 걱정하지 않았다.

에핌은 긴 머리에 성직자처럼 챙이 없고 둥글납작한 모자를 쓴 한 순례자를 우연히 만나게 되었다. 그는 아토스 산을 갔다 왔고 예루살렘을 두 번째 방문하는 길이었다. 두 사람은 하룻밤을 같은 곳에서 묵었고, 함께 길을 떠났다.

그들은 무사히 오데사에 도착했고, 그곳에서 배를 타기 위해 3일을 기다려야 했다. 여러 곳에서 모여든 많은 순례자들도 마찬가지였다. 에핌은 다시 엘리사에 대해 물었지만 그를 본 사람은 아무도 없었다.

에핌은 외국인 통행증을 받기 위해 5루블을 썼다. 그리고 예루살렘에 갔다가 돌아오는 왕복 표를 끊는 데 40루블을 쓰고, 배 위에서 먹을 빵과 청어를 샀다.

그 성직자 복장의 순례자는 에핌에게 어떻게 뱃삯을 지불하지 않고 배 위에 오를 수 있는지 설명하기 시작했지만 에핌은 들으려 하지 않았다.

"됐소, 난 돈을 준비해 왔으니 뱃삯을 치를 거요."

배에 화물이 실린 다음, 에핌과 그의 새 동행자를 포함하여 순례자들이 배에 올랐다. 닻이 오르고 배가 바다로 나아갔다.

낮 동안에는 항해가 순조로웠지만, 밤이 되면서 바람이 일고 비가 내리기 시작하더니 배가 위아래로 흔들리며 파도를 뒤집어썼다. 사람들은 겁을 집어먹었고, 여자들은 울면서 비명을 질렀다. 보다 나약한 남자들은 피난처를 찾아 이리저리 뛰어다녔다. 에핌 역시 두려웠지만 겉으로 나타내려 하지 않았고, 배에 처음 올랐을 때 자리 잡은 뱃마루에 그대로 머물렀다. 그의 옆에는 탬보프에서 온 몇몇 노인들이 있었다. 그들은 그곳에 말없이 앉아서 각자 자신의 짐을 붙잡고 하룻밤과 그 이튿날을 꼬박 보냈다. 배가 출항한 지 사흘째 날 바다가 잠잠해졌고, 닷새가 되는 날 콘스탄티노플에 닻을 내렸다. 어떤 순례자들은 이제 터키인들의 소유가 된 성 소피아 대성당을 방문하기 위해 뭍에 올랐다. 에핌은 배위에 남아 있었고, 흰 빵을 조금 샀다. 배는 하루 동안 콘스탄티노플에 정박한 뒤 다시 출항했다. 스미르나(이즈미르의 옛이름으로. 에게 해에 면한 터키 서부의 항구 도시 — 역주)에서 다시 멈추고 알렉산드리아에서 또 한 번 멈췄지만, 마침내 무사히 야파에 도착했고 그곳에서 순례자들은 모두 육지로 올라야 했다. 야파에서 예루살렘까지는 65킬로미터 정도 떨어져 있었다. 육지에 오를 때 사람들은 다시 한 번 겁을 집어먹었다. 높은 배에서 작은 배 위로 뛰어내려야 했으며, 그 때문에 작은 배들이 심하게 흔들려서 잘못하면 바다에 빠지기가 쉬웠다. 한두 사람이 물에 젖었지만, 모두 안전하게 육지로 올랐다.

에핌과 그의 동행자는 걸어서 여행을 계속했고, 사흘째 되는 날 정오에 예루살렘에 닿았다. 그들은 예루살렘 바깥쪽에 위치한 러시아 여인숙에 짐을 풀었고, 그곳에서 통행증을 확인받았다. 에핌은 저녁을 먹은 뒤 동행 순례자와 함께 성지(聖地)를 방문했다. 그리스도의 성묘(聖墓)에 들어갈 수 있도록 허가되는 시간이 아니었기 때문에 '총대주교 관구'로 갔다. 모든 순례자들이 그곳에 모여 있었다. 여자들은 남자들과 분리돼 있었으며, 남자들은 모두 맨발로 둥글게 원을 그리며 앉도록 지시받았다. 수사(修士) 한 사람이 순례자들의 발을 씻어 주기 위해 수건을 들고 도착했다. 수사는 둥글게 앉아 있는 모든 순례자들의 발을 씻어 주고 물기를 닦아 낸 다음 입을 맞추었다. 에핌의 발도 씻기고 입맞춤을 받았다. 에핌은 저녁 기도와 아침 기도 내내 서 있었고, 기도를 했으며, 성전에 초를 갖다 놓고 부모의 이름을 새긴 작은 책자를 올렸다. 성전 기도식 때 이름이 언급될지도 모르기 때문이었다. '총대주교 관구'에서는 순례자들에게 음식과 포도주를 나눠 주었다. 다음날 아침에는 이집트의 성모(聖母)가 속죄를 하며 살았던 독실(獨室)을 방문했다. 이곳에서도 초를 갖다 놓고 기도문을 읽었다. 그리고 '아브라함의 수도원'을 찾아가 아브라함이 신께 자신의 아들을 제물로 바치려고 했던 장소를 보았다. 그런 다음 그리스도가 막달라 마리아에게 나타났던 장소와 그리스도의 형제인 '야고보의 성당'을 방문했다. 에핌의 동행 순례자가 이 모든 곳들을 안내했고, 에핌에게 각 장소에서 돈을 얼마나 헌금해야 하는지 일러 주었다. 오후가 되어 그들은 여인숙으로 돌아와 식사를 했다. 그리고 누워서 쉴 준비를 하고 있을 때, 에핌의 동행 순례자가 소리를 지르며 그의 옷가지들을 뒤지기 시작했다.

"누가 내 지갑을 훔쳐 갔어요. 23루블이 있었는데, 십 루블짜리 지폐 두 장, 그리고 잔돈이 들어 있었는데……."

순례자는 한숨을 내쉬며 크게 탄식했지만, 어찌할 방법이 없었기 때문에 누워서 잠을 청했다.

에핌이 자리에 누웠을 때 유혹이 엄습해 왔다.

'아무도 이 사람의 돈을 훔치지 않았어. 난 이 사람에게 돈이 있었다는 말을 믿지 않아. 어디를 가든 내게 헌금하도록 만들면서도 정작 자신은 한 번도 헌금한 적이 없어. 심지어 나한테 일 루블을 빌렸지.'

이런 생각이 머리를 스치기가 무섭게 에핌은 스스로를 꾸짖었다. '무슨 권리로 내가 다른 사람을 판단하는 거지? 그건 죄야. 더 이상 그 일에 대해 생각하지 말아야지.' 그러나 생각들이 산만해지기 시작하면서 다시 그 동행 순례자에게 모아졌다. 그는 돈에 관심이 아주 많은 것처럼 보였고, 지갑을 도둑맞았다고 말했을 때 그 말은 전혀 사실 같지가 않았다.

'이 사람은 돈이 한 푼도 없었어. 그건 꾸며 낸 이야기야.'

저녁 무렵에 그들은 자리에서 일어났고, 자정 미사에 참례하기 위해 그리스도의 성묘가 있는 '부활의 성당'으로 향했다. 에핌의 동행 순례자는 에핌 옆에 꼭 붙어서 어디든 함께 갔다. '부활의 성당'에 이르자 수많은 순례자들이 모여 있었다. 러시아인 순례자들도 있고, 그리스와 아르메니아, 터키, 시리아 등 다른 나라에서 온 순례자들도 있었다. 에핌은 수

127

많은 사람들과 함께 '신성한 문'으로 들어갔다. 수도사가 그들을 이끌고 터키 보초병들을 지나 예수 그리스도를 십자가에서 내리고 상처에 기름을 바른 곳으로 갔다. 그곳에는 아홉 개의 커다란 촛대에서 초가 타고 있었다. 수도사가 모든 것을 보여 주고 설명해 주었다. 에핌은 그곳에 초하나를 바쳤다. 그런 다음 수도사는 오른쪽으로 계단을 올라 십자가가 서 있던 골고다로 안내했다. 에핌은 그곳에서 기도를 올렸다. 그러고 나서 땅이 가장 깊게 갈라졌던 자리와 그리스도의 손과 발이 십자가에 못 박혔던 곳, 그리스도의 피가 아담의 뼈 위로 떨어진 아담의 무덤, 가시 면류관을 머리에 씌울 때 그리스도가 앉아 있던 돌, 그리스도를 묶고 채찍질을 했던 기둥, 그리스도의 발이 얹어진 두 개의 구멍이 있는 돌을 보여 주었다. 그리고 또 다른 것을 보여 주려고 할 때 군중들이 술렁거렸고, 이내 모든 사람들이 그리스도의 성묘 성당으로 서둘러 달려갔다. 라틴어 미사가 막 끝나고 러시아어 미사가 시작되고 있었다. 에핌 역시 사람들 속에 섞여서 그곳으로 갔다.

에핌은 여전히 마음속으로 그 동행 순례자에 대해 죄를 지으며 그를 떼어 내려고 했지만, 그 순례자는 에핌 옆을 떠나려 하지 않았고 에핌과 함께 그리스도의 성묘에서 거행되는 미사에 참례했다. 그들은 앞쪽으로 가려 했지만 너무 늦어 버렸다. 사람들이 빽빽이 들어차서 뒤로도 앞으로도 움직일 수가 없었다. 에핌은 앞을 바라보고 서서 기도를 했으며, 이따금 자신의 지갑이 제자리에 있는지 확인했다. 에핌의 마음은 흔들리고 있었다. 그 동행 순례자가 자신을 속이고 있다고 생각하다가도, 반대로 만일 그가 지갑을 잃어버린 게 사실이라면 자신에게도 똑같은 일이 일어날지 모른다고 생각했다.

10.

에핌은 그리스도의 성묘가 안치된 작은 예배당을 황홀히 쳐다보며 서 있었다. 그리스도의 성묘 위에는 서른여섯 개의 등불이 타고 있었다. 사람들의 머리 너머로 그렇게 쳐다보며 서 있을 때, 에핌은 뭔가를 보고 깜짝 놀랐다. 모든 사람들의 앞이자 신성한 불이 타고 있는 등불 바로 아래, 꼭 엘리사 보드로프처럼 회색 상의에 머리가 빛나는 노인이 있었다.

'엘리사처럼 보이지만, 그럴 리가 없어. 나보다 앞서 예루살렘에 도착할 수는 없었을 테니까. 우리가 타기 전의 배는 일주일 전에 출항했어. 그 배를 탔을 리도 없고 또 우리 배를

타지도 않았지. 내가 배에 탄 모든 순례자들을 봤으니까.'

에픰이 이런 생각들을 하자마자 그 작은 노인이 기도를 하기 시작했다. 그리고 신을 향해 앞으로 한 번, 순례자들을 향해 양옆으로 한 번씩 모두 세 번 절을 했다. 노인이 오른쪽으로 고개를 돌렸을 때 에픰은 그를 알아보았다. 검은 피부에 양볼로 고불거리며 희끗희끗하게 난 수염, 눈썹과 눈과 코하며 얼굴 표정까지 영락없는 엘리사 보드로프였다!

에픰은 다시 친구를 만나게 되어 대단히 기뻤고, 엘리사가 어떻게 자신보다 앞서서 도착했는지 궁금했다.

'잘 했군, 엘리사! 저렇게 앞까지 나가 있다니. 분명 누군가 방법을 가르쳐 줬을 거야. 미사가 끝나면 엘리사를 찾고, 이 성직자 모자를 쓴 순례자를 떼어 버려야지. 엘리사가 내게도 저 앞으로 가는 방법을 가르쳐 줄지 몰라.'

에픰은 엘리사를 놓치지 않으려고 계속 주의해서 바라봤지만, 미사가 끝나자 수많은 사람들이 그리스도의 성묘에 입을 맞추기 위해 앞으로 밀고 나가기 시작했다. 사람들에 의해 옆으로 떼밀린 에픰은 지갑을 도둑맞지 않을까 다시 두려움에 사로잡혔다. 그리고 오직 사람들 속에서 벗어나길 바라며, 손으로 지갑을 꽉 누르고 팔꿈치로 사람들을 밀어제치기 시작했다. 사람들 속을 빠져나온 뒤 에픰은 성당 안과 밖을 모두 헤매며 오랫동안 엘리사를 찾았다. 성당 곳곳에서 각양각색의 많은 사람들이 음식을 먹거나 포도주를 마시고, 책을 읽거나 잠을 자고 있었다. 그러나 어디에도 엘리사의 모습은 보이지 않았다. 결국 에핌은 친구를 찾지 못한 채 여인숙으로 돌아왔다. 그날 저녁 성직자의 모자를 쓴 그 순례자는 나타나지 않았다. 에핌에게 빌린 돈을 갚지 않고 사라져 버렸으며, 에핌은 혼자가 되었다.

다음날 에핌은 배에서 만난 탐보프 출신의 노인들과 함께 다시 그리스도의 성묘 성당을 찾았다. 앞으로 나가려고 했지만 다시 뒤로 밀려났고, 에핌은 기둥 옆에 서서 기도를 했다. 등불 아래로 맨 앞쪽, 바로 그리스도의 성묘 옆에 엘리사가 사제처럼 두 팔을 제단에 올려놓고 머리를 환히 빛내면서 서 있었다.

'이번에는 놓치지 말아야지!'

에핌은 앞으로 밀면서 나아갔지만, 그곳에 이르렀을 때 엘리사는 보이지 않았다. 완전히 사라지고 없었다.

사흘째 되는 날 에핌은 다시 성당을 찾았고, 가장 신성한 그리스도의 성묘에 엘리사가 우뚝 서 있는 모습을 보았다. 엘리사는 두 팔을 활짝 펼치고 마치 위에 뭔가가 보이는 듯 눈을 들어 하늘을 바라보고 있었다. 역시 그의 민머리가 환히 빛나고 있었다.

'오늘은 절대 놓치지 않아! 가서 문 옆에 지키고 서 있어야지. 그럼 서로 볼 수 있어!'

에핌은 사람들 속을 빠져나와 한낮이 지날 때까지 문 옆에

서 있었다. 모든 사람들이 지나갔지만, 엘리사
는 나타나지 않았다.

에핌은 6주 동안 예루살렘에 머물면서 베들
레헴과 베다니, 요단강 등 모든 곳을 방문했
다. 그리스도의 성묘에서 새 수의(壽衣)를 봉했
고, 요단강의 물과 신성한 흙을 담았으며, 성스러운 불꽃으
로 태워진 초들을 샀다. 여덟 군데에 기원의 대상이 되는 이
름들을 새겨 넣었으며, 집으로 돌아갈 여비만을 남겨 놓고
모든 돈을 썼다. 그리고 집을 향해 출발했다. 야파까지 걸어
간 다음 배를 타고 오데사에 닿았으며, 그곳에서부터 집으로
다시 걸었다.

11

에핌은 지나왔던 길 그대로 되돌아갔으며, 집에 가까워질
수록 이전의 걱정들이 되살아났다. '일년 사이에 많은 물이
흘러간다.'는 속담이 있다. 농장을 짓는 데는 평생이 걸리지
만 허무는 데는 오랜 시간이 걸리지 않는다고 에핌은 생각했
다. 그리고 자신이 없는 동안 아들이 어떻게 일들을 꾸렸는

지, 가족들은 어떤 봄을 맞고 있는지, 또 소들은 겨울을 어떻게 났으며, 새 오두막집 공사는 잘 마무리되었는지 궁금했다. 에핌은 바로 전해 여름 엘리사와 헤어졌던 지역에 이르렀다. 그리고 그곳에 여전히 똑같은 사람들이 살고 있다는 사실에 깜짝 놀랐다. 한 해 전에는 먹을 것이 없어서 굶주리고 있었지만, 이제는 안락하게 살고 있었다. 풍작이 들었고, 사람들은 건강을 되찾았으며, 이전의 비참한 생활을 모두 잊고 있었다.

어느 저녁 에핌은 엘리사가 뒤에 남았던 바로 그 장소에 도착했다. 에핌이 그 마을에 들어서자 흰 옷을 입은 어린 소녀가 오두막집에서 뛰어나왔다.

"할아버지, 할아버지, 우리 집에 오세요!"

에핌은 그냥 지나가려고 했지만 어린 소녀가 그의 옷자락을 붙잡고 웃으며 오두막집으로 끌어당겼다. 한 여자가 작은 사내아이와 함께 집 밖으로 나와서 손짓으로 에핌을 불렀다.

"들어오세요. 식사하시고 오늘 밤 저희 집에서 묵었다 가세요."

에핌은 오두막집으로 들어갔다.

'엘리사에 대해 물어보는 게 좋겠군. 엘리사가 물 한 잔을 마시기 위해 들른 곳이 바로 이 집인 것 같아.'

여자는 에핌이 등에 진 가방을 내려놓도록 도와주고 손과 얼굴을 씻을 물을 가져왔다. 그리고 탁자로 안내한 다음 우유와 빵, 죽을 내왔다. 에핌은 고맙다고 말하며 순례자에게 베푸는 여자의 친절함을 칭찬했다. 여자는 고개를 저었다.

"순례자 분들을 기쁘게 맞이하는 데는 충분한 이유가 있어요. 저희에게 삶이 무엇인지 가르쳐 주신 분이 바로 순례자였으니까요. 저희는 신을 잊고 살다가 벌을 받았어요. 지난해 여름 가족 모두 병이 들고, 먹을 게 아무것도 없어서 그저 무력하게 누운 채 죽음을 기다리고 있었지요. 만약 신께서 바로 할아버님 같은 그분을 보내지 않으셨다면, 저희는 분명 죽고 말았을 거예요. 그분은 어느 날 물 한 잔을 청하기 위해 들어오셨고, 저희의 모습을 보시더니 불쌍히 여기셨어요. 그리고 저희 집에 머무셨지요. 그분은 저희에게 음식을 주시고, 다시 저희 힘으로 일어설 수 있게 도와주셨어요. 저당 잡힌 땅을 찾아 주셨고, 수레와 말을 사서 저희에게 주셨지요."

이때 노파가 오두막집으로 들어왔고, 여자 대신 말하기 시작했다.

"우린 그분이 사람인지 신이 보낸 천사인지 알 수 없답니다. 그분은 우리 모두를 사랑했고, 우리 모두를 가련히 여겼고, 자신의 이름을 말하지 않고 떠났어요. 그래서 우린 누구를 위해 기도해야 하는지도 모르고 있지요. 그 모든 일이 지금도 눈에 선해요! 내가 죽음을 기다리며 앉아 있을 때, 머리가 다 벗어진 노인이 한 명 들어왔어요. 이것저것 살피는 기색 없이 물 한 잔을 달라고 했지요. 죄인이었던 나는 속으로 생각했어요. '여기 뭘 찾겠다고 들어온 거야?' 그런데 그분이 한 일을 생각만 하면! 그분은 우리를 보자마자 바로 이 자리에 가방을 내려놓고 풀었어요."

그때 어린 소녀가 한 마디 거들었다.

"아니에요, 할머니. 여기 방 한가운데 내려놓고 다시 의자 위에 올려놓으셨어요."

그들은 노인이 말하고 행한 모든 것들을 회상하며, 노인이 어디에 앉았고 자신들에게 각각 무슨 말을 했는지 서로 이야기하기 시작했다.

밤에 여자의 남편이 말을 몰고 집으로 돌아왔고, 그 역시 엘리사가 그들과 어떻게 살았는지 말하기 시작했다.

"만약 그분이 오시지 않았다면, 저희는 저희의 죄로 인해 모두 죽었을 거예요. 저희는 신과 사람들을 원망하며 절망한 채 죽어 가고 있었습니다. 하지만 그분이 다시 저희를 살리셨고, 그분을 통해 저희는 신을 알게 되었고 인간에게 선(善)이 있다는 것을 믿게 되었습니다. 그분에게 신의 축복이 있기를! 저희는 동물처럼 살았었고, 그분이 저희를 사람으로 만드셨어요."

오두막집 사람들은 에핌에게 음식을 대접한 뒤, 잠자리를 펴 주고 그들도 누워서 잠을 청했다.

하지만 에핌은 잠들지 못했다. 엘리사에 대해 생각하지 않을 수 없었으며, 예루살렘에서 엘리사를 세 번 보았을 때 가

장 앞자리에 서 있던 모습을 떠올렸다.

'그래서 나보다 앞서 도착했던 거야. 신께서 내 순례 여행을 받아 주셨는지는 알 수 없지만, 엘리사의 순례 여행은 받아 주셨던 거야!'

다음날 아침 에핌은 오두막집 사람들에게 작별 인사를 했으며, 오두막집 사람들은 일을 나서기 전 에핌의 가방에 먹을 것을 넣어 주었다. 에핌은 여행을 계속했다.

12

에핌은 딱 일년 동안 집을 떠나 있었고, 어느 저녁 집에 도착했을 때는 다시 봄이었다. 에핌의 아들은 집이 아닌 주점에 가 있었으며, 거나하게 취해서 집에 돌아왔다. 에핌은 아들에게 이것저것 묻기 시작했다. 모든 게 아버지가 없는 동안 아들이 착실하지 않았음을 보여 주고 있었다. 돈은 모두 허튼 데 쓰였고, 일은 뒷전으로 밀려나 있었다. 에핌이 아들을 질책하기 시작하자 아들이 버릇없이 대답했다.

"떠나지 말고 아버지가 직접 하지 그러셨어요? 돈을 가지고 떠나셨으면서 이제 저한테 그 돈을 내놓으라고 하시는 거잖아요!"

에핌은 화가 나서 아들을 때렸다.

아침에 에핌은 마을 장로를 찾아가 아들의 행동에 대해 하소연을 늘어놓았다. 그리고 엘리사의 집을 지나가고 있을 때 엘리사의 아내가 현관에서 반갑게 인사를 건넸다.

"안녕하세요? 어떻게 지내셨어요? 예루살렘에는 잘 다녀오셨나요?"

에핌은 걸음을 멈췄다.

"네, 잘 다녀왔습니다. 엘리사와 헤어지긴 했지만, 무사히 집에 돌아왔다고 들었어요."

엘리사의 아내는 말하는 것을 좋아했다.

"네, 돌아온 지 오래됐어요. 성모승천 축일이 지나고 바로 돌아왔던 것 같아요. 하느님께서 우리에게 남편을 다시 보내주셔서 정말 기뻤답니다! 남편이 없어서 활기를 잃고 있었거든요. 일할 나이가 지났기 때문에 더 이상 남편에게 많은 일을 기대할 순 없지만, 남편은 여전히 집안의 가장이고 남편이 있어야 집에 활기가 넘쳐요. 우리 아들도 얼마나 기뻐했는지 몰라요! '아버지가 안 계시는 건 햇빛이 없는 것과 같다!'고 말했거든요. 우린 남편을 좋아하고 또 남편을 잘 보살피고 있어요."

"지금 집에 있습니까?"

"그럼요. 꿀벌들을 벌집에 모으고 있지요. 올해는 양봉이 잘 될 것 같다고 말해요. 다 은혜로운 하느님 덕분이죠. 남편은 '하느님께서 우리의 죄만큼 우리를 벌하지 않으신다.'고 말해요. 자, 어서 들어오세요. 남편이 무척 반가워할 거예요."

에핌은 엘리사를 만나기 위해 통로를 지나 양봉장이 있는 뜰 안으로 들어갔다. 엘리사는 회색 상의에, 얼굴에 망사를 쓰지도 장갑을 끼지도 않은 채 자작나무 아래 서 있었다. 에핌이 예루살렘의 성묘 성당에서 보았을 때처럼 두 팔을 활짝 펼치고 민머리를 빛내며 위를 올려다보고 있었다. 성소(聖所)를 밝히는 불꽃처럼 자작나무 사이로 햇살이 내비쳤으며, 금빛 벌들이 마치 후광처럼 엘리사의 머리 주위를 날아다녔다. 벌들은 엘리사를 쏘지 않았다.

에핌은 그 자리에 멈췄고, 엘리사의 아내가 남편을 향해 외쳤다.

"여보, 친구 분이 오셨어요."

엘리사는 기쁨이 가득한 얼굴로 뒤를 돌아보았고, 자신의 수염에서 벌들을 부드럽게 쓸어내리며 에핌을 바라보았다.

"반갑네, 친구. 반가워. 그래 잘 다녀왔나?"

"내 발이 그곳에 닿았지. 자네에게 주려고 요단강에서 물을 담아 왔어. 우리 집에 와서 가져가게나. 그렇지만 하느님께서 내 노력을 받아 주셨는지……."

"하느님께 감사드리게! 그리스도께서 자네를 축복하시

길!"

엘리사가 말했다.

에핌이 잠시 침묵하고 나서 다시 말했다.

"내 발이 그곳에 닿기는 했네만, 내 영혼 같은 게 보다 진실하게 닿았는지……"

"여보게, 그건 신의 일이야. 신이 하시는 일이지."

엘리사가 에핌의 말을 막았다.

"집으로 돌아오는 길에 자네가 머물렀던 그 오두막집에 들렀는데……"

엘리사가 화들짝 놀라며 서둘러 말했다.

"여보게, 그건 신의 일이야. 신이 하시는 일이지! 어서 안으로 들어가세. 자네에게 꿀을 좀 떠 주지."

엘리사는 화제를 바꿔 집안일에 대해 이야기했다.

에핌은 한숨을 내쉰 뒤, 오두막집 사람들에 대해서도 예루살렘에서 엘리사를 어떻게 보았는지에 대해서도 말하지 않았다. 그러나 이제 에핌은 신에 대한 맹세를 지키고 신의 뜻을 이행하는 가장 좋은 방법이 각자 살아가는 동안 다른 이들에게 사랑을 베풀고 선을 행하는 것임을 이해하게 되었다.

1885년

사랑이 있는 곳에 신이 있다

어떤 작은 도시에 마틴 아브데이치라는 구두 수선공이 살았다. 그는 지하에 작은 방을 하나 갖고 있었고, 그 방의 창 하나는 길을 향해 나 있었다. 창을 통해서는 지나가는 사람들의 발만 볼 수 있었지만, 마틴은 신발로 사람들을 알아보았다. 마틴은 그곳에서 오랫동안 살았고, 많은 사람들을 알고 있었다. 인근에서 그의 손을 한두 번 거치지 않은 신발이 거의 없었기 때문에 마틴은 창을 통해 자신이 수선한 신발들을 자주 보았다. 구두창을 간 신발, 조각을 대고 기운 신발, 터진 곳을 꿰맨 신발, 아예 구두 갑피를 새로 간 신발도 있었다. 마틴은 일이 많았다. 일을 잘 하고 좋은 재료를 사용했으며, 값을 많이 부르지 않고 신뢰할 수 있는 사람이기 때문이었다. 손님이 원하는 날까지 일을 마칠 수 있으면 책임지고 맡았고, 그럴 수 없으면 사실대로 말하고 거짓 약속을 하지 않았다. 따라서 마틴은 유명해졌고 결코 일감이 떨어지지 않았다.

마틴은 언제나 착한 사람이었지만, 노년에 이르러 자신의 영혼에 대해 더 많이 생각하고 신에게 더 가까이 다가가기 시작했다. 자신의 구둣방을 차리기 전 아직 고용주 밑에서 일하고 있을 때, 마틴의 아내는 세 살배기 아들을 남겨 놓고 세상을 떠났다. 그전에 낳은 아이들은 모두 어릴 때 죽고 말았다. 처음에 마틴은 어린 아들을 시골에 있는 누이에게 보내려고 했지만, 막상 아들과 헤어진다고 생각하자 마음이 아팠다. '낯선 가족들 속에서 자라는 건 내 어린 아들에게 힘든 일이 될 거야. 내가 키워야지.'

마틴은 주인을 떠나서 어린 아들과 함께 살기 시작했다. 그러나 마틴에게는 자식 복이 없었다. 아들이 아버지를 돕고 또 아버지에게 기쁨거리일 뿐만 아니라 의지가 되는 나이에 이르자마자, 그만 병이 들어 일주일간 고열에 시달리다 죽고 말았다. 마틴은 아들을 묻었고, 감당할 수 없는 큰 절망에 빠져 신을 원망했다. 비탄에 잠긴 마틴은 자신 역시 죽게 해 달라고 빌고 또 빌었다. 그리고 단 하나뿐인 자신의 사랑하는 아들을 데려가고 정작 늙은 자신을 살아남게 한 데 대해 신을 비난했다. 그후 마틴은 예배당에 나가지 않았다.

그러던 어느 날 마틴의 고향 마을 사람이자 지난 8년 동안 순례자로 살아온 한 노인이 '트로이차 수도원'에서 돌아오는 길에 그를 방문하게 되었다. 마틴은 노인에게 마음의 문을 열고 자신의 비애에 대해 말했다.

"저는 더 이상 살기를 바라지 않습니다. 제가 신께 청하는 건 빨리 죽게 해 달라는 것뿐이에요. 이제 저는 이 세상에 어떤 희망도 없으니까요."

노인이 대답했다.

"자네에게는 그런 말을 할 권리가 없네. 우리는 신의 방식을 판단할 수 없어. 우리의 추론이 아니라 신의 뜻으로 결정되니까. 만일 신께서 자네의 아들이 죽고 자네가 살기를 원하신다면, 그게 최선임이 틀림없네. 자네의 절망은 자네가 자신의 행복을 위해 살기를 바라기 때문에 생기는 거야."

"그럼 사람이 무엇을 위해 살아야 합니까?"

마틴이 물었다.

"신을 위해 살아야 하네. 신께서 자네에게 생명을 주셨으니, 자넨 그분을 위해 살아야 해. 그분을 위해 사는 법을 배웠을 때 자넨 더 이상 슬퍼하지 않게 되고, 모든 게 편하게 보일 거야."

마틴이 잠시 침묵한 뒤에 물었다.

"하지만 어떻게 사람이 신을 위해 살 수 있지요?"

노인이 대답했다.

"사람이 어떻게 신을 위해 사는가는 그리스도가 우리에게 보여 주셨지. 자네 글을 읽을 수 있나? 그럼 복음서를 사서 읽게. 신께서 자네를 어떻게 살도록 하셨는지 알게 될 걸세. 그 안에 모든 게 나와 있어."

노인의 말은 마틴의 가슴에 깊이 와 닿았고, 그날 마틴은 밖에 나가 큰 활자로 된 성서를 구입해서 읽기 시작했다.

　　처음에는 휴일에만 읽을 생각이었지만, 일단 읽기 시작하자 마음이 매우 가벼워져서 매일 읽게 되었다. 때로는 읽는 데 너무 열중한 나머지 책을 손에서 놓기도 전에 등잔 기름이 다 타 버렸다. 마틴은 매일 밤 성서를 읽었고, 더 많이 읽을수록 신이 자신에게 명하는 것과 어떻게 신을 위해 살 수 있는지 더욱 분명히 이해했다. 그러자 마음이 점점 더 가벼워졌다. 이전에는 잠들 때 늘 무거운 마음으로 누워서 자신의 어린 아들을 생각하며 신음했지만, 이제는 몇 번이고 "오 주여! 당신께 영광을, 당신께 영광을! 당신의 뜻이 이루어지리다!"라고 되뇔 뿐이었다.

　　그때부터 마틴의 모든 삶이 변했다. 예전에는 휴일마다 주점에 들러 차를 마시고, 심지어 보드카 한두 잔도 마다하지 않았다. 때로는 친구와 가볍게 한잔 걸친 후 취하지 않은 상태로 주점을 나왔지만, 오히려 흥에 젖어 바보 같은 말을 하고 다른 사람에게 고함을 지르거나 욕을 했다. 이제 그런 일들은 모두 과거가 되었다. 마틴의 삶은 평화롭고 기쁨에 넘치게 되었다. 아침이면 자리에 앉아 일을 했고, 일이 모두 끝난 뒤에는 벽에 걸려 있는 등불을 가져다가 탁자에 올려놓고 선반에서 성서를 꺼내 펼쳤다. 읽으면 읽을수록 더욱 잘 이해되었고, 마음속이 더욱 맑아지고 행복해지는 걸 느꼈다.

하루는 밤늦도록 자지 않고 책에 열중해 있었다. 「누가복음」을 읽는 중이었고, 6장에서 우연히 이런 구절과 마주쳤다.

"누가 뺨을 치거든 다른 뺨마저 돌려대 주고 누가 겉옷을 빼앗거든 속옷마저 내어주어라. 달라는 사람에게는 주고 빼앗는 사람에게는 되받으려고 하지 마라. 너희는 남에게서 바라는 대로 남에게 해 주어라."

마틴은 또한 그리스도의 말씀이 담겨 있는 구절을 읽었다.

"너희는 나에게 '주님, 주님!' 하면서 어찌하여 내 말을 실행하지 않느냐? 나에게 와서 내 말을 듣고 실행하는 사람이 어떤 사람인지 가르쳐 주겠다. 그 사람은 땅을 깊이 파고 반석 위에 기초를 놓고 집을 짓는 사람과 같다. 홍수가 나서 큰물이 집으로 들이치더라도 그 집은 튼튼하게 지었기 때문에 조금도 흔들리지 않는다. 그러나 내 말을 듣고도 실행하지 않는 사람은 기초 없이 맨땅에 집을 지은 사람과 같다. 큰물이 들이치면 그 집은 곧 무너져 여지없이 파괴되고 말 것이다."

이런 말씀을 읽었을 때 마틴의 영혼은 그리스도 안에서 기뻐했다. 마틴은 안경을 벗어 성서 위에 내려놓고, 탁자에 팔꿈치를 괴고서 자신이 읽은 것에 대해 깊이 생각했다. 마틴은 이 말씀의 기준으로 자기 자신의 인생을 비추어 보았다.

"나의 집은 반석 위에 지어졌는가 모래 위에 지어졌는가? 반석 위에 있다면 좋을 거야. 누구든 여기에 혼자 앉아 있는 동안은 걱정할 게 없어 보이고, 누구든 신이 명하신 모든 일을 다 했다고 생각하지. 하지만 스스로 경계하기를 그만두자마자 다시 죄를 짓게 돼. 그래도 난 참고 견딜 거야. 그건 기쁨을 가져다주니까. 오 주여, 도와주소서!"

마틴은 이런 생각들을 끝내고 막 잠자리에 들려고 했으나, 성서를 놓기가 싫었다. 마틴은 계속해서 7장 — 백인대장과 과부의 아들, 요한의 제자들에게 한 대답 — 을 읽어 내려갔다. 그리고 부유한 바리새인 사람이 그리스도를 그의 집으로 초대한 부분에 이르렀다. 마틴은 어떻게 죄 많은 여자가 그리스도의 머리에 기름을 바르고 그리스도의 발을 눈물로 적셨으며, 어떻게 그리스도가 그 여자의 죄를 용서했는가에 대해 읽었다. 44절에 이렇게 씌어 있었다.

"그 여자를 돌아보시며 시몬에게 말씀을 계속하셨다. '이 여자를 보아라. 내가 네 집에 들어왔을 때 너는 나에게 발 씻을 물도 주지 않았지만 이 여자는 눈물로 내 발을 적시고 머리카락으로 내 발을 닦아 주었다. 너는 내 얼굴에도 입 맞추지 않았지만 이 여자는 내가 들어왔을 때부터 줄곧 내 발에 입 맞추고 있다. 너는 내 머리에 기름을 발라 주지 않았지만 이 여자는 내 발에 향유를 발라 주었다.'"

마틴은 이 부분을 읽고 나서 생각했다. '그 사람은 발 씻을 물도 주지 않았고, 입을 맞추지도 않았고, 머리에 기름을 발라 주지도 않았어······.' 마틴은 다시 한 번 안경을 벗어 성서

151

위에 올려놓고 곰곰 생각에 잠겼다. '그 바리새인 사람은 틀림없이 나와 같았어. 오직 그 자신만을 생각한 거야. 어떻게 하면 차 한 잔을 마실까 어떻게 하면 따뜻하고 편안하게 지낼까를 생각하면서 자신의 손님에 대해서는 결코 생각하지 않았어. 자기 자신은 돌보면서도 자신의 손님을 위해선 아무것도 하지 않은 거야. 하지만 그 손님이 누구였지? 바로 그리스도였어! 만일 내게 오신다면 나도 그렇게 행동하게 될까?'

그러고 나서 마틴은 두 팔 위에 턱을 괴었고, 깜박 잠이 들었다.

"마틴!"

별안간 한 목소리가 들렸다. 마치 누군가 마틴의 귓가에 대고 속삭이는 것 같았다.

마틴은 깜짝 놀라며 잠에서 깼다.

"누구시오?"

마틴은 주위를 둘러보고 문을 쳐다보았다. 그곳에는 아무도 없었다. 다시 목소리가 들렸고 이번에는 매우 명료했다.

"마틴, 마틴! 내가 갈 것이니 내일 거리를 내다보거라."

마틴은 정신을 차리고 의자에서 일어나 눈을 비볐다. 하지만 그 말을 꿈속에서 들었는지 깨어나서 들었는지 알지 못했다. 마틴은 등불을 끄고 자리에 누웠다.

다음날 마틴은 날이 밝기 전에 일어났고, 기도문을 외운 뒤 불을 피워 양배추 수프와 메밀 죽을 준비했다. 그런 다음 찻주전자를 얹고 작업 치마를 두른 뒤 창가에 앉아 일을 시작했다. 그 일이 꿈인 것도 같았고, 실제로 그 목소리를 들은 것도 같았다. '이런 일은 흔하잖아.' 마틴은 생각했다.

그렇게 마틴은 창가에 앉아서 일하는 것보다 더 많이 거리를 내다보았고, 누군가 낯선 신발을 신고 지나갈 때면 예의 몸을 굽혀서 위를 올려다보았다. 발은 물론이고 그 사람의 얼굴을 보기 위해서였다. 한 주택 관리인이 새 펠트 장화를 신고 지나간 뒤 물장수가 지나갔다. 이내 니콜라스 치세 때의 늙은 군인이 손에 삽을 들고 창문 가까이로 왔다. 마틴은 다 닳은 가죽으로 덧댄 펠트 장화를 보고 그가 누구인지 알아보았다. 노인의 이름은 스테파니치였다. 이웃에 사는 상인이 노인을 불쌍히 여겨 그의 집에 살게 했고, 대신 노인은 그집의 수위를 하며 돕고 있었다. 스테파니치는 마틴의 창문 앞에서 눈을 치우기 시작했다. 마틴은 노인을 흘긋 보고 나서 다시 일을 시작했다.

"나이가 들면서 정신이 어떻게 된 게 분명해."

마틴이 자신의 공상을 비웃으며 말했다.

"스테파니치는 눈을 치우기 위해 와 있고, 난 어떻게든 그리스도가 나를 찾아오신다고 상상하고 있어. 내가 노망이 난 거야!"

그러나 마틴은 열두 바늘을 꿰맨 뒤 다시 창문을 내다보게 되었다. 스테파니치가 삽

153

을 벽에 세워 놓은 채 잠깐 쉬거나 몸을 녹이려 하고 있었다. 스테파니치는 늙고 쇠약했으며, 분명 눈을 치울 힘도 남아 있지 않았다.

'들어오라고 해서 차를 마시게 하는 건 어떨까? 마침 찻주전자도 끓고 있고.'

마틴은 송곳을 제자리에 꽂고 자리에서 일어났다. 그리고 찻주전자를 가져다가 차를 만든 뒤 손가락으로 가볍게 창문을 두드렸다. 스테파니치가 몸을 돌려 창가로 왔다. 마틴은 손짓으로 들어오라고 했고 문을 열기 위해 나갔다.

"들어와서 몸 좀 녹이세요. 분명 추우실 테니."

"신의 축복이 있기를! 정말 뼛속까지 춥군요."

스테파니치는 문 앞에 서서 우선 눈을 털어 내고 바닥에 얼룩이 지지 않도록 발을 닦기 시작했다. 하지만 그렇게 하다가 비틀거렸고 거의 넘어질 뻔했다.

"수고스럽게 그러실 필요 없습니다. 바닥은 제가 닦으면 돼요. 그건 제가 늘 하는 일이죠. 자, 어서 와서 차 한 잔 드세요."

마틴은 큰 잔 두 개를 가득 채워서 하나를 자신의 손님에게 건넸다. 그리고 자신의 차를 따르고 호호 불기 시작했다.

스테파니치는 차를 다 마시고 잔을 엎어 놓은 뒤, 그 위에 남은 설탕 조각을 올려놓았다. 스테파니치는 감사를 표했지만, 어쩐지 아쉬운 듯 보였다.

"한 잔 더 드세요."

마틴은 손님과 자신의 잔을 다시 가득 채웠다. 그러나 차를 마시는 동안 마틴은 계속 창밖을 내다보았다.

"누굴 기다리시나요?"

"아, 제가 그렇게 보입니까? 말씀드리기 부끄럽군요. 실은 아무도 기다리고 있지 않지만, 간밤에 들은 말을 떨쳐 버릴 수가 없어서요. 그게 선견(先見)이었는지 아니면 제 공상에 불과한지는 잘 모르겠어요. 저는 간밤에 복음서를 읽고 있었습니다. 그리스도께서 어떻게 고난을 받으셨고, 이 세상에서 무슨 일을 행하셨는지에 대해 말이에요. 아마 들어 보셨을 거예요."

"네, 들어 보긴 했지만 저는 무식쟁이라 글을 읽을 줄 모릅니다."

"그러시군요. 저는 그리스도께서 지상에서 행하신 일들을 읽고 있었지요. 한번은 한 바리새인 사람의 집에 초대를 받고 가셨는데, 그곳에서 대접을 잘 받지 못하셨어요. 그 부분을 읽으면서 그 바리새인 사람이 마땅한 예로 그리스도를 맞이하지 않았다고 생각했지요. 그리고 만일 그런 일이 나 같은 사람에게 일어난다면, 나는 그리스도를 맞아 과연 무엇을 했을 것인가 생각했어요! 하지만 그 바리새인 사람은 주님을 전혀 환영하지 않았어요. 이런 생각들을 하다가 꾸벅 졸기 시작했는데, 갑자기 누군가 제 이름을 불렀어요. 저는 잠에서 깼고, '내일 갈 것이니 나를 기다려라.' 라고 속삭이는 소리를 들었지요. 두 번이나 말이에요. 사실대로 말하자면 그 말이 너무나 제 마음 깊이 새겨져서, 부끄럽기는 하지만 내 내 주님 그분을 기다리고 있습니다!"

스테파니치는 말없이 고개를 흔들었고, 잔을 비운 뒤 옆으로 뉘여 놓았다. 하지만 마틴이 다시 잔을 세워서 차를 따라 주었다.

"더 드세요. 신의 가호가 있기를! 저는 또한 그리스도가 이 세상에 계실 때 아무도 멸시하지 않으셨고, 대부분 평범한 사람들과 함께 하셨다는 것을 생각했습니다. 그리스도는 평민들과 함께 길을 가셨고, 우리 같은 사람들 중에서, 우리처럼 노동하는 사람들 중에서, 우리같이 죄 많은 사람들 중에서 제자들을 선택하셨지요. 그리스도는 말씀하셨습니다. '누구든지 자기를 높이는 사람은 낮아지고 자기를 낮추는 사람은 높아진다.', '너희가 나를 주(主)라고 부르면 내 너희의 발을 씻겨 주리라.', '너희 중에 으뜸가는 사람을 모두의 종이 되게 하여라. 가난하고 비천하고 온유하고 자비로운 사람에게 복이 있기 때문이다.'"

스테파니치는 차를 마시는 것도 잊어버렸다. 그는 쉽게 감동을 받고 눈물을 흘리는 노인이었고, 의자에 앉아 마틴의 말을 들을 때 눈물이 그의 두 볼을 타고 흘러내렸다.

"자, 차 드세요."

마틴이 말했지만, 스테파니치는 성호를 긋고 감사를 표한 뒤 잔을 치우고 일어났다.

"마틴 아브데이치, 고맙습니다. 당신은 내게 영혼과 육신 모두를 위한 양식과 위로를 주었어요."

"천만의 말씀이십니다. 다음에 또 오세요. 언제라도 환영입니다."

스테파니치가 떠나고, 마틴은 남은 차를 마저 따라 마셨다. 그러고 나서 찻주전자와 잔들을 치우고 자리에 앉아 일을 시작했다. 구두 뒤쪽의 이음매를 꿰매면서 계속 창밖을 내다보았고, 그리스도를 기다리며 그리스도와 그리스도가 행하신 일들에 대해 생각했다. 마틴의 머릿속은 그리스도의 말씀으로 가득했다.

군인 두 명이 지나갔다. 하나는 관(官)의 신발이었고, 다른 하나는 자신이 수선한 신발이었다. 이웃집 주인이 번쩍이는 덧신을 신고 지나간 다음, 빵을 굽는 사람이 바구니를 들고 지나갔다. 많은 사람들이 계속 지나갔다. 그때 한 여자가 털실 양말에 농부들이 만든 신발을 신고 나타났다. 여자는 창문을 지나쳤지만 벽 가까이에 멈춰 섰다. 마틴은 창문을 통해 여자를 흘긋 올려다보았다. 초라한 행색으로 아기를 팔에 안고 있는 낯선 여자였다. 여자는 벽 가까이 바람을 등지고 서서 아기를 따뜻하게 감싸려고 했지만, 아기를 감쌀 만한 변변한 게 아무것도 없었다. 여자는 여름옷만 걸치고 있었는데, 그것조차 다 낡고 해져 있었다. 마틴은 창문을 통해 아기의 울음소리를 들었다. 여자가 아기를 달래기 위해 애썼지만 아기는 울음을 멈추지 않았다. 마틴은 자리에서 밖으로 나갔고 계단을 올라 여자를 불렀다.

"부인, 부인!"

여자가 그 소리를 듣고 고개를 돌렸다.

"추운 날씨에 아기를 안고 왜 그런 곳에 서 계십니까? 안으로 들어오세요. 따뜻한 곳에서 아기를 달래는 게 더 낫지요. 이쪽이에요!"

여자는 작업 치마를 두르고 코에 안경을 걸친 노인이 자신을 부르는 걸 보고 깜짝 놀랐지만, 노인의 말을 따랐다.

두 사람은 계단을 내려가 작은 방으로 들어갔고, 마틴은 여자를 침대로 안내했다.

"거기 난로 가까이 앉아요. 몸을 녹이고 아기에게 젖을 먹이세요."

"젖이 안 나와요. 제가 새벽부터 아무것도 못 먹었거든요."

그러면서도 여자는 계속해서 아기에게 젖을 물렸다.

마틴은 고개를 흔들었고, 큰 그릇과 빵을 꺼냈다. 그릇에 양배추 수프를 담아서 데우고 죽 냄비를 꺼냈지만, 죽은 바로 준비가 되지 않았다. 마틴은 식탁에 천을 깔고 우선 수프와 빵을 내왔다.

"앉아서 먹어요. 아기는 내가 돌볼 테니. 나도 아이들을 키워 봤기 때문에 아기 다루는 법을 알지요."

여자는 성호를 그은 후 탁자에 앉아 음식을 먹기 시작했다. 그동안 마틴은 아기를 침대에 눕히고 자신도 그 옆에 앉았다. 마틴은 입으로 소리를 내며 아기를 얼렀지만 이가 없어서 소리가 잘 나지 않았고 아기는 계속 울었다. 이번엔 마틴이 손가락을 아기에게 바싹 갖다 대는 시늉을 했다. 손가락 하나를 곧장 아기의 입으로 가져갔다가 재빨리 뒤로 뺐고, 이런 동작을 여러 번 반복했다. 하지만 아기가 손가락을 무는 일이 없도록 조심했다. 손가락이 왁스로 온통 얼룩져 있기 때문이었다. 처음에 아기는 손가락을 쳐다보며 조용해졌고, 이내 웃기 시작했다. 그러자 마틴은 큰 기쁨을 느꼈다.

여자는 음식을 먹으면서 자신이 누구인지, 또 어디에서 왔는지 이야기했다.

"제 남편은 군인이에요. 8개월 전 당국에서 남편을 어디론가 아주 멀리 보냈고, 지금까지 아무런 소식도 못 듣고 있어요. 저는 요리사로 일하며 지내는 곳이 있었는데, 아기가 태어나자 더 이상 저를 데리고 있으려 하지 않았죠. 3개월 동안 갖은 노력을 다 했지만 살 곳을 찾을 수가 없었어요. 먹을 것을 사기 위해 가지고 있던 모든 걸 팔아야 했어요. 유모 자리

를 알아봤지만, 아무도 절 쓰려고 하지 않았어요. 제가 너무 굶주려 보이고 야위었다고 말하더군요. 지금 저는 어떤 상인의 아내를 만나기 위해 왔어요. 그분이 절 받아 주기로 약속하셨거든요. 저희 마을에 살던 여자가 현재 그분 밑에서 일하고 있지요. 마침내 모든 게 해결됐다고 생각했는데, 다음주까지 기다리라고 하더군요. 그곳까지는 길이 먼데, 전 너무 지쳤고 이 가엾은 아기는 몹시 굶주렸어요. 다행히 여관집 주인이 우릴 불쌍히 여기고 무료로 묵게 해 주셨지요. 하지만 이제 어떡해야 할지 모르겠어요."

마틴은 한숨지었다.

"좀 더 따뜻한 옷은 없나요?"

"따뜻한 옷을 어떻게 구할 수 있겠어요? 어제 마지막 남은 숄을 전당잡히고 6펜스를 받았는걸요."

여자가 와서 아기를 안았다. 마틴은 일어나서 벽 쪽으로 갔고, 벽에 걸려 있는 것들 가운데 낡은 외투를 갖고 여자에게 왔다.

"받아요. 닳고 해지긴 했어도 아기를 감싸는 데 적당할 거예요."

여자는 외투를 쳐다보고 나서 노인을 바라보았다. 그리고 외투를 받아 들고서 와락 눈물을 터뜨렸다. 마틴은 돌아서서 침대 밑을 손으로 더듬었고, 작은 가방을 하나 꺼냈다. 그 안에서 뭔가를 찾더니 다시 여자의 맞은편에 앉았다. 그러자 여자가 말했다.

"신께서 당신을 축복하실 거예요. 분명 그리스도께서 저를 당신의 창가로 보내신 게 틀림없어요. 그렇지 않았다면 이 아이는 꽁꽁 얼어붙고 말았을 테니까요. 제가 길을 나설 때는 따뜻했지만 갑자기 이렇게 추워졌어요. 분명 그리스도께서 당신에게 창밖을 내다보게 하고 이 가엾고 불쌍한 사람에게 동정을 베풀도록 하신 게 틀림없어요!"

마틴이 미소를 지으며 말했다.

"그건 정말 사실이지요. 나를 그렇게 하도록 만드신 분이 바로 그리스도이시니까요. 내가 창밖을 내다본 건 결코 우연이 아니었어요."

마틴은 여자에게 자신의 꿈 이야기를 했고, 그날 자신을 찾아오겠다고 약속하신 그리스도의 음성을 어떻게 들었는지 말해 주었다.

"혹시 모르잖아요? 모든 일이 가능하니까요."

여자가 말했다. 그리고 자리에서 일어나 외투를 어깨에 걸치고 자신과 아기를 꼭 감쌌다. 여자는 머리 숙여 인사를 한 뒤 마틴에게 다시 한 번 감사하다고 말했다.

"부디 이걸 받으세요."

마틴은 저당 잡힌 숄을 찾을 수 있도록 6펜스를 여자에게 건넸다. 여자는 성호를 그었고 마틴도 성호를 그었다. 그리고 여자는 문밖을 나섰다.

여자가 떠난 뒤 마틴은 양배추 수프를 조금 먹고 탁자를 깨끗이 치웠다. 그리고 다시 자리에 앉아 일을 시작했다. 하지만 창문을 잊지 않았고, 창가에 그림자가 비칠 때마다 고개를 들어 지나가는 사람을 올려다보았다. 자신이 알고 있는 사람들과 낯선 이들이 지나갔지만, 남다른 사람은 아무도 없었다.

잠시 후 마틴은 사과 행상인 노파가 자신의 창문 바로 앞에 멈춰 서는 것을 보았다. 노파는 커다란 바구니를 들고 있었는데, 그 안에 사과가 많이 남아 있지 않은 것으로 보아 대부분 팔린 게 분명했다. 등에는 나무토막이 가득한 자루를 지고 있었는데, 집으로 가져갈 것들이었다. 아마도 건물을 짓는 곳에서 그러모았을 것이다. 자루는 노파를 힘들게 했고, 노파는 한쪽 어깨에서 다른 쪽 어깨로 바꿔 메기 위해 자루를 길에 내려놓았다. 그리고 바구니를 받침대에 올려놓은 뒤 자루에 있는 나무토막을 흔들어 고르기 시작했다. 노파가 그러고 있는 사이 누더기 모자를 쓴 사내아이가 달려와서 바구니 안에 있는 사과 하나를 낚아채더니 슬그머니 사라지려 했다. 하지만 노파가 그것을 알아채고 돌아서서 소년의 소매를 붙잡았다. 소년은 버둥거리기 시작했지만, 노파가 두 손으로 소년을 꽉 붙들고 모자를 냅다 벗긴 뒤 소

년의 머리칼을 움켜쥐었다. 소년은 비명을 질렀고 노파는 호통을 쳤다. 마틴은 미처 송곳을 제자리에 놓아둘 새도 없이 급하게 문밖으로 나갔다. 계단을 오르다 넘어질 듯 비틀거리고 서두르는 바람에 안경을 떨어뜨리며 거리로 달려 나왔다. 노파는 소년의 머리칼을 잡아당기며 호되게 꾸짖었고, 경관에게 넘기겠다고 위협했다. 사내아이가 버둥질 치면서 항의했다.

"전 훔치지 않았어요. 왜 때리시는 거예요? 놔주세요!"

마틴이 두 사람을 떼어 놓은 뒤 사내아이의 손을 잡고 말했다.

"이 아이를 가게 해 주세요. 부디 아이를 용서하시구려."

"일년 동안 잊지 못하게 혼쭐을 내줄 거예요! 이 못된 녀석을 경관에게 넘기겠어요!"

마틴은 노파에게 간청하기 시작했다.

"아이를 보내 주세요. 다시는 그러지 않을 겁니다. 부디 아이를 가게 해 주세요!"

노파는 아이를 가게 했고 소년은 도망치길 원했지만, 마틴이 소년을 막아섰다.

"할머니께 용서를 빌어야지! 그리고 다시는 그러면 안 돼. 나는 네가 사과를 훔치는 걸 봤어."

소년은 훌쩍이며 울기 시작했고 용서를 구했다.

"이제 됐다. 그리고 이 사과를 가져가거라."

164

마틴은 바구니에서 사과 하나를 꺼내 소
년에게 주었다.

"돈은 제가 드리겠습니다."

"그건 저 아이를 더 망치는 거예요."

노파가 말했다.

"저 아인 일주일 동안 잘못을 잊지 않도록 매를 맞아야 해
요."

"그건 우리의 방식이지 신의 방식이 아닙니다. 만약 사과
를 훔쳤다고 매를 맞아야 한다면, 우린 우리의 죄에 대해 어
떤 벌을 받아야 할까요?"

노파는 침묵했다.

마틴은 노파에게 성서에 나오는 비유담을 들려주었다. 어
떤 주인이 종의 많은 빚을 탕감해 주었는데, 그 종이 밖에 나
가서 그에게 빚진 사람의 멱살을 잡더라는 이야기였다. 노파
는 귀 기울여 들었고, 소년 역시 옆에 서서 경청했다.

"신께서는 우리에게 용서하라고 명하십니다. 그렇지 않으
면 우리가 용서받지 못할 테니까요. 모든 사람을 용서하시
고, 그중에서도 아직 생각이 모자라는 아이들을 용서하세
요."

노파는 고개를 저으며 한숨을 내쉬었다.

"맞는 말씀이지만, 그럼 아이들이 아주 못쓰게 될 거예요."

"우리 나이 든 사람들이 보다 나은 방식을 가르쳐 줘야 하

지요."

마틴이 대답했다.

"바로 그거예요. 나한테는 자식이 일곱 명 있었는데, 오직 딸 하나만 남았어요."

노파는 자신이 딸과 함께 어디에서 어떻게 살고 있으며, 손자 손녀가 몇 명이나 되는지 이야기하기 시작했다.

"이제 내겐 기운이 조금밖에 남아 있지 않지만, 난 손자 손녀들을 위해서 일하지요. 아이들은 모두 착해요. 날 반기며 달려 나오는 건 오직 아이들뿐이에요. 한 아이는 '할머니, 사랑하는 할머니, 소중한 할머니!' 하면서 내 옆을 떠나려고 하지 않아요."

노파는 아이들 생각에 마음이 완전히 누그러졌다.

"단지 어리기 때문에 그랬던 거예요. 딱하게도."

노파가 소년을 언급하며 말했다.

노파가 막 자루를 등에 지려고 하는데 소년이 갑자기 앞으로 나서며 말했다.

"할머니, 제가 들어 드릴게요. 저도 그쪽으로 가거든요."

노파는 고개를 끄덕였고, 자루를 소년의 등에 얹었다. 두 사람은 함께 거리를 걸어갔고, 노파는 마틴에게 사과 값을 받아야 한다는 걸 완전히 잊어버렸다. 마틴은 그 자리에 서서 그들이 서로 이야기를 나누며 걸어가는 모습을 지켜보았다.

그들의 모습이 더 이상 보이지 않자, 마틴은 집으로 돌아 갔다. 계단에 떨어졌던 안경은 깨지지 않았고, 마틴은 송곳 을 집어 들고 다시 일을 시작했다. 얼마 지나지 않아 뻣뻣한 실이 가죽 구멍 사이로 어떻게 통과하는지 볼 수가 없게 되 었다. 이내 마틴은 가로등의 불을 밝히는 사람이 지나가는 걸 보게 되었다.

'등불을 켤 때가 됐구나.' 마틴은 등불을 켜서 걸어 놓 고, 다시 앉아서 일을 했다. 구두 한 짝의 마무리 손질을 끝 내고 빙 돌려 살펴보았다. 더 이상 손볼 데가 없었다. 마틴 은 연장들을 한데 모으고 잘려진 것들을 쓸어 담은 뒤 구두 를 꿰매는 실과 바늘, 송곳들을 제자리에 놓고 등불을 탁자 에 올려놓았다. 그리고 선반에서 복음서를 꺼냈다. 모로코 가죽으로 어제 표시해 둔 부분을 펼치려고 했는데, 책의 다 른 쪽이 펼쳐졌다. 마틴이 책을 펼쳤을 때 어제의 꿈이 떠 올랐고, 꿈에 대해 생각하자마자 마치 누군가 뒤에서 걷고 있는 듯한 발소리가 들려왔다. 마틴은 뒤를 돌아보았고, 어 두운 구석에 사람들이 서 있는 것처럼 보였다. 하지만 그들 이 누구인지는 알아볼 수 없었다. 그리고 귓가에 음성이 들 렸다.

"마틴, 마틴, 나를 모르느냐?"

"누구십니까?"

마틴이 중얼거렸다.

"나였느니라."

목소리가 말했다. 그리고 어두운 구석에서 스테파니치가 걸어 나왔다. 스테파니치는 미소를 지어 보였고, 구름처럼 사라지더니 더 이상 보이지 않았다.

"나였느니라."

목소리가 다시 말했다. 그리고 어두운 구석에서 아기를 팔에 안고 있는 여자가 걸어 나왔다. 여자는 미소를 짓고 아기는 웃었으며, 역시 사라졌다.

"나였느니라."

목소리가 다시 한 번 말했다. 그리고 노파와 사과를 든 소년이 걸어 나와 미소를 짓더니 또한 사라져 버렸다.

마틴의 영혼은 기쁨으로 차올랐다. 마틴은 성호를 긋고 안경을 쓴 뒤 복음서의 바로 그 펼쳐진 부분을 읽기 시작했다. 위쪽에 이렇게 적혀 있었다.

"너희는 내가 굶주렸을 때에 먹을 것을 주었고 목말랐을 때에 마실 것을 주었으며 나그네 되었을 때에 따뜻하게 맞이하였다. 또 헐벗었을 때에 입을 것을 주었으며 병들었을 때에 돌보아 주었고 감옥에 갇혔을 때에 찾아 주었다."

마틴은 그 면의 마지막 구절을 읽었다.

"너희가 여기 있는 형제 중에 가장 보잘것없는 사람 하나에게 해 준 것이 바로 나에게 해 준 것이다."

이제 마틴은 자신의 꿈이 실현되었고, 구주(救主)께서 정말로 그날 자신에게 오셨으며, 자신이 그분을 기쁘게 맞이했다는 것을 알게 되었다.

1885년

바보 이반의 이야기

옛날 옛적 어느 나라의 어떤 지방에 한 부유한 농부가 살았다. 그에게는 군인 시몬과 뚱보 타라스, 바보 이반이라는 세 아들과 아직 결혼을 하지 않은 딸 마르다가 있었는데 마르다는 귀머거리에 벙어리였다. 군인 시몬은 싸움터에 나가 왕을 섬겼고, 뚱보 타라스는 도회지의 상인을 찾아가 장사를 배웠으며, 바보 이반은 마르다와 집에 남아서 허리가 굽을 때까지 땅을 갈았다.

군인 시몬은 높은 지위와 넓은 토지를 얻고 귀족의 딸과 결혼했다. 급료도 많고 토지도 많았지만, 수지를 맞출 수가 없었다. 남편이 벌어들인 것을 그의 귀부인 아내가 모두 낭비했기 때문에 늘 돈이 부족했던 것이다.

그래서 군인 시몬은 소득을 거둬들이기 위해 자신의 농장으로 갔지만 마름이 말했다.

"돈이 어디에서 생길 수 있겠습니까? 소도, 연장도, 말도, 쟁기도, 써레도 없어요. 우선 이 모든 것들이 있어야 하고, 그 다음에 돈이 생기게 됩니다."

군인 시몬이 아버지를 찾아가 말했다.

"아버지는 부유하지만 저한테 아무것도 안 주셨어요. 아버지가 가진 것을 분배해서 저에게 삼분의 일만 주세요. 그럼 제 토지를 경작할 수 있습니다."

하지만 늙은 아버지가 말했다.

"넌 내 집에 아무것도 가져오지 않았어. 그런데 왜 내가 너한테 내 재산의 삼분의 일을 주어야 하지? 그건 이반과 마르다에게 불공평한 일이야."

이에 시몬이 대답하기를, "이반은 바보이고 마르다는 노처녀에다 귀머거리, 벙어리예요. 그애들한테 재산이 무슨 소용이 있죠?"

"이반의 말을 들어 봐야겠다."

그러자 이반이 말했다.

"형이 원하는 것을 주세요."

그렇게 군인 시몬은 아버지의 재산에서 그의 몫을 챙겨 갔고, 왕을 섬기기 위해 다시 떠났다.

뚱보 타라스 역시 많은 돈을 그러모으고 상인의 딸과 결혼했지만, 여전히 더 많은 것을 원했다. 타라스 역시 아버지를 찾아와 말했다.

"제 몫을 주세요."

하지만 늙은 아버지는 타라스에게도 재산을 나눠 주길 원하지 않았다.

"넌 여기에 아무것도 가져오지 않았어. 이반이 이 집에 있는 모든 것을 벌어들였는데, 어째서 이반과 마르다에게 부당한 요구를 해야 하지?"

이에 타라스가 말했다.

"이반에게 뭐가 필요하죠? 이반은 바보예요! 아무도 이반과 결혼하려 하지 않을 거고, 벙어리 마르다 역시 아무것도 필요하지 않아요. 이반아, 내게 곡식의 반을 내놔라. 가축 중에선 네가 농사짓는 데 쓸모없는 저 회색 종마(種馬)만 가져가겠다."

이반이 웃으며 말했다.

"형이 원하는 대로 해요. 내가 일해서 좀 더 벌게요."

그렇게 그들은 타라스에게도 몫을 나눠 주었고, 타라스는 곡식을 도회지로 실어 나르고 종마를 가져갔다. 이반에게는 늙은 암말 한 마리만 남았고, 이반은 종전대로 농사를 지으며 아버지와 어머니를 부양했다.

2

이때 늙은 악마가 그 형제들이 재산 분배로 싸우지 않고 평화롭게 헤어진 것을 보고는 화가 났다. 그래서 꼬마 도깨비 셋을 불러냈다.

"군인 시몬과 뚱보 타라스, 바보 이반이라고 하는 세 형제가 있다. 당연히 서로 싸웠어야 했는데 평화롭게 살면서 우애 있게 지내고 있어. 바보 이반이 내 일을 모두 망쳐 놨다. 이제 너희 셋이 가서 그들 형제가 서로의 눈을 도려낼 때까지 못살게 괴롭혀라! 그 일을 할 수 있겠나?"

"네, 그렇게 하겠습니다."

"그래 어떻게 할 참이냐?"

"우선 그들을 몰락시키겠어요. 먹을 게 빵 한 조각도 남지 않았을 때 함께 붙어 있게 만들면, 틀림없이 서로 싸울 거예요!"

꼬마 도깨비들이 말했다.

"옳거니, 너희가 내 말을 잘 알아들었구나. 가서 녀석들을 떼어 놓기 전에는 돌아올 생각을 하지 마. 그랬다간 산 채로 너희의 가죽을 벗길 테다!"

꼬마 도깨비들은 늪으로 사라졌고, 어떻게 일에 착수할 것인지 생각하기 시작했다. 그들은 서로 가장 가벼운 일을 맡기 위해 논쟁하고 또 논쟁했지만, 결국 제비를 뽑아 누가 어떤 형제를 상대할 것인지 정하기로 했다. 만약 먼저 임무를 마치면 그렇지 못한 꼬마 도깨비를 도와주기로 했다. 꼬마 도깨비들은 제비를 뽑았으며, 누가 성공하고 누구에게 도움이 필요한지 알기 위해 다시 늪에서 만나기로 약속했다.

약속한 날이 되자 꼬마 도깨비들이 다시 늪에 모였다. 그리고 각자 일이 어떻게 되어 가는지 말하기 시작했다. 군인 시몬을 떠맡은 첫 번째 꼬마 도깨비가 말했다.

"내 일은 아주 잘 되고 있어. 내일 시몬이 아버지의 집으로 돌아갈 거야."

동료 도깨비들이 물었다.

"어떻게 했는데?"

"우선, 시몬을 대담하게 만들어서 왕에게 온 세상을 정복하겠노라고 큰소리치게 했어. 왕이 그를 대장으로 임명해서 인도 왕과 싸우도록 보냈지. 그들은 전투를 치르기 위해 만났지만, 전날 밤 내가 시몬의 막사에 있는 모든 화약에 물을 뿌리고 셀 수도 없이 많은 인도 왕의 밀짚 병사들을 만들었지. 시몬의 군사들은 자신들을 에워싸고 있는 밀짚 병사들을 보고 겁을 집어먹었어. 시몬이 그들에게 발포를 명령했지만, 총과 대포는 발사되지 않았지. 그러자 시몬의 군사들이 기겁을 해서 양처럼 달아나기 시작했고, 인도 왕이 그들을 모두 해치웠어. 시몬은 치욕을 당했지. 토지를 빼앗겼고, 내일 처형되기로 돼 있어. 이제 내가 할 일은 한 가지밖에 안 남았어. 집으로 달아날 수 있도록 감옥에서 도망치게 만드는 거야. 내일 그 일만 끝내면 너희 중 누구라도 도울 수 있어."

그다음 타라스를 책임진 두 번째 꼬마 도깨비가 자신이 한 일을 말하기 시작했다.

"난 도움이 조금도 필요 없어. 내 일도 아주 잘 되고 있으니까. 타라스는 일주일 이상 버티지 못해. 우선 난 타라스를 더 탐욕스럽고 뚱뚱하게 만들었어. 눈에 보이는 건 뭐든 사고 싶어할 만큼 탐욕에 빠져 버렸지. 엄청나게 많은 물건들을 사들이느라 많은 돈을 썼지만, 여전히 계속해서 사들이고 있어. 돈을 빌려서 말이야. 그 빚이 타라스의 목에 주렁주렁 매달려 있고, 타라스는 결코 그 빚을 청산할 수 없어. 일주일 안으로 지급 만기가 돌아오고, 그전에 난 타라스를 완전히 파산시킬 거야. 그럼 타라스가 빚을 갚지 못하고 아버지에게 갈 수밖에 없게 돼."

그리고 나서 두 꼬마 도깨비들이 이반을 맡은 세 번째 도깨비에게 물었다.

"넌 어떻게 돼 가고 있어?"

"내 일은 엉망이야. 우선 난 이반의 배를 아프게 하려고 물에 침을 뱉은 다음, 이반의 들에 나가서 돌을 단단히 박아 넣었어. 이반이 땅을 갈지 못할 거라고 생각했는데, 그 바보가 쟁기를 끌고 나와서 고랑을 짓기 시작하는 거야. 배가 아파 신음하면서도 일을 멈추지 않았어. 내가 쟁기를 부러뜨렸더니, 집에 가서 다른 쟁기를 갖고 나와 또 일하기 시작하는 거야. 몰래 땅 밑으로 기어 들어가 쟁기의 날을 꽉 붙잡았지만, 오래 버틸 수가 없었어. 이반이 쟁기를 힘껏 누르자 날카로운 날에 손을 베고 말았으니까. 이반은 작은 고랑 하나만을 남겨 놓고 땅을 전부 갈았어. 친구들아, 와서 날 도와줘. 이반을 이기지 못하면 우리의 모든 노력은 허사가 될 거야. 만일 그 바보가 땅을 갈아서 일을 계속하게 되면, 그 형제들은 결코 부족함을 모르게 돼. 이반이 두 형을 모두 먹여 살릴 테니까."

군인 시몬의 꼬마 도깨비가 다음날 도우러 가겠다고 약속했고, 그렇게 그들은 헤어졌다.

3

이반은 작은 고랑 하나만 빼고 모든 땅을 갈아 일궜다. 그리고 마저 끝내기 위해 다시 들에 나왔다. 배가 아팠지만 쟁기질을 마쳐야 했다. 이반은 마구(馬具) 줄을 풀고 쟁기를 돌

려 일하기 시작했다. 고랑을 따라 땅을 한 번 갈고 다시 돌아오려는데 마치 쟁기가 뿌리에 걸리기라도 한 듯 잘 끌리지 않았다. 꼬마 도깨비가 다리로 쟁기 끝을 휘감아 방해하고 있기 때문이었다.

'참 이상한 일이야! 여기엔 뿌리 같은 게 전혀 없었는데.'

이반은 고랑 속으로 손을 깊이 집어넣고 더듬었다. 그리고 부드러운 뭔가가 만져지자 꽉 움켜쥐고 밖으로 꺼냈다. 뿌리처럼 거무스름했지만 꿈틀거리며 움직였다. 뜻밖에도 살아 있는 꼬마 도깨비였다!

"정말 보기 싫게 생겼군!"

이반이 손을 들어 올려 쟁기 위로 내던지려고 하자, 꼬마 도깨비가 끽끽 울면서 외쳤다.

"절 해치지 마세요. 그럼 뭐든지 할게요."

"뭘 할 수 있는데?"

"뭐든 말씀만 하세요."

이반은 머리를 긁적거렸다.

"난 배가 아파. 낫게 해 줄 수 있어?"

"물론이죠."

"그럼 해 봐."

꼬마 도깨비는 고랑 안으로 들어가 뭔가를 찾아 돌아다니며 발톱으로 긁어모았다. 그리고 작은 뿌리 세 개를 들고 나와 이반에게 주었다.

181

"받으세요. 누구든 이 뿌리 하나를 삼키면 어떤 병이라도 낫게 되요."

이반은 뿌리를 받아 그중 하나를 삼켰다. 그러자 복통이 그 즉시 사라졌다. 꼬마 도깨비가 다시 놓아 달라고 빌었다.

"바로 땅속으로 뛰어들어 다시는 안 나올게요."

"좋아, 그렇게 해. 신이 함께 하기를!"

이반의 입에서 신이라는 말이 나오기가 무섭게 꼬마 도깨비가 물에 던져진 돌처럼 땅속으로 뛰어들었다. 그리고 오직 구멍 하나만 남았다.

이반은 다른 뿌리 두 개를 모자 안에 넣고 쟁기질을 계속했다. 고랑 끝까지 땅을 갈고 나서 쟁기를 돌려 집으로 향했다. 이반은 마구를 풀고 집 안으로 들어갔다. 이반의 형인 군인 시몬과 그의 아내가 저녁을 먹고 있었다. 시몬은 토지를 몰수당하고, 가까스로 감옥에서 탈출했으며, 아버지의 집에 얹혀살기 위해 돌아와 있었다.

시몬이 이반을 보고 말했다.

"함께 살려고 왔다. 내가 다른 지위를 얻을 때까지 나와 네 형수를 부양해라."

"좋아요, 이곳에서 지내세요."

그러나 이반이 식사를 하려고 막 자리에 앉았을 때 시몬의 귀부인 아내가 남편에게 말했다.

"더러운 농부와는 같이 밥을 먹을 수 없어요."

그러자 군인 시몬이 말했다.

"네 형수가 너한테 냄새가 난다고 하니 넌 밖에 나가서 먹는 게 좋겠다."

"좋아요. 그렇지 않아도 밖에서 밤을 보내야 하거든요. 암말에게 풀을 먹여야 해요."

이반은 빵과 외투를 들고 밖으로 나가, 암말을 데리고 방목장으로 갔다.

그날 밤 시몬의 꼬마 도깨비가 일을 끝내고, 약속대로 이반의 꼬마 도깨비를 돕기 위해 찾아왔다. 시몬의 꼬마 도깨비는 들에 나가 동료를 찾고 또 찾았지만, 대신 구멍 하나만을 발견하게 되었다.

'어떤 나쁜 일이 일어난 게 틀림없어. 그럼 내가 이반을 맡아야 해. 땅을 다 갈았으니, 이제 목초지에서 그 바보와 맞붙어야겠군.'

꼬마 도깨비는 목초지로 가서 이반의 건초용 풀밭을 물에 흠뻑 잠기게 했고, 그 결과 풀들이 온통 진흙으로 뒤덮었다.

이반은 새벽에 방목장에서 돌아와 큰 낫을 간 다음, 풀을 베러 나갔다. 풀을 베기 시작했지만 낫을 한두 번 휘두르자마자 날이 돌아가서 풀을 전혀 벨 수가 없었다. 이반이 잠시 동안 애를 쓰다가 말했다.

"안 되겠다. 집에 가서 낫을 고정시키는 연장을 가져와야 해. 그리고 큰 빵도 한 덩어리 가져와야지. 여기에서 일주일을 보내야 할지도 몰라. 풀을 다 벨 때까지는 떠나지 않을 거야."

꼬마 도깨비가 그 말을 듣고 속으로 생각했다. '이 바보는 만만치 않은 놈이야. 이 방법으로는 이길 수 없어. 뭔가 다른 수를 써야 해.'

이반은 돌아와서 낫을 다시 갈고 풀을 베기 시작했다. 꼬마 도깨비가 몰래 풀밭으로 기어 들어가, 발뒤꿈치로 낫을 붙잡고 그 끝이 땅속으로 박히도록 만들었다. 이반은 일이 매우 힘들었지만 습지에 있는 작은 풀밭을 빼고 목초지의 풀을 모두 베어 냈다. 꼬마 도깨비가 습지 안으로 들어가며 생각했다. '내 발이 잘리는 한이 있어도 풀을 못 베게 만들어야지.'

이반은 습지에 이르렀다. 풀은 두꺼워 보이지 않았지만 베어지지 않았다. 이반은 화가 났고 있는 힘을 다해 낫을 휘두르기 시작했다. 꼬마 도깨비는 포기할 수밖에 없었다. 낫을 계속 막을 수가 없었고, 자신의 일이 실패한 것을 알고는 급

히 관목 속으로 몸을 숨겼다. 이반은 낫을 휘
두르다 그 관목을 잡았고, 꼬마 도깨비의 꼬리
를 반으로 잘라 버렸다. 풀베기를 끝낸 이반은
누이에게 갈퀴로 풀을 긁어모으라고 말한 뒤,
호밀을 베러 나섰다. 이반은 큰 낫을 가지고 갔지
만, 꼬마 도깨비가 그곳에 먼저 도착해서 큰 낫이 쓸모없도
록 호밀을 엉클어뜨려 놓았다. 하지만 이반은 집으로 가서
작은 낫을 가져왔고, 그것으로 호밀을 베기 시작하더니 모든
호밀을 거두어들였다.

"이제 귀리를 벨 때야."

이반이 말했다.

꼬리를 잘린 꼬마 도깨비가 이 말을 듣고 속으로 생각했
다. '호밀 밭에서는 이기지 못했지만, 귀리 밭에서는 이길 거
야. 아침까지만 기다려.'

아침이 되어 꼬마 도깨비가 부리나케 귀리 밭으로 갔지만,
귀리가 모두 베어져 있었다! 낟알이 덜 떨어지도록 하기 위
해 이반이 밤사이에 베어 낸 것이었다. 꼬마 도깨비는 부아
가 났다.

"그 바보가 내 온몸을 베고 날 녹초로 만들었어. 이건 전쟁
보다 더 나빠. 저 골치 아픈 바보는 잠도 자지 않아. 아무도
그를 따라가지 못할 거야. 이제 곡식 더미 속으로 들어가 곡
식을 썩게 만들어야지."

꼬마 도깨비는 호밀을 쌓아 둔 곳으로 갔고, 호밀을 묶은 단 사이로 기어 들어가 썩게 만들기 시작했다. 그러다 꼬마 도깨비는 호밀의 열기 때문에 스스로 따뜻해져서 잠이 들고 말았다.

이반은 말에 마구를 채우고, 누이와 함께 호밀을 실어 나를 준비를 했다. 이반이 호밀을 쌓아 둔 곳으로 와서 호밀을 수레 안으로 던지기 시작했다. 호밀단 두 개를 가볍게 던진 후 갈퀴를 다시 밀어 넣었는데, 갈퀴 끝이 바로 꼬마 도깨비의 등을 향하고 있었다. 이반은 갈퀴를 들어 올렸고, 꼬리가 잘린 채 버둥거리며 몸부림치는 꼬마 도깨비를 보았다.

"이 보기 싫은 녀석, 여기에 또 온 거야?"

"아니에요. 첫 번째 도깨비는 내 동료였어요. 난 당신의 형인 시몬의 집에 있었어요."

"네가 누구든 너도 이제 끝이야!"

이반이 수레로 막 내던지려고 하자 꼬마 도깨비가 소리 쳤다.

"살려 주세요. 그럼 당장에 사라질 뿐만 아니라 뭐든 해 드릴게요."

"뭘 할 수 있는데?"

"원하는 걸로 군인을 만들 수 있어요."

"하지만 군인을 뭐에 써?"

"원하는 대로 쓸 수 있어요. 뭐든 좋아하는 일을 시킬 수 있어요."

"군인들이 노래도 할 수 있어?"

"네, 원하면요."

"좋아, 만들어 봐."

그러자 꼬마 도깨비가 말했다.

"자, 호밀 한 단을 붙잡고 땅바닥에 똑바로 떨어뜨리면서 이렇게 말하기만 하면 돼요. '오 단아! 나의 노예에게 명령하노니 짚이 있는 곳에 군인이 보이게 하라!'"

이반이 호밀단을 붙잡고 땅바닥으로 떨어뜨리면서 꼬마 도깨비가 가르쳐 준 대로 말했다. 단이 떨어져 흩어졌고, 모든 짚이 군인들로 변했으며, 맨 앞에 나팔수와 북채를 든 고수가 있었다. 군인들이 한 연대(聯隊)를 이룰 만큼 많았다.

이반이 웃으면서 말했다.

"훌륭해! 멋져! 여자들이 정말 좋아할 거야!"

"이제 절 보내 주세요."

꼬마 도깨비가 말했다.

"아니, 난 군인들을 원래대로 만들어야 해. 그렇지 않으면 좋은 곡식을 다 낭비하게 되니까. 다시 호밀단으로 바꾸는 방법을 가르쳐 줘. 난 호밀을 타작하고 싶어."

그러자 꼬마 도깨비가 말했다.

"이렇게 말하세요. '각 군인들을 짚이 되게 하라, 나의 충실한 노예에게 명령하노니!'"

이반이 그렇게 말하자 군인들이 호밀단으로 변했다.

꼬마 도깨비가 다시 간청하기 시작했다.

"이제 절 놔주세요!"

"좋아."

이반은 꼬마 도깨비를 수레 한쪽으로 밀고 손으로 붙잡아 갈퀴에서 빼냈다.

"신이 함께 하기를."

이반의 입에서 신이라는 말이 나오기가 무섭게 꼬마 도깨비가 물에 던져진 돌처럼 땅속으로 뛰어들었다. 오직 구멍 하나만 남았다.

이반은 집으로 돌아갔고, 이반의 또 다른 형인 타라스가 아내와 함께 저녁을 먹고 있었다.

뚱보 타라스는 빚을 갚지 못하고 채권자들로부터 도망쳐 서 아버지의 집에 와 있었다. 타라스가 이반을 보고 말했다.

"다시 장사를 시작할 수 있을 때까지 나와 네 형수를 부양해 다오."

"좋아요. 원한다면 그렇게 하세요."

이반은 외투를 벗고 식탁에 앉았지만, 타라스의 아내가 말했다.

"이런 시골뜨기와는 함께 앉을 수 없어요. 땀내가 진동을 하잖아요."

그러자 뚱보 타라스가 말했다.

"이반아, 너한테 냄새가 심하니 밖에 나가서 먹어라."

"좋아요."

이반은 빵을 들고 뜰로 나갔다.

"그렇지 않아도 암말을 방목장으로 데려갈 시간이에요."

그날 밤 타라스의 꼬마 도깨비 역시 임무를 마치고, 약속대로 이반의 꼬마 도깨비를 돕기 위해 찾아왔다. 타라스의 꼬마 도깨비는 들에 나가 동료를 찾고 또 찾았지만 그곳엔 아무도 없었다. 구멍 하나만 발견했을 뿐이었다. 타라스의 꼬마 도깨비는 목초지로 갔고, 습지에서 동료의 꼬리를 발견하고 호밀 그루터기에서 또 하나의 구멍을 찾아냈다.

'불운한 일이 일어난 게 틀림없어. 내가 친구들을 대신해서 그 바보와 맞붙어야 해.'

타라스의 꼬마 도깨비는 이반을 찾아 나섰다. 이반은 이미 낟알을 산더미처럼 쌓아 올린 뒤, 숲에서 나무를 베고 있었다. 이반의 두 형들은 함께 살기에 집이 비좁다고 느끼기 시작했고, 이반에게 나무를 잘라 새 집을 지으라고 말했다.

꼬마 도깨비는 숲으로 달려갔고, 나뭇가지 사이로 기어올라 이반이 나무를 베어 넘어뜨리는 걸 방해하기 시작했다. 이반이 나무 하나를 베었지만, 나무가 땅에 넘어지지 않고 한쪽으로 기울더니 다른 나뭇가지 사이에 걸리고 말았다. 이반은 장대를 가져다가 지렛대로 삼아 간신히 나무를 땅에 내려놓았다. 그리고 또 다른 나무를 베기 시작했지만, 다시 똑같은 일이 일어났다. 이반은 갖은 노력을 다해 가까스로 나무를 땅에 내려놓을 수 있었다. 이반이 세 번째 나무를 자르기 시작했고 똑같은 일이 또 일어났다.

이반은 작은 나무 오십 그루를 베어 넘길 생각이었지만, 열 그루도 채 베지 못했을 때 밤이 찾아왔고 몸은 녹초가 되었다. 이반의 몸에서 나오는 더운 기운이 안개처럼 숲으로 퍼졌지만 이반은 일을 그만두지 않았다. 또 다른 나무를 자르려 했지만 허리가 아파 일어설 수가 없자, 이반은 도끼를 나무에 찍어 놓고 자리에 앉아 쉬었다.

꼬마 도깨비는 이반이 일을 멈춘 것을 알아차리고 즐거워했다.

'마침내 완전히 지친 거야! 이제 일을 포기하겠지? 그럼 나도 좀 쉬어야겠다!'

꼬마 도깨비는 나뭇가지에 걸터앉아 낄낄 웃었다. 그러나 이내 이반이 일어나서 도끼를 빼 들고 반대편에서 나무를 세게 내리찍자 나무가 곧바로 쿵 넘어졌다. 이런 일을 예상치 못한 꼬마 도깨비는 미처 피할 새도 없이 쓰러지는 나무에 발을 꼭 끼이고 말았다. 이반은 가지를 쳐내기 시작했고, 나무에 매달려 있는 꼬마 도깨비를 보게 되었다! 이반은 깜짝 놀랐다.

"이 보기 싫은 녀석, 또 너로구나!"

"난 다른 도깨비예요. 당신의 형인 타라스의 집에 있었어요."

"네가 누구든 이젠 너도 끝이야!"

이반이 도끼를 들어 막 내리치려고 하는데, 꼬마 도깨비가 자비를 구했다.

"절 죽이지 마세요. 그럼 뭐든지 할게요."

"뭘 할 수 있는데?"

"원하는 만큼 돈을 만들 수 있어요."

"좋아, 만들어 봐."

꼬마 도깨비는 이반에게 방법을 가르쳐 주었다.

"이 떡갈나무 잎을 손에 쥐고 문지르세요. 그럼 금화가 생길 거예요."

이반이 나뭇잎을 손에 쥐고 문지르자, 손에서 금화가 떨어졌다.

"이건 축일 놀이로 안성맞춤이야."

"이제 절 놔주세요."

꼬마 도깨비가 말했다.

"좋아."

이반은 장대를 사용해서 꼬마 도깨비를 풀어주었다.

"자, 사라져! 그리고 신이 함께 하기를."

이반의 입에서 신이라는 말이 나오기가 무섭게 꼬마 도깨비가 물에 던져진 돌처럼 땅속으로 뛰어들었다. 오직 구멍하나만 남았다.

이반의 형제들은 집을 짓고 따로 떨어져 살기 시작했다. 이반은 수확을 끝내고 맥주를 양조했으며, 축일을 맞아 형들을 초대했다. 하지만 그들은 오려 하지 않았고 '농부들 축제엔 관심 없다.'고 말했다.

그래서 이반은 다른 농부들과 그들의 아내를 초대해서 대접했고, 다소 취할 때까지 술을 마셨다. 그런 다음 여자들이 원을 이루어 춤추고 있는 거리로 나갔다. 이반은 여자들에게 다가가 자신을 위해 노래를 불러 달라고 말했다.

"그럼 제가 여러분이 한 번도 본 적이 없는 걸 드릴게요!"

여자들은 웃으면서 이반을 칭송하는 노래를 불렀고, 노래

193

가 다 끝나자 말했다.

"이제 당신의 선물을 주세요."

"곧 가져올게요."

이반은 씨앗 바구니를 꺼내 들고 숲으로 달려갔다. 여자들은 웃으면서 "이반은 바보야!"라고 말한 뒤, 다른 것에 대해 이야기하기 시작했다.

하지만 얼마 지나지 않아 이반이 바구니에 무거운 것을 가득 채워서 돌아왔다.

"여러분께 드릴까요?"

"네! 주세요."

이반은 금화를 한 움큼 집어 여자들에게 던졌다. 금화를 줍기 위해 달려든 여자들의 모습이란! 주위에 있던 사람들도 다투어 금화를 주웠고, 서로 뺏고 빼앗겼다. 한 노파는 사람들에게 깔려 거의 죽을 뻔했다. 이반이 웃으며 말했다.

"바보들! 늙은 할머니를 깔고 앉으면 어떡해요? 조용히 하면 더 드릴게요."

이반은 금화를 더 던졌다. 사람들이 가득 몰려들었고, 이반은 가지고 있던 금화를 모두 던졌다. 사람들이 좀 더 요구하자 이반이 말했다.

"지금은 이게 다예요. 다음에 더 드릴게요. 이제 춤을 춰요. 그리고 나에게 노래를 들려주세요."

여자들이 노래하기 시작했다.

"당신들의 노래는 좋지 않아요."

이반이 말했다.

"더 좋은 노래가 어디에 있죠?"

"곧 보여 줄게요."

이반은 헛간으로 가서 곡식 한 단을 꺼냈다. 그리고 낟알을 떨어낸 뒤 땅바닥에 떨어뜨리며 말했다.

"오 단아! 나의 노예에게 명령하노니 짚이 있는 곳에 군인이 보이게 하라!"

곡식 단이 바닥에 흩어졌고 수많은 군인들로 변했다. 북과 나팔이 연주되기 시작했다. 이반은 군인들에게 춤을 추며 노래하라고 명령했다. 이반은 군인들을 이끌고 거리로 나갔으며, 사람들은 깜짝 놀랐다. 군인들이 춤을 추고 노래를 부른 뒤, 이반은 아무도 자신을 따라오지 못하게 하면서 군인들을 이끌고 탈곡장으로 돌아갔다. 그리고 다시 곡식 단으로 변하게 해서 제자리에 놓았다.

그런 다음 이반은 집으로 돌아가 마구간에 누워 잠을 청했다.

7

시몬은 다음날 아침 그 모든 일들에 대해 들었고, 이반을 찾아갔다.

"그 병사들을 어디에서 데려왔고, 또 어디로 데려갔는지 말해 봐라."

"그게 형하고 무슨 상관이 있는데요?"

"무슨 상관이 있냐고? 병사들만 있으면 무슨 일이든 할 수 있어. 왕국을 손에 넣을 수도 있지."

이반이 놀라워하며 말했다.

"그렇군요! 진작 말하지 그랬어요? 형이 원하는 만큼 만들어 줄게요. 마르다와 내가 탈곡을 해서 아주 많은 짚을 만들었거든요."

이반은 시몬을 데리고 헛간으로 갔다.

"하지만 내가 병사들을 만들면 형이 당장 데리고 떠나야 해요. 그들이 남아 있다간 하루에 온 마을 음식을 먹어 없앨 거예요."

군인 시몬은 병사들을 데리고 떠나겠다고 약속했고, 이반은 병사들을 만들기 시작했다. 이반이 탈곡장에 짚 한 다발을 떨어뜨리자 일단의 병사들이 나타났다. 다시 한 다발을 떨어뜨리자 일단의 병사들이 또 나타났다. 이반은 들을 가득 채울 만큼 많은 병사들을 만들었다.

"이 정도면 충분한가요?"

이반이 물었다.

시몬이 크게 기뻐하며 말했다.

"충분하다! 고맙구나, 이반아!"

"뭘요, 필요하면 또 오세요. 더 만들어 드릴게요. 이번 철에는 짚이 많아요."

군인 시몬은 그 자리에서 군대를 지휘해 병사들을 모으고 조직했다. 그리고 전쟁을 하기 위해 떠났다.

군인 시몬이 떠나자마자 뚱보 타라스가 찾아왔다. 타라스 역시 어제 일어난 일에 대해 들었고, 이반에게 말했다.

"그 금화를 어디에서 가져왔는지 가르쳐 다오! 장사를 시작할 금화만 있으면, 난 온 세상으로부터 돈을 벌어들일 수 있어."

이반은 깜짝 놀랐다.

"그렇군요! 좀 더 일찍 말하지 그랬어요? 형이 원하는 만큼 만들어 줄게요."

타라스는 매우 기뻐했다.

"우선 바구니 세 개를 그득 채워 다오."

"좋아요, 숲으로 가요. 그걸 혼자서는 나를 수 없을 테니 마차를 끌고 가는 게 좋겠어요."

그들은 마차를 몰아 숲으로 갔고, 이반은 떡갈나무 잎을 문지르기 시작했다. 그리고 금화를 한가득 쌓아 올렸다.

"이 정도면 되겠어요?"

타라스는 크게 기뻐했다.

"현재로선 충분하다. 고맙구나, 이반아!"

"뭘요. 더 필요하면 오세요. 나뭇잎은 많이 남아 있으니까요."

뚱보 타라스는 마차에 금을 가득 싣고 장사를 하기 위해 떠났다.

그렇게 두 형제 ― 시몬은 싸우기 위해, 타라스는 물건을 사고팔기 위해 ― 가 떠났다. 군인 시몬은 왕국 하나를 정복했으며, 뚱보 타라스는 장사로 많은 돈을 벌었다.

두 형제가 만났을 때, 그들은 서로 병사들을 어떻게 얻었으며 금을 어떻게 얻었는지 이야기했다. 군인 시몬이 동생에게 말했다.

"난 왕국을 정복해서 호화로운 생활을 하고 있지만, 내 병사들을 먹여 살리기에 충분한 돈이 없어."

그러자 뚱보 타라스가 말했다.

"난 돈은 많이 벌었지만, 그 돈을 지킬 사람이 아무도 없어서 걱정이에요."

"우리 이반에게 가자. 내가 이반에게 병사들을 더 만들게 해서 너한테 주마. 그 병사들로 네 돈을 지키고, 넌 이반에게

돈을 더 만들게 해서 나한테 주는 거야. 그럼
내 병사들을 먹여 살릴 수 있어."

그리하여 두 형제는 이반을 찾아갔다. 시몬이
말했다.

"사랑하는 동생아, 내게 병사들이 부족하다. 건초 두세 가
리 정도의 병사들을 더 만들어 다오."

이반은 고개를 절레절레 저었다.

"싫어요! 더 이상 군인들을 만들지 않을 거예요."

"하지만 넌 만들어 주겠다고 약속했어."

"약속한 건 알지만, 더 이상은 안 만들 거예요."

"이유가 뭐냐?"

"형의 군인들이 사람을 죽였기 때문이에요. 요전번에 길
가까이에서 땅을 갈고 있었는데, 어떤 여자가 울면서 수레에
관을 싣고 가는 걸 봤어요. 누가 죽었는지 물어보자 여자가
'시몬의 군사가 전쟁에서 내 남편을 죽였어요.' 라고 말했어
요. 난 군인들이 악기만 연주할 거라고 생각했는데 사람을
죽였어요. 더 이상은 만들지 않겠어요."

이반은 완강했고, 군인들을 만들려고 하지 않았다.

뚱보 타라스 역시 이반에게 금화를 더 만들어 달라고 간청
하기 시작했다. 하지만 이반은 머리를 내저었다.

"싫어요, 더 이상은 만들지 않겠어요."

"만들어 준다고 약속했잖아?"

"네, 하지만 더는 만들지 않을 거예요."

"이유가 뭐냐?"

"형의 금화가 미가엘 딸의 젖소를 가져갔기 때문이에요."

"어떻게?"

"말 그대로 가져가 버렸어요! 미가엘의 딸은 젖소를 한 마리 키웠고, 그 집 아이들은 그 우유를 먹었어요. 그런데 며칠 전 아이들이 찾아와서 우유를 달라고 하는 거예요. '너희 집 소는 어디 있는데?' 라고 물었더니 '뚱보 타라스의 집사가 와서 엄마에게 금화 세 닢을 주고, 엄마가 집사에게 젖소를 내주었기 때문에 마실 게 아무것도 없어요.' 라고 대답했어요. 난 형이 금화를 가지고 놀기만 할 거라고 생각했는데, 형이 아이들의 젖소를 가져가 버린 거예요. 더 이상 형에게 금을 주지 않겠어요."

이반은 완강했고, 금화를 만들려고 하지 않았다. 두 형제는 다시 떠났다. 그리고 가는 길에 그들의 어려움을 어떻게 해결할 것인지 의논했다. 시몬이 말했다.

"이렇게 하자. 네가 나한테 내 군사들을 먹여 살릴 수 있는 돈을 주고, 내가 너한테 내 왕국의 반과 네 돈을 지킬 수 있는 병사들을 주는 거야."

타라스가 동의했다. 그렇게 두 형제는 자신들이 소유한 것을 나눠 가졌고, 둘 다 왕이 되고 둘 다 부유하게 되었다.

이반은 집에 살면서 아버지와 어머니를 부양하고 벙어리 누이와 함께 들에서 일했다. 그런데 이반의 집에서 키우는 개가 병에 걸리고 옴이 올라 거의 죽게 되었다. 이반은 개를 불쌍히 여겼고, 누이에게 빵을 좀 얻어다가 모자에 담은 뒤 개가 있는 곳으로 가져가 던져 주었다. 하지만 모자가 찢어진 터라 빵과 함께 작은 뿌리 하나가 땅바닥에 떨어졌다. 늙은 개는 빵과 그 뿌리를 먹었고, 뿌리를 삼키자마자 벌떡 일어서서 장난을 치고 짖으면서 꼬리를 흔들기 시작했다. 잠깐 사이에 완전히 건강해졌다.

이반의 아버지와 어머니가 그 모습을 보더니 깜짝 놀랐다.

"개를 어떻게 낫게 한 거냐?"

"저한테 어떤 병이든 낫게 하는 작은 뿌리가 두 개 있었는데, 그걸 하나 삼켰어요."

그런데 그 무렵 왕의 딸이 병들어 눕게 되었고, 왕은 모든 도시와 모든 마을에 누구든 자신의 딸을 고치는 사람에게 상을 내릴 것이며 만일 결혼하지 않은 남자가 자신의 딸을 고치면 그를 사위로 삼겠노라고 널리 알렸다.

이반의 아버지와 어머니가 아들을 불러 말했다.

"왕이 한 말을 들었니? 너에게 어떤 병이든 낫게 하는 뿌리가 있다고 했으니, 가서 왕의 딸을 고쳐라. 그럼 넌 행복하게 살게 될 거야."

"알았어요."

이반은 떠날 채비를 하고 가장 좋은 옷으로 갈아입었다. 하지만 문밖으로 나왔을 때 손을 쓰지 못하는 한 걸인 여자를 만났다.

"당신이 사람들을 치료할 수 있다고 들었어요. 제발 제 팔을 고쳐 주세요. 혼자서는 신발조차 신을 수가 없어요."

"좋아요."

이반은 걸인 여자에게 작은 뿌리를 주면서 삼키라고 말했다. 여자는 뿌리를 삼켰고, 병이 나았다. 당장에 팔을 자유로이 움직일 수 있게 되었다.

이반의 아버지와 어머니가 이반과 함께 왕을 찾아가기 위해 밖으로 나왔지만, 이반이 그 뿌리를 남에게 주어 왕의 딸을 치료할 게 아무것도 남지 않았다는 말을 듣고는 이반을 꾸짖기 시작했다.

"넌 걸인 여자는 동정하면서 왕의 딸은 가엾지 않은 거로구나!"

하지만 이반은 왕의 딸 역시 가엾게 생각되었다. 그래서 마구를 채우고 수레 안에 짚을 간 다음, 그 위에 앉아 떠날 준비를 했다.

"어디 가는 거냐?"

"왕의 딸을 치료하려고요."

"하지만 왕의 딸을 치료할 게 아무것도 없잖니?"

"걱정 마세요."

이반은 그렇게 말하고 떠났다.

이반이 말을 몰아 왕궁에 도착했고, 안으로 들어서자마자 왕의 딸이 건강을 되찾았다.

왕은 크게 기뻐했고, 이반을 자신 앞에 데려오게 한 뒤 좋은 옷으로 갈아입혔다.

"내 사위가 되어라."

"좋아요."

이반은 공주와 결혼을 했다. 얼마 지나지 않아 공주의 아버지가 죽고, 이반이 왕이 되었다. 그리하여 이제 세 형제 모두 왕이 되었다.

세 형제는 왕으로 살면서 통치했다. 맏형인 군인 시몬은 창성(昌盛)했고, 자신의 호밀짚 병사들로 진짜 병사들을 모집

했다. 시몬은 자신의 왕국 전체에 열 가구당 병사 한 명을 징집하되 각 병사들은 키가 크고 신체와 얼굴이 깨끗해야 한다고 명령했다. 시몬은 그런 병사들을 많이 모아서 훈련을 시켰다. 그리고 자신에게 반대하는 사람이 있으면 그 즉시 병사들을 보내 자신이 하고 싶은 대로 했기 때문에 모든 사람들이 그를 두려워하기 시작했다. 시몬의 삶은 안락했다. 그가 보고 바라는 것은 모두 그의 소유가 되었다. 시몬은 병사들을 보냈고, 병사들은 그가 원하는 모든 것을 가져왔다.

뚱보 타라스 역시 안락하게 살았다. 타라스는 이반이 만들어 준 돈을 낭비하는 대신 크게 불렸다. 그리고 자신의 왕국에 법과 질서를 도입했다. 자신의 돈을 금고에 보관하고 사람들에게 세금을 부과했다. 인두세와 통행세를 만들어 냈고 신발과 양말, 옷 장식품에도 세금을 매겼다. 타라스는 원하는 모든 것을 손에 넣었다. 사람들이 그에게 모든 것을 가져다주고 그를 위해 일했다. 모든 이들이 돈을 원했기 때문이다.

바보 이반의 생활도 그리 나쁘지는 않았다. 이반은 장인을 땅에 묻자마자 왕의 의복을 모두 벗어 아내에게 주며 옷장에 치우도록 했다. 그리고 다시 삼으로 만든 웃옷과 짧은 바지, 농부의 신을 신고 일하기 시작했다.

"난 지루해. 살이 찌고 입맛도 없고 잠도 오지 않아."

이반은 자신의 아버지와 어머니, 벙어리 누이를 데려와 함께 살면서 전처럼 일을 했다.

사람들이 말하기를, "하지만 당신은 왕입니다!"

"맞아요. 하지만 왕도 먹어야 해요."

왕궁의 대신 하나가 이반에게 와서 말했다.

"급료를 지급할 돈이 하나도 없습니다."

"좋아요, 그럼 지급하지 마세요."

이반이 대답했다.

"그러면 아무도 왕을 섬기지 않을 겁니다."

"좋아요, 섬기지 않게 하세요. 그럼 사람들에게 일할 시간이 더 많아질 거예요. 그들에게 거름을 나르게 하세요. 거름으로 쓸 수 있는 음식 찌꺼기들이 많으니까."

사람들이 이반을 시험하기 위해 찾아와서 말했다.

"저 사람이 제 돈을 훔쳤어요."

그러자 이반이 대답했다.

"좋아요, 그 돈을 갖고 싶었나 보죠."

이제 그들 모두 이반이 바보라는 걸 알게 되었다. 이반의 아내가 말했다.

"사람들이 당신보고 바보래요."

"괜찮아요."

이반의 아내는 생각하고 또 생각했지만, 그녀 역시 바보였다.

"내가 남편을 따르지 말아야 하나? 바늘 가는 데 실 간다고 했어."

그래서 이반의 아내도 왕비의 옷을 벗어 옷장 안에 치우고, 이반의 벙어리 누이에게 가서 일을 배웠다. 그리고 남편을 돕기 시작했다.

모든 현명한 사람들은 이반의 왕국을 떠났고, 오직 바보들만 남았다.

아무도 돈을 갖고 있지 않았다. 그들은 살면서 일을 했다. 제힘으로 먹고, 다른 이들도 도와주었다.

10

늙은 악마는 꼬마 도깨비들이 세 형제를 몰락시켰다는 소식을 기다리고 또 기다렸다. 그러나 아무 소식도 들려오지 않자, 직접 알아보기 위해 나섰다. 악마는 찾고 또 찾았지만 세 꼬마 도깨비들 대신 구멍 세 개만을 발견하게 되었다.

"실패한 게 틀림없어. 내가 처리할 수밖에 없겠군."

악마는 형제들을 찾아 나섰지만, 그들은 더 이상 원래 살던 곳에 있지 않았다. 악마는 세 형제가 각기 다른 왕국에 있다는 걸 알게 되었다. 세 형제 모두 왕으로 살면서 통치하고 있었다. 이 사실을 알고 늙은 악마는 몹시 화가 났다.

"내 솜씨를 보여 주지."

우선 악마는 군인 시몬을 찾아갔다. 자신의 모
습이 아닌, 장군으로 변장을 해서 시몬의 왕궁에
이르렀다.

"시몬 왕이여, 왕께서는 위대한 전사(戰士)라고 들었습니다.
제가 전쟁에 대해 잘 알고 있는 바, 왕을 섬기길 바라나이다."

시몬 왕은 그에게 여러 질문을 해서 그가 현명한 사람임을
알았고, 자신을 보필하게 했다.

새 지휘관이 된 악마는 시몬 왕에게 군대를 강하게 만드는
방법에 대해 가르치기 시작했다.

"먼저, 더 많은 병사들을 징집해야 합니다. 현재 전하의 왕
국에는 일이 없는 사람들이 많기 때문입니다. 모든 젊은이들
을 예외 없이 징집하십시오. 그럼 병사들이 지금보다 다섯
배는 많게 될 것입니다. 그다음으로, 신식 총과 대포를 갖추
어야 합니다. 제가 한 번에 백 발을 쏠 수 있는 총을 들여오겠
습니다. 또한 사람이나 말, 벽을 불로 태워 버리는 대포를 들
여오겠습니다. 그것들이 모든 것을 불태울 것입니다!"

시몬 왕은 새 지휘관의 말에 따라 젊은이들을 모조리 징집
하도록 명령하고, 새 공장을 지어 개량된 총과 대포를 대규모
로 제조하도록 만들었다. 그런 다음 서둘러 이웃 왕에게 전쟁
을 선포했다. 시몬은 다른 군대와 맞서기가 무섭게 병사들에
게 총탄을 퍼붓고 대포를 쏘라고 지시했다. 그리고 단번에 적

의 군대의 절반을 무찌르고 불태워 버렸다. 이웃 왕은 완전히 두려움에 휩싸여서 왕국을 넘겨주었다. 시몬 왕은 크게 기뻐했다.

"이제 인도 왕을 정복할 테다."

그러나 인도 왕은 이미 시몬 왕에 대해 들었고, 그가 고안한 모든 것들에 자신이 고안한 것까지 덧붙였다. 인도 왕은 모든 젊은이들뿐만 아니라 모든 독신 여성 또한 병사로 모집해서 시몬 왕보다 더욱 큰 군대를 조직했다. 게다가 시몬 왕의 총과 대포를 그대로 따라 만들었고, 공중으로 날아올라 위에서 폭탄을 던지는 방법을 개발했다.

시몬 왕은 이웃 왕을 무찌른 것처럼 인도 왕을 무찌르리라 기대하며 싸움을 시작했지만, 그렇게 잘 들던 전차 낫의 날이 이미 무뎌져 있었다. 인도 왕은 시몬의 군대가 사정거리 내에 들어오지 못하도록 하면서 여자 병사들로 하여금 공중으로 날아올라 시몬의 군대로 폭탄을 투하하게 했다. 여병들은 해충에게 살포되는 살충제처럼 시몬 왕의 군대 위로 폭탄을 사정없이 집어던졌다. 병사들이 모두 달아나고 시몬 왕 혼자만 남았다. 그렇게 인도 왕이 시몬의 왕국을 차지했으며, 시몬은 사력을 다해 도망쳤다.

군인 시몬을 처리한 늙은 악마는 타라스 왕에게 갔다. 상인의 모습으로 변장해서 타라스의 왕국에 들어간 뒤, 상사(商

社)를 차리고 돈을 쓰기 시작했다. 새 상인은 모든 것에 높은 값을 치렀으므로 모든 사람들이 돈을 벌기 위해 서둘러 새 상인을 찾아갔다. 아주 많은 돈이 사람들 사이에 뿌려져서 사람들은 즉시 모든 세금을 내기 시작했으며 미납금까지 완불했다. 타라스 왕은 크게 기뻐했다.

"새 상인 덕분에 그 어느 때보다 많은 돈을 갖게 되었고, 내 삶도 더욱 안락해질 거야."

타라스 왕은 새로운 계획들을 세우고, 새 궁전을 짓기 시작했다. 사람들에게 나무와 돌을 가져와 일을 하라고 알렸으며, 품삯을 후하게 주겠다고 했다. 타라스 왕은 사람들이 종전대로 일을 하기 위해 몰려들 거라고 생각했지만, 놀랍게도 모든 나무와 돌이 새 상인의 집으로 운반되고 일꾼들 또한 모두 그곳으로 갔다. 타라스 왕이 값을 높였지만, 새 상인의 값이 한층 더 높았다. 타라스 왕은 돈이 많았지만, 새 상인이 더욱 많은 돈을 갖고 있었고 모든 것에서 왕보다 비싼 값을 매겼다.

왕의 궁전은 멈춰 버렸고, 건물은 올라가지 않았다.

타라스 왕은 정원을 설계했고, 가을이 되자 사람들을 불러 정원에 나무를 심으라고 말했지만 아무도 오지 않았다. 모든 사람들이 상인을 위해 못을 파는 일을 하고 있었다. 겨울이 찾아왔고, 타라스 왕은 검은담비 모피로 새 외투를 짓고 싶었다. 모피를 사 오도록 사람을 보냈지만, 심부름꾼이 돌아와 말했다.

"검은담비 모피가 하나도 남지 않았습니다. 그 상인이 모두 가져갔어요. 최고의 값을 쳐주고 그것들로 융단을 만들었습니다."

타라스 왕은 종마를 몇 마리 사고 싶었다. 종마를 사 오도록 사람을 보냈지만, 심부름꾼이 돌아와 말했다.

"그 상인이 좋은 종마를 모두 가져갔습니다. 종마를 부려서 못에 물을 채우고 있어요."

왕의 모든 일들이 멈춰 버렸다. 아무도 왕을 위해 일하려 하지 않았고, 모두가 상인을 위해 일하느라 바빴다. 사람들은 오직 세금을 내기 위해 상인의 돈을 타라스 왕에게 가져올 뿐이었다.

타라스 왕은 더 이상 보관할 곳이 없을 정도로 많은 돈을 모았지만, 그의 삶은 불행해졌다. 왕은 이제 계획을 세우지 않았고 그저 살아가는 것에 신경을 써야 했지만, 그것조차 여의치 않았다. 그에게는 모든 게 부족했다. 요리사와 마부, 하인들이 차례차례 왕을 떠나 상인에게 갔다. 이내 왕에게는 먹을 양식마저 다 떨어졌다. 장에 사람을 보내 무엇이든 사오도록 했지만, 심부름꾼은 빈손으로 돌아왔다. 상인이 모든 것을 거두어 갔으며, 사람들은 오직 세금을 내기 위해 왕에게 돈을 가져올 뿐이었다.

타라스 왕은 화가 나서 상인을 나라 밖으로 추방시켰다.

그러나 상인은 국경 바로 건너에 자리를 잡고 이전 그대로 행동했다. 사람들은 돈을 벌기 위해 왕이 아닌 상인에게 모든 것을 가져갔다.

타라스 왕은 절박한 상황에 놓이게 되었다. 며칠째 아무것도 먹지 못했으며, 심지어 상인이 돈으로 왕을 사 버리겠다고 큰소리친다는 소문까지 나돌았다! 타라스 왕은 겁을 집어 먹었고, 어떻게 해야 할지 몰랐다.

그때 군인 시몬이 찾아와 말했다.

"나를 도와 다오. 인도 왕이 내 왕국을 정복했어."

그러나 타라스 자신도 곤경에 처해 옴짝달싹 못하고 있었다.

"난 이틀을 꼬박 굶었어요."

11

두 형제를 처리한 늙은 악마는 이반을 찾아갔다. 장군으로 변장한 악마는 이반의 왕국에 들어가 이반에게 군대가 있어야 한다고 설득하기 시작했다.

"군대가 없으면 왕이 될 수 없습니다. 제게 지휘권만 주신다면 전하의 백성들로 병사를 모집해 군대를 만들겠습니다."

이반이 그의 말을 듣고 말했다.

"좋아요, 군대를 만들어서 노래를 잘 부르게 가르치세요. 난 군인들이 노래하는 걸 듣고 싶어요."

늙은 악마가 병사를 모집하기 위해 이반의 왕국을 돌았다. 악마는 사람들에게 가서 군인이 되라고 말했으며, 군인이 되면 강인해지고 멋진 모자를 받게 된다고 덧붙였다.

사람들이 웃으며 대답했다.

"우린 지금도 충분히 강인해요. 그래서 일을 하고 살아가죠. 그리고 모자라면, 여자들이 각종 모자를 만들고 있어요. 술 달린 줄무늬 모자까지 있으니까."

아무도 군인이 되려고 하지 않았다.

늙은 악마가 이반에게 가서 말했다.

"바보 같은 백성들이 자발적으로 군인이 되려 하지 않습니다. 군인이 되도록 만들어야 합니다."

"좋아요, 한번 해 보세요."

늙은 악마는 모든 사람들에게 군인이 되어야 하며, 거부하는 사람이 있으면 이반 왕이 사형에 처할 것이라고 알렸다.

사람들이 장군을 찾아와 말했다.

"당신은 우리가 군인이 되어 싸움터에 나가지 않으면 왕이 우리를 죽일 거라고 말하지만, 만일 우리가 정말 군인이 되면 무슨 일이 일어나는지는 말하지 않았어요. 우린 군인들이 죽는다는 말을 들었어요!"

"그렇소, 때로는 그런 일이 일어나오."

사람들은 이 말을 듣고 더 완고해졌다.

"우린 싸우러 나가지 않을 거예요. 차라리 집에서 죽는 게 낫지. 가든 안 가든 죽는 건 마찬가지 아니에요?"

"바보들 같으니! 당신들은 바보요!"

늙은 악마가 말했다.

"군인은 죽거나 죽지 않을지도 모르지만, 만일 싸우러 나가지 않는다면 이반 왕이 분명 당신들을 죽일 거란 말이오."

사람들은 어리둥절했고, 바보 이반을 찾아가 물었다.

"한 장군이 와서 우리 모두 군인이 돼야 한다고 말했어요. 군인이 되어 싸우러 나가면 죽거나 죽지 않을지도 모르지만, 싸우러 나가지 않으면 이반 왕이 틀림없이 우리를 죽일 거라고 했어요. 그게 사실인가요?"

이반이 웃으며 말했다.

"나 혼자 어떻게 여러분 모두를 죽일 수 있죠? 내가 바보가 아니라면 설명을 하겠지만, 난 바보라서 나 자신도 이해가 안 되는군요."

"그럼 우린 군인이 되지 않겠습니다."

"좋아요, 하지 말아요."

사람들은 장군에게 가서 군인이 되는 것을 거절했다. 늙은 악마는 이 방법이 소용없다는 걸 알았고, 이반의 왕국을 떠나 타라칸 왕의 환심을 샀다.

"전쟁을 해서 이반 왕의 나라를 정복하십시오. 그곳에 돈이 없는 건 사실이지만, 곡식과 가축을 비롯해서 다른 많은 것들이 있습니다."

이에 타라칸 왕은 전쟁을 할 준비를 했다. 대규모 군대를 조직하고 총과 대포를 가져다가 국경까지 행진해서 이반의 왕국에 이르렀다.

그러자 사람들이 이반에게 와서 말했다.

"타라칸 왕이 우리와 전쟁을 벌이기 위해 오고 있습니다."

"좋아요, 오라고 하세요."

국경을 넘은 타라칸 왕은 이반의 군대를 탐색하기 위해 정찰병들을 보냈다. 정찰병들이 찾고 또 찾았지만 군대는 보이지 않았다! 누구든 어딘가에 나타나기만을 기다리고 또 기다렸지만, 군인의 모습은 전혀 보이지 않았고 아무도 싸우러 나오지 않았다. 타라칸 왕은 병사들을 보내 마을을 약탈하게 했다. 병사들이 마을에 도착하자 사람들이 깜짝 놀라 모두 달려 나왔고 병사들을 말끄러미 쳐다보았다. 병사들이 곡식과 가축을 빼앗기 시작했지만, 사람들은 그들이 하는 대로 내버려 둔 채 저항하지 않았다. 병사들이 다른 마을에 가자 같은 일이 또 일어났다. 하루가 지나고 이틀이 지나도록 계속 약탈했지만, 어디를 가든 똑같은 일이 반복되었다. 사람들은 병사들에게 모든 것을 내주었고 아무도 저항하지 않았을 뿐만 아니라, 함께 살자고 권유했다.

"가엾어라. 당신들의 땅에서 살기가 힘들면 여기 와서 우리와 함께 사는 건 어때요?"

병사들은 행군하고 또 행군했지만 군대는 전혀 나타나지 않았고, 제힘으로 일해서 먹고 다른 이들을 도우며 살고 있는 사람들뿐이었다. 그들은 저항하지 않았고 병사들에게 함께 살자고 권유했다. 병사들은 의욕을 잃고 타라칸 왕에게 와서 말했다.

"이곳에서는 싸울 수 없습니다. 다른 곳으로 보내 주세요. 이게 무슨 전쟁입니까? 그저 힘 없는 약한 사람들만 괴롭히는 것 같습니다. 이곳에서는 더 이상 전쟁을 하지 않겠습니다."

타라칸 왕은 화가 났고, 병사들에게 왕국 전체를 침략하고 마을을 파괴하며 곡식과 집을 불태우고 가축을 도살하라고 명령했다.

"내 명령에 따르지 않는 자는 모조리 처형할 것이다."

이에 병사들은 겁을 집어먹고 왕의 명령에 따라 행동하기 시작했다. 집과 곡식을 불태우고 가축을 도살했다. 하지만 이반 왕국의 바보들은 여전히 저항하지 않았고 그저 눈물만 흘릴 뿐이었다. 노인도 울었고, 나이 든 여자도 울었으며, 젊은 사람들도 울었다.

"왜 우리에게 해를 입히는 거죠? 왜 좋은 것들을 못쓰게 만드는 거예요? 필요하면 그냥 가져가세요."

마침내 병사들은 더 이상 참을 수가 없었다. 그들은 진격하기를 거부하며 모두 도망가 버렸고 군대는 해산하고 말았다.

12

늙은 악마는 포기할 수밖에 없었다. 병사들로는 이반을 이길 수 없었다. 그래서 이번에는 세련된 신사로 변장을 해서 이반의 왕국에 들어갔다. 뚱보 타라스를 굴복시킨 것처럼 돈으로 이반을 굴복시킬 심산이었다.

"이곳 사람들에게 친절을 베풀고, 감각과 이성(理性)을 가르치고 싶습니다. 여기에 집을 하나 짓고 거래를 하도록 하겠습니다."

"좋아요. 원한다면 와서 함께 사세요."

이반이 대답했다.

다음날 세련된 신사가 금화가 든 큰 자루와 종이 한 장을 들고 광장 안으로 들어와서 말했다.

"여러분은 모두 돼지처럼 살고 있습니다. 난 여러분에게 제대로 사는 법을 가르쳐 주고 싶어요. 이 도면에 따라 집을 하나 지어 주시오. 여러분이 일을 하면, 내가 방법을 말해 주고 이 금화를 지급하겠소."

신사는 사람들에게 금화를 보여 주었다.

이반 왕국의 바보들은 깜짝 놀랐다. 그들은 돈을 전혀 사용하지 않았고, 물물교환을 하면서 서로에게 노동으로 보답했다. 사람들이 눈을 동그랗게 뜨고 금화를 바라보며 말했다.

"저 반짝거리는 작은 것들 좀 봐!"

그렇게 해서 사람들은 그들의 물건과 노동을 신사의 금화와 교환하기 시작했다. 늙은 악마는 타라스의 왕국에서처럼 자신의 금화를 아낌없이 썼고, 사람들은 모든 것을 금화와 교환하고 금화를 얻기 위해 모든 종류의 일을 하기 시작했다.

악마가 크게 기뻐하며 속으로 생각했다. '일이 잘 풀리고 있어. 이제 타라스처럼 바보 이반을 파멸시키고, 이반의 육신과 영혼을 손에 넣고 말겠어.'

그러나 이반 왕국의 바보들은 금화를 받자마자 여자들에게 주어 목걸이를 만들게 했다. 젊은 여자들은 금화를 엮어 머리를 땋았고, 나중에는 아이들이 거리에서 금화를 갖고 놀기 시작했다. 모든 사람들이 금화를 충분히 갖게 되었고, 그들은 더 이상 금화를 원하지 않았다. 세련된 신사의 대저택은 아직 반도 채 지어지지 않았고, 그해에 거둬들일 곡식과 가축도 아직 채워지지 않은 상태였다. 그래서 신사가 사람들에게 와서 자신을 위해 일해 줄 것과 자신이 가축과 곡식을

더 원하며 모든 물건과 모든 노동에 대해 더욱 많은 금화를
주겠노라고 알렸다.

그러나 아무도 일을 하러 오지 않았고 어떤 것도 가져오지
않았다. 드문드문 어린 사내아이나 계집아이가 달걀 하나를
금화와 바꾸기 위해 달려왔을 뿐, 그 누구도 오지 않았으며
신사는 먹을 게 아무것도 없었다. 굶주린 신사는 먹을 것을
구하기 위해 마을을 돌아다녔다. 어떤 집의 문을 두드려 닭
고기 값으로 금화를 내밀었지만, 그 안주인은 받으려 하지
않았다.

"이미 금화가 많은걸요."

신사는 청어를 사기 위해 한 과부댁을 찾아가 금화를 내밀었다.

"난 금화를 원하지 않아요. 금화를 가지고 놀 아이들도 없고, 호기심에 벌써 금화 세 닢을 갖고 있으니까요."

신사는 한 농부의 집에 들러 빵을 얻으려고 했지만, 그 역시 금화를 받으려 하지 않았다.

"난 금화가 필요 없지만, 만일 당신이 '그리스도의 이름으로' 간청하는 거라면 아내에게 말해 빵을 좀 잘라다 드리죠."

그러자 악마가 침을 내뱉고 줄행랑을 쳤다. 그리스도의 이름으로 뭔가를 얻는 것은 고사하고 그 말을 듣자마자 비수에 찔리는 것 이상으로 아팠기 때문이다.

그렇게 악마는 먹을 것을 하나도 구하지 못했다. 모두가 금화를 갖고 있었고, 늙은 악마가 어디를 가든 아무도 돈을 받고 뭔가를 주려고 하지 않았다. 그들은 한결같이 '다른 것을 가져와 바꿔 가거나, 와서 일을 하거나, 그리스도의 이름으로 자비를 구해 원하는 것을 얻으라.'고 말했다.

하지만 늙은 악마는 돈밖에 가진 것이 없었다. 일하는 건 조금도 좋아하지 않았고, 그리스도의 이름으로 뭔가를 얻는 일은 할 수가 없었다. 악마가 크게 화를 내며 말했다.

"내가 돈을 주는데 뭘 더 원하는 거요? 금화만 있으면 모든 것을 살 수 있고, 사람을 고용해서 어떤 일이든 시킬 수 있소."

그러나 이반 왕국의 바보들은 그의 말을 무시했다.

"우린 돈을 원하지 않아요. 돈을 사용하지도 않고 세금도 없는데, 대체 돈으로 뭘 해야 하죠?"

늙은 악마는 굶은 채로 누워서 잠이 들었다.

그 일이 바보 이반에게 전해졌으며, 사람들이 찾아와 물었다.

"어떻게 할까요? 먹고 마시는 걸 좋아하고 잘 차려입은 세련된 신사가 나타났는데, 그는 일하는 걸 싫어하고 그리스도의 이름으로 빌지도 않아요. 오로지 모든 사람들에게 금화만 내밀고 있어요. 처음에는 사람들이 그가 원하는 것을 모두 가져다주고 금화를 받았지만, 이젠 그에게 아무것도 주지 않아요. 그 신사를 어떻게 하죠? 오래지 않아 굶어서 죽게 될텐데."

이반이 귀여겨듣고 나서 말했다.

"좋아요, 그에게 먹을 것을 줘야 해요. 양치는 사람처럼 집집마다 돌아다니며 묵게 하세요."

그것 말고는 방법이 없었다. 늙은 악마는 하는 수 없이 이집 저집을 찾아다니기 시작했다.

그리고 이제 이반의 집에 갈 차례가 되었다. 늙은 악마가 저녁을 먹기 위해 안으로 들어갔고, 이반의 벙어리 누이가 저녁을 차리고 있었다.

이반의 누이는 일을 끝내지도 않은 채 일찌감치 찾아와서

모든 음식을 먹어 없애는 게으른 사람들에게 종종 속아 왔기 때문에, 손을 보고 게으름뱅이들을 찾아냈다. 거칠고 딱딱해진 손을 가진 사람은 식탁에 앉혔지만, 그렇지 않은 사람에겐 다른 사람이 먹다 남긴 음식만을 주었다.

늙은 악마가 식탁에 앉자, 벙어리 누이가 그의 손을 붙잡고 자세히 살폈다. 한 군데도 굳은살이 없이 깨끗하고 매끄러웠으며 손톱이 길었다. 벙어리 누이가 불퉁거리는 소리를 내며 악마를 식탁에서 잡아끌었다. 이반의 아내가 악마에게 말했다.

"화내지 마세요. 제 시누이는 손이 거칠고 딱딱하지 않은 사람은 식탁에 못 앉게 하거든요. 조금만 기다리세요. 다른 사람들이 식사를 끝내면 남은 걸 갖다 드릴 거예요."

늙은 악마는 왕의 집에서 자신을 돼지처럼 먹이려 한다는 데 화가 났다. 그래서 이반에게 말했다.

"전하의 왕국에서 모두가 자신의 손으로 일을 해야 한다는 건 어리석은 법(法)입니다. 전하의 우둔함이 그런 법을 만든 것이죠. 사람들이 손으로만 일을 합니까? 현명한 사람들이 무엇으로 일한다고 생각하세요?"

그러자 이반이 대답했다.

"우리 같은 바보들이 어떻게 알겠어요? 우린 우리의 손과 등으로 일을 하지요."

"그렇기 때문에 바보라고 불리는 겁니다! 제가 머리로 일하는 방법을 가르쳐 드리죠. 그럼 손으로 일하는 것보다 머리로 일하는 게 더 이롭다는 걸 알게 되실 겁니다."

이반은 깜짝 놀랐다.

"그게 사실이라면, 우리를 바보라고 부르는 데도 이유가 있는 거군요!"

늙은 악마가 말을 이었다.

"그렇다고 머리로 일하는 게 쉽다는 말은 아닙니다. 전하는 제 손에 굳은살이 없다고 먹을 것을 안 주시지만, 머리로 일하는 게 백 배는 더 어렵다는 걸 모르고 계십니다. 때로는 머리가 터지기도 하니까요."

이반은 곰곰 생각했다.

"그런데 왜 스스로를 그렇게 괴롭히죠? 머리가 터지는 게 즐거운 일인가요? 손과 등으로 보다 쉬운 일을 하는 게 낫지 않을까요?"

이에 늙은 악마가 대답했다.

"그건 모두 제가 전하 왕국의 바보들을 불쌍히 여기기 때문입니다. 만일 제가 제 자신을 괴롭히지 않는다면, 전하의 사람들이 영원히 바보로 남아 있게 될 테니까요. 전 머리로 일해 왔기 때문에 지금 가르쳐 드릴 수 있습니다."

이반이 놀라워하며 말했다.

"우리를 가르쳐 주시오! 그럼 손에 경련이 일어났을 때 대신 머리를 쓸 수 있을 거예요."

늙은 악마는 사람들을 가르치겠다고 약속했다. 그리하여 이반은 왕국 전체에, 세련된 신사가 모든 이들에게 머리로 일하는 방법을 가르쳐 주기 위해 왔으며, 손보다 머리로 더 많은 일을 할 수 있고, 사람들이 모두 나와서 배워야 한다고 알렸다.

이반의 왕국에는 높은 탑이 하나 있었는데, 꼭대기까지 가려면 등불을 들고 많은 계단을 올라야 했다. 이반은 모든 사람들이 볼 수 있도록 신사를 탑 꼭대기로 데려갔다.

신사는 탑 꼭대기에 자리를 잡고 말하기 시작했으며, 사람들이 그를 보기 위해 함께 나왔다. 사람들은 신사가 정말로 손을 사용하지 않고 머리로 일하는 방법을 가르쳐 줄 거라고 생각했다. 하지만 늙은 악마는 일하지 않고 어떻게 살 수 있는지에 대해서만 많은 말을 늘어놓을 뿐이었다. 사람들은 아무것도 이해할 수 없었다. 신사를 쳐다보고 곰곰 생각하다가 결국 각자 일을 하기 위해 떠났다.

늙은 악마는 하루 종일 탑 꼭대기에 서 있었고, 그 다음날도 온종일 이야기했다. 그렇게 오랫동안 서 있느라 배가 고팠지만, 이반 왕국의 바보들은 탑 꼭대기로 음식을 가져다줄 생각을 전혀 하지 않았다. 신사가 손보다 머리로 일을 잘 할 수 있다면, 여하튼 스스로 쉽게 빵을 구할 거라고 생각했다.

늙은 악마는 그 다음날도 탑 꼭대기에 서서 계속 이야기했다. 사람들은 가까이 와서 잠시 구경하고는 바로 가 버렸다.

이반이 사람들에게 물었다.

"신사가 머리로 일하기 시작했습니까?"

"아니요, 여전히 말을 쏟아 내고 있어요."

늙은 악마는 또 하루를 탑 꼭대기에 서 있었지만, 힘이 없어서 비틀거리기 시작했고 등불을 걸어 놓은 기둥에 머리를 부딪쳤다. 누군가 그 모습을 보고 이반의 아내에게 말하자 이반의 아내가 들에서 일하고 있는 남편에게 달려갔다.

"빨리 가서 보세요. 신사가 머리로 일하기 시작했대요."

이반이 깜짝 놀라며 "정말이에요?"라고 묻더니 말을 타고 탑으로 향했다. 이반이 탑에 이를 즈음 늙은 악마는 굶주림으로 몹시 지쳐 있었고, 이리저리 비틀거리며 머리를 기둥에 부딪고 있었다. 그리고 이반이 도착하기가 무섭게 발을 헛디더 쿵 하고 넘어지더니, 모든 계단을 머리로 쿵, 쿵 세면서 곧바로 바닥까지 굴러 떨어졌다!

"아! '때로는 머리가 터지기도 한다.'는 신사의 말이 사실이었구나. 이건 물집이 생기는 것보다 더 나빠. 저런 일을 하고 나면 머리에 혹이 생길 거야."

늙은 악마는 계단을 다 굴러 넘어진 뒤, 머리를 다시 땅바닥에 부딪쳤다. 이반이 신사가 얼마나 많은 일을 했는지 보려고 막 다가서려는데, 갑자기 땅이 열리더니 늙은 악마가 그 속으로 떨어졌다. 오직 구멍 하나만 남았다.

이반이 머리를 긁으며 말했다.

"그 보기 싫은 악마가 또 나타난 거야! 정말 어이없군! 모든 악마들의 우두머리가 틀림없어."

이반은 여전히 잘 살고 있으며, 사람들이 그의 왕국으로 떼 지어 모인다. 이반의 형들도 이반과 함께 살기 위해 왔으며, 이반은 형들에게도 먹을 것을 준다. 왕국에 와서 "음식을 주시오!"라고 말하는 모든 사람에게 이반은 "좋아요, 우리와 함께 사세요. 우린 모든 게 풍족하답니다."라고 대답한다.

이반의 왕국에는 딱 한 가지 특별한 관습이 있는데, 손이 거칠고 딱딱한 사람은 누구든지 식탁에 앉지만, 그렇지 않은 사람은 반드시 다른 이들이 남긴 음식을 먹어야 한다는 것이다.

1885년

작은 악마와 빵 조각

가난한 농부가 밭을 갈려고 아침 일찍 집을 나섰다. 아침 식사로 빵 조각도 챙겨 나왔다. 우선 쟁기를 준비했고, 빵은 외투로 싸서 덤불 밑에 놓아둔 다음 일을 시작했다. 얼마 후, 말이 지친 기색을 드러냈고 농부도 슬슬 배가 고팠다. 그는 쟁기를 밭에 꽂아둔 채 풀을 뜯어 먹게끔 말을 풀어준 후, 외투로 빵을 덮어 둔 곳으로 갔다.

농부는 외투를 들었다. 그런데 빵이 감쪽같이 사라지고 없었다! 그는 여기저기 찾아보고 외투를 뒤집고 흔들어도 봤지만 빵은 보이지 않았다. 도무지 이해할 수 없는 일이었다.

'거참 이상하네. 난 아무도 못 봤는데. 하지만 누군가 계속 여기에 있다가 빵을 가져간 게 틀림없어.' 그는 생각했다.

농부가 밭을 가는 동안 빵을 훔친 범인은 작은 악마였다. 작은 악마는 덤불 뒤에 숨어서 농부가 욕을 하여 마왕을 기쁘게 하기를 기다리고 있었다.

농부는 아침 식사를 잃어버려 아쉬웠지만 이렇게 말했다.

"할 수 없지 뭐. 굶는다고 죽기야 하겠어! 누구였든 간에 빵이 필요해서 가져갔겠지. 그 사람에게 도움이 되었으면 좋겠군!"

농부는 우물가로 가서 물을 마시고 잠시 쉬었다. 그리고 말에게 마구를 채워 다시 밭을 갈았다.

작은 악마는 농부로 하여금 죄를 짓지 못하게 하자 맥이 풀렸다. 그는 자신의 주인인 마왕에게 상황을 보고하러 갔다.

그는 마왕에게 가서 자신이 농부의 빵을 훔쳤는데 농부가 욕을 하기는커녕 선한 말만 하더라는 이야기를 했다.

화가 치민 마왕은 이렇게 말했다. "그 농부가 너를 이겼다면, 그건 네 잘못이다. 너는 네 소임을 이해하지 못했어! 농부 부부들이 그런 식으로 산다면 우리는 이제 만사 끝장이다. 상황이 그렇게 되도록 내버려 둘 수야 없지! 당장 되돌아가서 잘 처리하고 오거라. 만일 3년 안에 그 농부를 이기지 못한다면 너를 성수에 처박아 줄 테다!"

작은 악마는 겁을 먹었다. 그리하여 지상으로 잽싸게 돌아가 자신의 실수를 어떻게 만회할지 생각했다. 그렇게 곰곰이 생각한 끝에 마침내 좋은 수가 떠올랐다.

작은 악마는 성실한 일꾼으로 둔갑하여 가난한 농부 밑에 들어가 일했다. 첫해에 그는 농부에게 습지에 곡물의 씨를 뿌리라고 일렀다. 농부는 그 조언을 받아들여 습지에 씨를 뿌렸다. 그런데 그해는 몹시 가물어서 다른 농부들의 작물은 햇볕에 말라죽고 말았다. 하지만 가난한 농부의 작물은 튼튼하고 크게 자랐고 이삭이 통통하게 여물었다. 곡물은 그해 내내 먹고도 남아돌 정도였다.

다음 해에 작은 악마는 농부에게 언덕에 씨를 뿌리라고 조언했다. 그랬더니 그해 여름 내내 비가 많이 내렸다. 다른 농부들의 곡물은 쓰러지고 썩어서 이삭이 여물지 않았는데 언덕에 씨를 뿌린 농부의 곡물은 모두 온전했다. 그 어느 때보다 곡물이 많이 남아 농부가 그것을 주체하지 못할 정도였다.

작은 악마는 농부에게 곡물을 빻아서 술을 만드는 방법을 알려 주었다. 그러자 농부는 독한 술을 만들었고, 그것을 자신도 마시고 친구들에게도 나눠 주기 시작했다.

이제 작은 악마는 마왕에게 가서 자신의 실수를 만회했다며 으스댔다. 마왕은 자신이 직접 가서 상황을 보겠다고 말했다.

마왕은 농부의 집을 찾아갔다. 가서 보니 농부는 부자 이웃들을 초대해서 술을 대접하고 있었다. 그런데 술 시중을 들고 있던 아내가 술을 나르다가 탁자에 부딪혀 술 한 잔을 엎지르고 말았다.

농부는 화를 버럭 내며 아내를 꾸짖었다. "이 여편네가 지금 뭐 하는 거야? 이게 길바닥에 그렇게 막 쏟아 버릴 수 있는 도랑물인 줄 알아?"

작은 악마는 마왕을 팔꿈치로 슬쩍 찌르며 말했다. "보세요. 저 녀석이 자신의 마지막 빵 조각을 아까워하지 않았던 농부란 말입니다!"

농부는 아내에게 계속 호통을 치면서 직접 술을 날랐다. 바로 그때 초대 받지 않은 가난한 농부가 일을 마치고 그곳에 들어왔다. 그는 손님들에게 인사를 하고 자리에 앉아 그들이 술 마시는 모습을 바라보았다. 하루 종일 일에 지친 그는 술 한 모금 마시고 싶은 생각이 간절했다. 그는 가만히 앉아서 군침을 삼켰지만 주인은 술을 조금도 주지 않고 투덜거렸다. "아무한테나 술을 줄 수야 없지!"

이에 마왕은 기뻐했다. 그런데 작은 악마가 킬킬거리며 말했다. "조금만 더 기다리십시오. 아직 더 남았습니다!"

부유한 농부들과 그들을 초대한 주인은 술을 마셨다. 그러면서 서로에게 듣기 좋은, 거짓된 말을 쏟아 내기 시작했다.

이를 귀 기울여 듣던 마왕은 작은 악마를 칭찬했다.

"만일 저들이 술김에 간사해져서 서로를 속이게 된다면 저들은 곧 우리의 손아귀에 들어올 것이다."

"조금만 더 기다려 보세요. 술을 한 순배 더 돌게 하는 겁니다. 지금 저들은 꼬리를 흔들며 서로 아첨하는 여우와 같지만, 이제 조금만 있으면 저들은 사나운 이리가 될 겁니다." 작은 악마가 말했다.

235

농부들은 다시 술잔을 들었다. 이제 그들은 거칠고 험악한 말을 퍼붓기 시작했다. 아첨하는 말이 아니라 욕설을 내뱉었고, 서로에게 으르렁거렸다. 이내 싸움판이 벌어져 서로 상대방의 코를 주먹으로 날렸다. 주인도 싸움에 말려들어 흠씬 얻어맞았다.

이 모든 것을 지켜본 마왕은 아주 만족해했다.

"아주 좋군!" 그가 말했다.

그러나 작은 악마가 이렇게 말했다. "조금만 더 기다리십시오. 최고의 장면이 남았거든요. 저들이 술을 석 잔째 마실 때까지 기다려 보십시오. 지금 저들은 이리처럼 날뛰지만 술을 한 잔씩 더 들이키면 돼지처럼 변할 겁니다."

술을 석 잔째 마신 농부들은 짐승처럼 변했다. 그들은 알아듣지 못할 말을 중얼거리는가 하면 소리를 버럭 지르고 상대방 말을 전혀 들으려고 하지 않았다.

술자리가 끝나 가고 있었다. 농부들은 혼자서 또는 두셋씩 짝을 지어서 비틀거리며 거리로 나갔다. 주인은 손님들을 빨리 돌아가게 하려고 밖으로 나왔다가 물웅덩이에 고꾸라졌다. 그렇게 머리에서 발끝까지 더러운 물을 뒤집어쓴 그는 돼지처럼 툴툴거리며 누워 있었다.

이에 마왕은 더욱 기뻐하였다.

"너는 아주 훌륭한 술을 만들어 냈구나. 하여, 빵 사건과 관련된 네 실수를 만회하였다. 그런데 이 술을 어떻게 만들었는지 말해 봐라. 처음엔 여우의 피를 넣었겠지. 그래서 농부들이 여우처럼 간사해졌겠지. 그다음엔 이리의 피를 넣었나 보구나. 그래서 저들이 이리처럼 난폭해진 거고. 그리고 마지막엔 돼지의 피를 넣었겠지. 저들이 돼지처럼 행동하게 말이야." 마왕이 말했다.

"아닙니다." 작은 악마가 말했다. "그렇게 하지 않았습니다. 제가 한 일은 농부가 필요 이상의 곡물을 갖게 한 것밖에 없습니다. 짐승의 피는 항상 인간에게 흐르고 있죠. 하지만 인간에게 곡물이 필요한 만큼만 있을 때 그 피는 몸 안에서만 머무릅니다. 농부는 그런 상태였을 때 자신의 마지막 빵 조각을 아까워하지 않았죠. 하지만 곡물이 남아돌게 되자 그것으로 즐거움을 누릴 방법을 찾았지요. 그래서 제가 음주라는 즐거움을 알려 주었습죠! 그래서 농부가 하느님이 준 좋은 선물을 자신의 즐거움을 위해 술로 바꾸었을 때, 그자 안에 있던 여우, 이리, 돼지의 피가 분출구를 찾은 겁니다. 그자는 계속 술을 마시는 한, 항상 짐승처럼 굴 것입니다!"

마왕은 작은 악마를 칭찬하고 이전의 실수를 용서해 주었다. 그리고 더 높은 위치로 승격시켜 주었다.

1886년

237

사람에겐 얼마만큼의 땅이 필요한가

어떤 언니가 시골에 사는 여동생을 찾아왔다. 언니는 상인과 결혼하여 도시에 살았고, 여동생은 농부와 결혼하여 시골 마을에 살았다. 차를 마시며 이야기를 나누면서 언니는 도시 생활의 좋은 점을 자랑했다. 도시 생활이 얼마나 편한지, 자기 아이들은 물론 그곳 사람들이 옷을 얼마나 잘 입는지, 음식은 또 얼마나 좋은 걸 먹는지, 극장이나 음악회, 파티에 얼마나 자주 가는지 따위를 술술 늘어놓았다.

자존심이 상한 여동생은 상인의 생활을 얕보는 투로 농부의 생활이 얼마나 좋은지를 설명했다.

"난 이 생활을 언니의 생활과 바꾸지 않을 거야. 우리는 소박하게 살지만 적어도 근심은 없어. 언니는 우리보다 세련되게 살고 필요 이상으로 돈을 많이 벌 때도 많지만 그만큼 모든 걸 잃을 가능성도 크잖아. 얻는 게 있으면 잃는 게 있다는 말이 있듯이 말이야. 부자였던 사람이 하루아침에 거지로 전락하는 일도 흔히 일어나잖아. 우리가 사는 방식은 더 안전해. 농부의 생활은 풍족하진 못해도 오래가거든. 우리는 부자가 되진 못해도 항상 밥은 굶지 않고 살 거라구."

언니는 코웃음을 치며 말했다.

"밥은 안 굶는다구? 하긴, 돼지랑 송아지랑 같이 산다면 굶지는 않겠지! 네가 고상함이나 교양 따위를 알겠니? 네 남편이 아무리 뼈 빠지게 일해도 너나 네 아이들이나 모두 거름 속에서 살다가 갈 수밖에 없어."

"무슨 말을 그렇게 해? 물론 우리가 하는 일이 힘들고 거칠긴 해. 하지만 안정적이야. 누구한테 굽실거릴 필요도 없구. 하지만 언니가 사는 도시에는 유혹이 얼마나 많아? 오늘은 모든 게 평온해 보여도 내일 악마가 형부를 술, 도박, 여자로 유혹하여 인생을 망치게 할 수도 있어. 그런 일이 도시에선 비일비재하지 않아?"

동생의 남편인 바흠은 난로 옆에 누워 있다가 이 자매가 하는 대화를 듣게 되었다.

"맞는 말이야. 우리 농부들은 어릴 때부터 밭에서 바쁘게 일하느라 허튼 생각을 할 겨를이 없지. 유일한 애로 사항은 땅이 많지 않다는 건

242

데. 땅만 많다면 난 악마 따윈 두렵지도 않아!" 그가 혼잣말을 했다.

자매는 차를 다 마신 후에도 옷에 대해서 잡담을 더 나누었다. 그러다가 찻잔을 다 치우고 잠자리에 들었다.

하지만 난로 뒤에 죽 앉아 있던 악마는 모든 대화를 엿들었다. 그는 바흠이 아내의 말을 듣고 짐짓 거만해진 점과 자신에게 땅만 많다면 악마가 두렵지 않다고 말한 점 때문에 내심 흡족했다.

'좋았어. 우리 한번 겨루어 보자. 내가 네게 많은 땅을 주지. 그 땅으로 너를 내 손아귀에 넣으리라.' 악마가 생각했다.

마을 근처에 3백 에이커 정도의 작은 땅을 소유한 여지주가 살았다. 그녀는 농부들과 항상 사이좋게 지냈다. 그러다가 한 노병을 관리인으로 고용했는데, 그는 과중한 벌금을 물어 농부들을 힘들게 했다. 한편, 바흠이 아무리 신경을 써도 말이 여지주의 귀리를 뜯어 먹거나, 그의 암소가 그녀의 정원에서 서성대며, 그의 송아지가 그녀의 풀밭에 들어가는 일이 자주 발생했다. 그래서 그는 항상 벌금을 내야 했다.

바흠은 벌금을 내면서도 불만이 가득했고, 그럴 때마다 씩씩거리며 집으로 돌아가 가족들에게 난폭하게 굴었다. 그해 여름 내내 바흠은 관리인 때문에 애를 먹었다. 그래서 가축들을 마구간에 넣어야 하는 겨울이 다가오자 내심 기쁘기까지 했다. 목초지에서 풀을 뜯어 먹지 못하는 가축들을 위해 준비해야 하는 사료가 아깝긴 해도 적어도 걱정은 덜었기 때문이었다.

겨울이 되자 소문이 나돌았다. 여지주가 땅을 팔려고 하며 큰 길에 있는 여관 주인이 그 땅을 사려고 한다는 소문이었다. 이를 들은 농부들은 심히 불안해했다.

'이런, 여관 주인이 그 땅을 산다면 여지주의 관리인보다 벌금을 더 많이 물리겠지. 우리야 모두 그 땅에 의존해서 살아가는 형편인데.' 그들은 이렇게 생각했다.

그래서 농부들은 조합을 대표하여 여지주를 찾아갔다. 그리고 더 나은 가격을 제시하면서, 자신들이 땅을 살 테니 여관 주인에게 팔지 말라고 요청했다. 여지주는 이에 동의했다. 농부들은 모두가 공동으로 소유할 수 있도록 조합이 땅 전체를 매입할 준비를 했다. 그들은 이를 논의하려고 두 번이나 모였으나 문제가 잘 해결되지 않았다. 악마가 불화의 불씨를 지펴서 농부들이 합의를 이끌어 내지 못하게 한 것이었다. 결국 각자 능력껏 땅을 매입하기로 결정이 났고 여지주도 이에 동의했다.

얼마 후 바흠은 어떤 소문을 들었다. 이웃 사람이 50에이커를 매입했는데, 여지주가 대금의 반을 먼저 지불하고 반은 내년에 지불하게 해 주었다는 소문이었다. 바흠은 질투가 났다.

'이것 봐라, 땅이 다 팔려 나가고 있잖아. 이러다간 내 몫은 하나도 없겠는걸.' 이런 생각을 한 바흠은 아내에게 말했다.

"모두들 땅을 사는데 우리도 20에이커 정도는 사야 할 것 같군. 생활이 갈수록 힘들어져. 관리인이 물리는 벌금 때문에 숨통을 틔울 수가 있어야지."

그래서 부부는 머리를 맞대고 땅을 매입할 방법을 생각했다. 모아 놓은 돈은 백 루블이 전부였다. 그들은 망아지 한 마리와 가지고 있던 벌꿀의 절반을 팔았다. 아들 한 명을 고용살이로 내보내 임금을 선불로 받았다. 나머지는 동서한테 빌려서 토지 대금의 절반을 긁어모았다.

이렇게 해서 바흠은 숲이 있는 땅 40에이커를 점찍어 두고 여지주를 찾아갔다. 합의를 이끌어 낸 그는 여지주와 악수를 나누고 계약금을 치렀다. 그다음 두 사람은 시내로 나가 대금의 절반을 우선 지불하고 잔금은 2년 안에 지불한다는 계약서를 작성했다.

이제 바흠은 자신의 땅을 소유하게 되었다. 그는 씨를 빌려서 자신이 산 땅에 뿌렸다. 풍작을 거둔 그는 여지주와 동서한테 진 빚을 일년 만에 청산했다. 그리하여 지주가 된 그는 자신의 땅에서 경작을 하고 씨를 뿌렸고, 건초를 만들었으며, 나무를 베고, 가축에게 목초를 먹였다. 밭을 갈려고 나오거나 잘 자라는 곡식과 목초지를 보려고 나올 때면 그의 가슴은 기쁨으로 가득 찼다. 그의 눈에는 쑥쑥 자라는 풀과 만개한 꽃이 다른 곳의 풀이나 꽃과는 다르게 보였다. 이전에 그곳을 지나갈 때는 여느 땅이나 다 똑같이 보였지만 이제는 아주 특별하게 보였다.

3

바흠은 몹시 흡족했다. 이제 이웃 농부들이 자신의 밭과 목초지를 침입하지만 않는다면 만사가 잘 될 터였다. 하지만 그가 아주 정중하게 부탁을 해도 그들은 계속 지나다녔다. 마을의 가축지기들은 암소들이 그의 목초지에 들어가거나, 말들이 그의 밭에 있는 곡식을 먹는 것을 방관했다. 바흠은 끊임없이 가축들을 밖으로 내몰았으며, 고발하려는 마음을 오랫동안 참고 그 주인들을 용서했다. 하지만 인내심이 바닥나 버린 그는 마침내 재판소에 호소했다. 바흠은 그런 일이

발생하는 이유가 농부들에게 땅이 부족해
서이지 악한 의도가 있어서가 아니라는 점
을 알면서도 이런 생각을 했다.

'이 일을 그냥 넘어갈 순 없지. 그러면 그놈
들이 내 모든 걸 망쳐 놓을 거야. 그놈들, 혼 좀 나 봐야 해.'

그래서 바흠은 그들을 법정에 세웠고, 그 결과 농부 두서
넛이 벌금형을 받았다. 이에 바흠의 이웃들은 불만을 품기
시작했고, 가끔씩 자신들의 가축이 그의 땅에 들어가도록 일
부러 내버려 두었다. 깜깜한 밤에 바흠의 숲으로 들어가 보
리수나무 다섯 그루를 베어 넘어뜨려 껍질을 벗겨 간 농부도
있었다. 어느 날 숲을 지나가던 바흠은 하얀 물체를 발견했
다. 가까이 다가가자 껍질이 벗겨진 줄기들이 땅에 나뒹굴고
있었고 그 곁에 나무 그루터기들이 보였다. 그는 화가 머리
끝까지 치밀었다.

'어떤 못된 놈이 한두 그루도 아니고 여러 그루를 몽땅 작
살내 놨어. 어디 잡히기만 해 봐라, 본때를 보여 줄 테다.' 그
는 이렇게 생각했다.

바흠은 범인이 누구일까 골똘히 생각하다가 마침내 결론
을 내렸다. "시몬이 틀림없어. 그딴 짓을 할 사람이 그 녀석
밖에 더 있겠어?" 그래서 그는 시몬의 농가로 가서 죽 둘러보
았다. 하지만 아무런 단서도 찾지 못하고, 얼굴을 붉히며 싸
우고만 돌아왔다. 시몬이 범인이라는 확신을 더욱 굳히게 된

바흠은 그를 고발했다. 시몬이 소환되었다. 재판관은 그를 심리하고 재심까지 했으나 결국 증거가 부족하여 무죄 선고를 내렸다. 이에 불만을 품은 바흠은 촌장과 재판관들에게 분통을 터뜨렸다.

"도둑놈에게 뇌물이라도 받았나 보군요. 정직한 재판관이라면 도둑놈을 그냥 풀어주진 않았을 겁니다."

그리하여 바흠은 재판관들을 비롯하여 마을 사람들과 싸움을 벌였다. 그의 집에 불을 지르겠다고 협박하는 사람들도 있었다. 그는 땅은 많이 소유하게 되었지만 마을에서의 입지는 전보다 크게 약화되었다.

그즈음 많은 사람들이 다른 마을로 이사를 가려고 한다는 소문이 나돌았다.

'난 내 땅을 떠날 이유가 없어. 마을 사람들 일부가 떠나면 여분의 땅이 생기겠지. 그것을 사들여서 내 땅을 넓혀야지. 그러면 더 편안하게 살 수 있을 거야. 지금 땅은 너무 좁아서 불편하단 말이야.' 바흠은 이렇게 생각했다.

어느 날 바흠이 집 안에 앉아 있을 때 마을을 지나가던 한 농부가 들렀다. 바흠은 농부에게 저녁을 주고 하룻밤 묵게 해 주었다. 그는 농부와 대화를 하면서 어디에서 왔는지 물었다. 이 손님은 자신이 볼가강 건너편에서 왔으며, 거기서 일을 해 왔다고 대답했다. 한번 말꼬가 트인 농부는 그 지역으로 이주하는 사람들이 많다는 말까지 했다. 자신이 살던 마을의 주민들 일부도 그곳으로 이주했으며, 그곳의 조합에 가입하면 한 사람당 25에이커의 땅이 주어진다고도 했다. 농부는 이어서 말했다. "땅이 얼마나 비옥한지 호밀 씨를 뿌리면 말의 키처럼 높이 자라고, 호밀은 또 어찌나 잘 여무는지 낫으로 다섯 번 베면 한 단이 되지 뭡니까. 어떤 농부는 빈손으로 가서 말 여섯 마리와 암소 두 마리를 소유하게 되었지요."

바흠의 마음은 욕망으로 불타올랐다.

'다른 고장에서 편안하게 살 수 있는데 이 좁아터진 곳에서 고생할 필요가 뭐 있겠어? 여기 땅과 집을 팔아야겠다. 팔아서 생긴 돈을 가지고 그곳으로 가서 모든 걸 새롭게 시작해야지. 이 좁은 곳에서 살다 보면 골칫거리가 끊이질 않을 거야. 일단 내가 직접 가서 알아보고 와야겠다.'

여름이 되자 그는 준비를 하고 길을 나섰다. 사마라행 기선을 타서 볼가강을 건너고, 3백 마일을 더 걸은 후에 목적지에 도착했다. 모든 것이 농부가 말해 준 그대로였다. 과연 그곳 농부들은 땅을 많이 소유했다. 모든 농부가 조합 땅을 25에이커씩 소유했을 뿐만 아니라 비옥한 땅을 일 에이커당 2실링씩 주고 원하는 만큼 살 수 있었다.

알고 싶은 사항을 모두 알게 된 바흠은 가을이 될 무렵 집으로 돌아가 자신의 재산을 팔아 치우기 시작했다. 이윤을 남기고 땅을 팔았고, 집과 가축도 모두 팔았으며, 마을 조합

에서도 탈퇴했다. 그리고 봄이 오기를 기다렸다가 새로운 고
장을 향해 가족과 함께 떠났다.

4

바흠은 가족과 새로운 정착지에 도착하자마자 그 큰 마을
의 조합에 가입하려고 했다. 그는 촌장들에게 한턱을 내고
신청에 필요한 서류들을 받았다. 그와 그의 여러 아들 앞으
로 다섯 사람에 해당하는 조합의 땅과 목초지가 주어졌다.
그러니까 125에이커가 할당된 것이었다. 그는 집을 짓고 가
축을 사들였다. 조합에서 준 땅은 그가 고향에서 소유했던
땅의 세 배 정도였고, 토질도 아주 좋았다. 그는 이전보다 열
배는 더 부유해졌다. 많은 경지와 목초지를 소유하게 되었을
뿐만 아니라 가축도 원하는 만큼 기를 수 있었다.

처음에는 그곳에 집을 짓고 자리를 잡는 재미에 바흠은 무
척 뿌듯했다. 하지만 그곳 생활이 익숙해지자 지금 있는 땅
도 부족하다는 생각이 슬슬 들기 시작했다. 첫해에 조합 땅
에 밀농사를 지어 풍작을 거두었다. 그는 밀농사를 계속 짓
고 싶었다. 하지만 그러기에는 조합 땅이 부족했고, 이미 사

251

용한 땅은 밀농사에 적합하지 않았다. 그 지역에서는 처녀지나 묵힌 땅에만 밀농사를 짓기 때문이었다. 일년이나 이 년 동안 밀농사를 짓고 나면 풀이 다시 무성하게 자랄 때까지 땅을 묵혀야 했다. 원하는 사람은 많았지만 묵힌 땅이 그만큼 많지 않아서 사람들은 다투기도 했다. 부유한 사람들은 농사를 짓기 위해, 가난한 사람들은 상인들에게 세를 주고 돈을 벌기 위해 그런 땅을 소유하고 싶어했다. 바흠은 밀농사를 더 짓고 싶었기 때문에 상인에게 일년 동안 땅을 빌렸다. 그렇게 밀농사를 더 많이 지어 풍작을 거두었다. 그러나 빌린 땅은 마을에서 너무 멀리 떨어져 있었기 때문에 밀을 짐수레로 10마일 이상 날라야 했다. 얼마 후 바흠은 농사일을 겸하는 상인이 별도의 농장에서 살고 있으며, 많은 재산을 쌓고 있는 사실을 알게 되었다.

'사유지를 사서 거기에 짓는 농가는 아주 색다르겠지. 그러면 정말 편안하고 경제적일 텐데.' 바흠은 생각했다.

사유지 구입에 대한 생각이 그의 마음에서 떠나지 않았다.

바흠은 땅을 빌려 밀농사를 지으면서 3년을 보냈다. 수확기 때마다 풍작을 거두어 돈을 모았다. 충분히 만족할 수 있는 생활이었지만 그는 매해 다른 사람의 땅을 빌리기 위해 발버둥 쳐야 하는 상황에 싫증을 느꼈다. 좋은 땅이 있기만 하면 어김 없이 농부들이 몰려들었고, 땅은 순식간에 누군가의 차지가 되었다. 그러므로 정신을 바짝 차리지 않으면 땅을 전혀 빌리지 못했다. 3년 후 그는 어떤 상인과 함께 농부 몇 사람의 목초지를 빌려서 경작을 모두 마쳐 놓았다. 그런데 이때 예기치 못한 분쟁이 발생하여 농부들이 그들을 고발하는 바람에 그들의 수고가 모두 허사로 돌아가게 되었다.

'모두 내 땅이었다면 간섭도 받지 않고 이런 불쾌한 일도 없었겠지.' 바흠은 이런 생각이 들었다.

그래서 바흠은 구입할 땅을 물색하기 시작했고, 그러던 차에 한 농부를 만났다. 그는 천3백 에이커를 사들였으나 문제가 좀 생겨서 땅을 싼값에 되팔려고 했던 사람이었다. 바흠은 농부와 흥정을 벌인 끝에 천5백 루블에 합의를 보았으며, 대금의 일부를 우선 지불하고 일부는 나중에 지불하기로 했다. 두 사람이 거의 마무리를 지었을 때 지나가던 상인이 자신의 말에게 먹이를 먹이기 위해 바흠의 집에 들렀다. 상인은 그와 차를 마시면서 이야기를 나누었다. "저는 저 멀리 있는 바슈키르에서 돌아오는 길입니다. 거기서 만 3천 에이커를 천 루블에 구입했지요." 상인이 말했다. 바흠이 이것저것 물어보자 상인은 이렇게 대답했다.

"그곳의 족장과 친해지기만 하면 됩니다. 저는 차 한 상자뿐만 아니라 실내복과 양탄자를 백 루블어치나 선물했어요. 술을 좋아하는 사람에게는 술을 주었구요. 그렇게 해서 일 에이커당 2펜스도 안 되는 돈으로 땅을 사게 되었죠." 그는 바흠에게 땅 문서를 보여 주며 말했다. "땅은 강 옆에 있고 전부처녀지랍니다."

바흠이 다시 이것저것 캐묻자 상인은 대답했다.

"일년 동안 돌아다녀도 다 보지 못할 만큼 땅이 광활해요. 모두 바슈키르 사람들의 땅이죠. 그들은 양같이 순해서 거의 공짜로 땅을 살 수 있답니다."

바흠은 생각했다. '어디 보자, 내게 천 루블이 있지. 한데 고작 천3백 에이커를 사려고 빚까지 질 필요가 뭐 있어. 그 돈이면 그곳에 가서 열 배 이상의 땅을 소유할 수 있는데 말이야.'

바흠은 그곳에 어떻게 가는지 물었다. 그리고 상인이 떠나자마자 그곳에 갈 채비를 했다. 농가를 돌보도록 아내는 남겨 두고, 하인을 데리고 길을 나섰다. 도중에 시내에 들러 상인이 충고해 준 대로 차 한 상자와 술을 비롯하여 선물 몇 가지를 샀다. 3백 마일 이상을 간 그들은 7일째 되는 날 바슈키르 사람들이 천막을 쳐 놓은 장소에 당도했다. 모든 것이 상인이 말한 그대로였다. 사람들은 강 옆의 광활한 초원에서 양털로 된 천막을 짓고 살았다. 그들은 땅을 경작하지도 않았고 빵을 먹지도 않았다. 가축과 말은 초원에서 떼를 지어 풀을 뜯어 먹었다. 그들은 망아지를 텐트 뒤에 매어 두었고, 하루에 두 번씩 어미 말을 망아지 곁으로 데려갔다. 여자들은 암말의 젖을 짜서 젖술을 담그고 치즈도 만들었다. 남자들이 하는 일이란 젖술과 차를 마시고 양고기를 먹으며 피리나 부는 것이 전부였다. 그들은 모두 뚱뚱하고 쾌활했으며 여름 내내 일할 생각을 전혀 하지 않았다. 상당히 무지해서 러시아어는 몰랐으나 마음씨는 아주 좋았다.

그들은 바흠을 본 순간 텐트에서 몰려나와 이 방문객을 빙 둘러쌌다. 마침 통역자가 있었기에 바흠은 그를 통해 자신이 땅을 좀 사러 왔노라고 말했다. 바슈키르 사람들은 상당히 기뻐하는 표정이었다. 그들은 바흠을 가장 좋은 텐트 안으로 데리고 들어가 양탄자에 있는 방석에 앉힌 다음 그를 에워싸고 앉았다. 그에게 차와 젖술을 주었고, 양을 잡아서 양고기를 대접했다. 바흠은 자신이 타고 온 마차에서 선물을 꺼내어 바슈키르 사람들에게 주었고, 차도 똑같이 나누어 주었다. 바슈키르 사람들은 기쁨을 감추지 못했다. 자기들끼리 뭐라고 한참을 말하더니 통역자에게 통역을 부탁했다.

"이분들은 당신이 마음에 든답니다. 또한 손님을 기쁘게 하기 위하여 최선을 다하고, 손님이 준 선물에 보답하는 것이 이곳 관습이라고 전해 달랍니다. 우리에게 선물을 주셨으니 우리의 소유물 가운데 가장 마음에 드는 것이 뭔지 말씀해 보시랍니다. 그것을 드리겠다는군요." 통역자가 말했다.

"당신네 땅이 가장 마음에 듭니다. 제가 살던 땅은 비좁고 토질이 나쁘지만 이곳 땅은 넓은데다 토질도 좋습니다. 지금껏 이런 땅을 본 적이 없습니다." 바흠이 말했다.

통역자가 말을 전하자, 바슈키르 사람들은 자기들끼리 잠시 이야기를 나누었다. 바흠은 그들의 말을 알아듣지 못했지만 그들이 상당히 즐거워하며 떠들썩하게 웃는 모습을 보았다. 그들은 통역자가 말하는 동안 조용히 바흠을 쳐다보았다.

"이분들이 당신의 선물에 대한 대가로 당신이 원하는 만큼 땅을 주겠다는군요. 손으로 지적만 하시면 그 땅을 주겠답니다."

그런데 바슈키르 사람들이 한동안 언쟁을 벌였다. 바흠은 이 사람들이 무엇 때문에 떠들썩하냐고 물었다. 그러자 통역자는 족장이 없는 상태에서 결정하지 말고 그에게 물어봐야 한다는 사람들도 있고, 족장이 올 때까지 기다릴 필요가 없다는 사람들도 있어서 시끄러운 거라고 대답했다.

6

바슈키르 사람들이 논쟁을 벌이고 있을 때 커다란 여우 털 모자를 쓴 남자가 나타났다. 그들은 모두 입을 다물고 자리에서 일어났다. 통역자가 "이분이 저희 족장님이십니다."라고 말했다.

바흠은 곧바로 가장 좋은 실내복과 차 5파운드를 가져와 족장에게 선사했다. 족장은 이를 받아 들고 족장 자리에 앉았다. 바슈키르 사람들은 그 즉시 무어라 말을 하기 시작했다. 잠시 귀를 기울이던 족장은 머리를 끄덕여 그들에게 조용히 하라는 신호를 보낸 다음 바흠에게 러시아어로 말을 했다.

"자, 이렇게 합시다. 당신이 원하는 땅을 선택하시오. 우리에겐 땅이 많소."

'어떻게 내가 원하는 대로 가져가란 말인가? 확실히 해 두기 위해 계약서를 써야겠군. 안 그러면 지금 줘 놓고 나중에 빼앗아 갈지도 모르잖아.' 이렇게 생각한 바흠이 큰 소리로 말했다.

"그렇게 말씀해 주시니 감사합니다. 이곳에는 땅이 많지만 저는 그렇게 많은 땅을 원치 않습니다. 하지만 제가 가질 부분을 확실히 해 두고

258

싶군요. 그 부분을 측정하여 제게 양도해 주시면 안 되겠습니까? 사람 일이란 모르지 않습니까. 선량한 여러분들이 제게 땅을 주어도 여러분의 2세들이 그것을 도로 가져갈 수도 있으니까요."

"맞는 말이오. 우리가 그것을 당신한테 양도하리다." 족장이 말했다.

"어떤 상인이 이곳에 왔다가 땅도 받고 땅 문서도 작성했다는 얘기를 들었습니다. 저도 그렇게 하고 싶습니다." 바흠이 말했다.

족장은 그의 말뜻을 알아듣고 이렇게 대답했다.

"좋소. 그야 어렵지 않은 일이오. 우리에게 서기가 있으니 함께 시내로 가서 문서를 작성합시다."

"그렇다면 가격은 얼마나 됩니까?" 바흠이 물었다.

"이곳 가격은 항상 똑같소. 하루에 천 루블이오."

바흠은 무슨 말인지 이해하지 못했다.

"하루라뇨? 그런 측정 단위도 있나요? 하루라면, 몇 에이커에 해당됩니까?"

"얼마큼에 해당하는지는 우리도 모르오. 우리는 땅을 하루 단위로 팔 뿐이오. 당신이 하루 동안 돌아다닐 수 있을 만큼의 땅이 당신 것이고, 가격은 하루에 천 루블이오." 족장이 말했다.

적잖이 놀란 바흠은 말했다.

"하지만 하루에 돌아다닐 수 있는 땅의 면적은 상당할 텐데요."

족장이 웃으며 말했다.

"바로 그 땅이 당신 것이오! 하지만 한 가지 조건이 있소. 출발지점으로 하루 안에 돌아오지 못하면 당신은 돈만 날리는 거요."

"그런데 제가 가는 길을 어떻게 표시하죠?"

"우리는 당신이 원하는 지점으로 함께 가서 거기에 서 있을 거요. 당신은 가래를 가지고 그곳에서 출발하여 죽 돌아보시오. 필요하다고 생각하는 지점에 표시를 하시오. 방향을 바꾸는 지점에도 구멍을 파내고 잔디로 덮어 표시를 하시오. 그러면 나중에 우리가 구멍들을 갈아엎으며 확인할 것이오. 원하는 대로 멀리까지 갔다 와도 되지만 해가 지기 전에 출발지점으로 꼭 돌아와야 하오. 그러면 당신이 다녀온 땅은 당신 것이 되는 것이오."

바흠은 몹시 기뻤다. 출발은 다음날 아침 일찍 하기로 결정되었다. 사람들은 이야기를 더 나누었으며, 젖술을 마시고 양고기를 먹은 후에 다시 차를 마셨다. 그러다 보니 이내 밤이 되었다. 그들은 다음날 새벽에 모여서 해가 뜨기 전까지 출발지로 모이자는 약속을 하고 바흠에게 깃털 이불을 준 후 각자의 텐트로 돌아갔다.

7

　바흠은 깃털 이불에 누웠지만 잠이 오지 않았다. 땅에 대한 생각이 머릿속을 떠나지 않았다.

　'땅 면적을 아주 크게 표시해야지! 하루에 35마일은 거뜬히 걸을 수 있다구. 더군다나 요즘엔 해가 길잖아. 35마일을 돌아다니면 면적이 상당하겠지! 토질이 안 좋은 곳은 팔거나 세를 놓고, 토질이 아주 좋은 곳을 선별하여 거기에 농사를 지을 거야. 황소도 여러 마리를 사고 일꾼도 두 명 더 고용해야지. 150에이커에 경작을 하고 나머지 땅에는 가축을 기를 거야.'

　바흠은 뜬눈으로 밤을 새우다가 새벽이 밝아 오기 전에 깜박 잠이 들었다. 눈을 감자마자 꿈을 꾸었다. 꿈속에서 그는 똑같은 천막에 누워 있었는데, 밖에서 누군가가 킬킬거리는 소리가 들렸다. 누군지 궁금해진 그는 일어나 밖으로 나갔다. 그런데 바슈키르 족장이 천막 앞에 앉아 배를 움켜쥐고 온몸을 흔들어 대며 웃고 있는 게 아닌가. 바흠은 족장에게 다가가며 "무엇 때문에 웃고 계십니까?"라고 물었다. 그런데 이제 보니 족장이 아니라 최근에 자신을 방문하여 이곳 땅에 대해 말해 주었던 상인이었다. 바흠이 "여기에 오랫동안 있

었습니까?"라고 물으려는 찰나에 바라본 그는
상인이 아니라 오래전에 볼가강에서 찾아왔던
농부였다. 하지만 다시 보니 농부가 아니라 발
톱과 뿔이 달린 악마가 앉아서 킬킬대고 있었다. 그리고 그
옆에는 내의만 입은 맨발의 남자가 땅바닥에 엎드려 있었다.
바흄은 엎드린 사람이 누구인지 자세히 살펴보았다. 그런데
남자는 죽었고, 더군다나 그는 자기 자신이었다! 바흄은 공
포에 질린 채 잠에서 깼다.

'뭐 이런 꿈이 다 있어.'

그는 주위를 둘러보다가 열린 문을 통해 새벽이 밝아 오고
있음을 알았다.

'사람들을 깨울 시간이다. 출발을 해야 하니까.' 그가 생각
했다.

바흄은 자리에서 일어났다. 마차에서 자고 있던 하인을 깨
워 말을 마차에 매라고 지시한 후 바슈키르 사람들을 깨우러
갔다.

"땅을 측정하러 초원으로 나갈 시간입니다." 그가 말했다.

바슈키르 사람들은 일어나 집합했고 족장도 왔다. 그들은
젖술을 한 잔씩 하면서 바흄에게 차를 권했으나 마음이 다급
했던 그는 이렇게 말했다.

"가려거든 어서 갑시다. 시간이 다 되었어요."

바슈키르 사람들은 준비를 했다. 그리하여 말에도 타고 마차에도 타고서 모두 출발했다. 바흠은 가래를 챙겨서 하인과 함께 자신의 작은 마차에 올라탔다. 초원에 이르자 날이 훤해지고 있었다. 그들은 바슈키르어로 사이항으로 불리는 작은 언덕으로 올라갔다. 그리고 타고 있던 마차와 말에서 내려 한곳에 모였다. 족장은 바흠에게 다가와 손으로 평원을 가리키며 말했다.

"보시오. 저기 보이는 곳이 전부 우리 땅이오. 원하는 부분은 어디든지 가질 수 있소."

바흠의 눈이 빛났다. 땅이 온통 처녀지에다. 손바닥처럼 평평했으며, 양귀비 씨앗처럼 검은색을 띠었고, 움푹 들어간 곳에는 온갖 풀들이 높이 자라 있었다.

족장은 여우 털모자를 벗어 땅바닥에 내려놓고 말했다.

"이 모자로 표시를 해 두겠소. 여기서 출발하여 다시 여기로 돌아오시오. 당신이 돌아다닌 땅은 전부 당신 것이오."

바흠은 돈을 꺼내 모자 위에 올려놓았다. 그리고 외투를 벗어 조끼 차림이 되었다. 허리띠를 풀었다가 다시 꼭 맸고, 빵 주머니를 조끼 안에 집어넣었으며, 휴대용 물병을 허리띠에 매달았고, 장화의 입구를 잡아 위로 끌어당겼으며, 하인에게 가래를 건네받고 떠날 준비를 했다. 어느 쪽으로 가는 게 좋을지 잠시 생각했으나, 어느 방향이든 구미가 당겼다.

'어쨌든 해가 뜨는 쪽으로 가야지.' 그는 이렇게 결론을 내렸다.

그는 동쪽을 보고 서서 기지개를 켜며 해가 솟아오르기를 기다렸다. 그리고 생각했다.

'시간을 허비하면 안 돼. 날이 더워지기 전까지는 걷기가 수월할 거야.'

지평선 위로 해가 비추자마자 바흠은 가래를 어깨에 메고 초원으로 내려갔다.

바흠은 느리지도 않고 빠르지도 않게 걸어갔다. 천 야드 정도 갔을 때 멈춰 서서 구멍을 팠고, 잘 보이도록 잔디로 가득 덮었다. 그리고 계속 걸었다. 걷다 보니 뻣뻣했던 몸이 풀리고 점점 속도가 났다. 한참을 더 걷다가 구멍을 하나 더 팠다.

바흠은 뒤를 돌아보았다. 햇볕이 내리쬐는 작은 언덕과 거기에 서 있는 사람들, 반짝거리는 마차 바퀴가 또렷이 보였다. 그는 어림짐작으로 3마일 정도 걸었다고 생각했다. 기온이 점점 올라가자 조끼를 벗어 어깨에 걸치고 걸어갔다. 기온이 제법 올랐을 때 해를 올려다보니 아침 식사 시간이었다.

"이제 한 면이 만들어지고 있구나. 하루에 네 면을 만들어야 하니까, 방향을 다시 틀기엔 너무 일러. 어쨌든 장화는 좀 벗어 버리자." 그는 혼잣말을 했다.

그는 앉은 자리에서 장화를 벗어 허리띠에 매달았고 다시 걸음을 내딛었다. 이제 걷기가 한결 수월했다.

'3마일 더 가서 왼쪽으로 돌아야지. 이쪽 땅이 이렇게 비옥하니 놓치면 후회할 거야. 갈수록 더 좋은 땅이 나오네.' 그는 생각했다.

한동안 죽 걸어가다가 뒤를 돌아보았다. 작은 언덕이 어렴풋이 보이는 가운데, 사람들은 검은 개미 같았고, 햇빛을 받아 반짝이는 뭔가가 보였다.

'이쪽 방향으로 아주 멀리 왔나 보군. 방향을 바꿀 때가 되었어. 게다가 땀도 흐르고 목도 타네.' 그는 생각했다.

그는 멈추어 서서 구덩이를 크게 파고 잔디를 잔뜩 묻었다. 물병을 열어 물을 마시고 왼쪽으로 방향을 틀었다. 그는 걷고 또 걸었다. 풀이 높이 자라 있었고 날은 무척 더웠다.

바흠은 지치기 시작했다. 해를 바라보니 정오였다.

'휴, 좀 쉬어야겠다.' 그는 생각했다.

그는 앉아서 빵을 먹고 물을 마셨다. 잠이 들어 버릴 것 같아 드러눕지는 않았다. 그렇게 잠시 쉬었다가 다시 걸었다. 음식 섭취로 힘이 생겨 한동안은 힘차게 걸었다. 하지만 날이 찌는 듯이 더워지자 졸음이 몰려왔다. 그래도 '잠시 고생하면 인생이 달라진다.'고 생각하며 계속 걸었다.

바흠은 가던 방향으로 오랫동안 걷다가 방향을 다시 왼쪽으로 틀려는 순간 축축한 분지를 발견했다. '이곳을 빼 버리면 너무 아깝겠지. 아마가 이곳에서 잘 자랄 거야.' 이렇게 생각한 그는 분지를 지나쳐 더 걸어가서 구멍을 판 후에 방향을 틀었다. 그리고 작은 언덕 쪽을 쳐다보았다. 무더위로 대기가 후끈거렸고, 언덕 위의 사람들도 가물가물하게 보였다.

'지금까지 두 측면을 너무 길게 잡았어. 이번 측면은 좀 짧게 잡아야지.' 이렇게 생각하고 바흠은 발걸음을 빨리 옮겼다. 오후가 훌쩍 지나가고 있었다. 그런데 사각형 땅의 세 번째 측면이 될 부분에서 아직 2마일밖에 걷지 못했고 목적지까지는 10마일이 더 남아 있었다.

'아니야. 땅 모양이 한쪽으로 기울겠지만 지금 출발지로 서둘러 돌아가자. 물론 더 갈 수도 있지만, 지금 이 상태로도 엄청나게 큰 땅이 생기잖아.' 그는 생각했다.

바흠은 급하게 구멍을 판 후에 작은 언덕 쪽으로 곧장 걸어갔다.

바흠은 언덕 쪽으로 직진했는데, 이제는 걷는 일이 힘들었다. 더위 때문에 녹초가 된데다 맨발이 멍들고 상처가 났으며, 다리가 후들거렸다. 그는 쉬고 싶었지만 해가 지기 전에 도착하려면 그럴 수 없었다. 그의 사정을 알 리 없는 해는 자꾸만 기울고 있었다.

'이런! 더 많이 차지하려고 하다가 실수한 게 아닌가 모르겠네. 혹시 늦으면 어떡하지?' 문득 이런 생각이 들었다.

그는 작은 언덕과 해를 쳐다보았다. 출발지까지는 아직 많이 남아 있는데 해는 벌써 지평선 가까이에 있었다.

바흠은 걷고 또 걸었다. 걷기가 무척 힘들었지만 속력을 냈다. 마음이 무척 다급했으나 출발지까지는 아직 멀었다. 그래서 그는 조끼와 부츠, 물병, 모자를 던져 버리고, 가래를 지지대 삼아 달리기 시작했다.

'어떡한담. 너무 욕심을 부려서 다 망치게 생겼네. 해 지기 전까지 도저히 못 가겠어.' 그는 생각했다.

이러한 불안감 때문에 숨이 더욱 턱턱 막혔다. 땀이 후줄근하게 밴 상의와 바지는 몸에 들러붙었고, 입이 바싹바싹 탔다. 가슴은 대장간 풀무처럼 움직였고, 심장이 방망이질

쳤으며, 다리는 남의 다리처럼 느껴지며 후들거렸다. 바흠은 긴장이 극에 달해 죽지는 않을까라는 공포에 사로잡혔다.

죽음이 두려웠지만 멈출 수 없었다. '여기까지 와서 포기하면 사람들이 날 바보라고 할 거야.' 그는 달리고 또 달렸다. 목적지에 가까워지자 바슈키르 사람들이 그에게 내지르는 외침 소리가 들렸고, 이에 그의 마음은 더욱 불타올랐다. 그는 죽을힘을 다하여 달렸다.

지평선에 거의 닿은 해는 노을에 묻혀 크고 붉게 보였다. 이제 해가 지려 하고 있었다. 해가 상당히 기울었으나, 바흠 역시 목적지에 상당히 가까워져 있었다. 언덕에서 손을 흔들며 어서 오라고 재촉하는 사람들이 그의 눈에 보였다. 땅바닥에 놓인 여우 털모자와 그 위에 두었던 돈도 보였고, 땅바닥에 앉아 배를 움켜쥐고 있는 족장도 보였다. 바흠은 자신이 꾸었던 꿈이 생각났다.

'땅은 많이 확보했지만, 과연 하느님이 나를 거기서 살게 해 주실까? 난 망했다, 망했다구! 출발지에 절대로 도착하지 못할 거야!' 그는 생각했다.

바흠은 해를 바라보았다. 해는 땅에 닿아 있었고 한쪽은 이미 사라지고 없었다. 그는 몸을 앞으로 내밀고, 쓰러지지 않게끔 발을 빠르게 떼면서 있는 힘껏 앞으로 나갔다. 언덕에 거의 도착했을 때 날이 갑자기 어두워지고 있었다. 하늘을 바라보니 해는 이미 지고 없었다. 그는 한바탕 소리를 질렀다. '모든 노력이 허사로 돌아갔구나.'라는 생각을 하며 걸음을 멈추려고 하는데 바슈키르 사람들이 아직도 외치는 소리가 들려왔다. 그러자 '나는 언덕 아래에 있어서 해가 진 것처럼 보여도 언덕 위에 있는 저 사람들에게는 아직 해가 보일지도 모른다.'는 생각이 들었다. 그는 숨을 크게 들이쉬고 언덕으로 달려 올라갔다. 그곳은 아직도 밝았다. 마침내 언덕 위로 올라간 그의 눈에 모자가 보였다. 족장은 모자 앞에 앉아 배를 움켜쥐고 웃음을 터뜨리고 있었다. 바흠은 다시 꿈이 생각나 소리를 질렀다. 그는 다리가 꺾여 앞으로 넘어지면서 두 손을 뻗어 모자를 잡았다. "음, 대단한 친구군 그래! 많은 땅을 차지하셨구만!" 족장이 소리쳤다.

바흠의 하인이 달려와 그를 일으켜 세우려 했다. 그런데 그의 입에서 피가 철철 흘러나왔다. 결국 바흠은 목숨을 잃고 말았다.

바슈키르 사람들은 혀를 차며 안타까움을 표시했다.

바흠의 하인은 가래를 집어 들고 그가 들어갈 만한 크기의 무덤을 팠다. 그리고 그를 묻었다. 머리에서 발끝까지 6피트인 그가 묻힌 공간이 그에게 필요한 땅의 전부였다.

1886년

달걀만한 난알

어느 날 아이들이 골짜기에서 곡물의 낟알처럼 생긴 물체를 발견했다. 가운데 밑쪽에 패인 자국이 있고 크기가 달걀만 했다. 그때 지나가던 여행자가 그 물체를 보고 아이들에게 일 페니를 주고 샀다. 여행자는 그 길로 도시에 나가 그것을 진귀한 물건이라고 하며 왕에게 팔았다.

왕은 현인들을 불러 모아 그 물체가 무엇인지 알아내라고 했다. 현인들은 아무리 생각해도 그것이 무엇인지 도통 알 수가 없었다. 그러던 어느 날, 물체가 창턱에 놓여 있을 때 암탉 한 마리가 날아 들어와 그것을 구멍이 날 때까지 쪼아 먹었다. 그 광경을 본 현인들은 그것이 곡물의 낟알이라고 판단했다. 그들은 왕에게 아뢰었다.

"그것은 곡물의 낟알입니다."

크게 놀란 왕은 그러한 낟알이 언제, 어디에서 자라는지 알아내라고 현인들에게 지시했다. 현인들은 곰곰이 생각하고 책들을 뒤져 보았으나 아무것도 알아내지 못했다. 그래서

왕에게 가 이렇게 아뢰었다.

"저희는 대답을 해 드릴 수가 없습니다. 책에는 그것에 관한 자료가 전혀 없습니다. 왕께서 농부들에게 물어보셔야 할 것 같습니다. 낟알이 언제, 어디에서 그런 크기로 자라는지 선조들에게 들어서 아는 농부들이 아마 있을 겁니다."

그리하여 왕은 아주 늙은 농부를 찾아오라는 명령을 내렸다. 신하들은 그런 농부를 찾아 왕 앞에 대령했다. 늙어서 등이 굽었으며, 창백하고 이가 없는 농부는 지팡이 두 개에 의존하여 왕 앞으로 비실비실 걸어왔다.

왕이 그에게 낟알을 보여 주었다. 노인은 그것을 보지 못했으나 두 손으로 만져 보았다. 왕이 물었다.

"노인 양반, 이런 낟알이 어디에서 자라는지 아시오? 이러한 곡식을 구입했거나 밭에 심어 본 적이 있소?"

귀가 먼 노인은 왕이 하는 말이 잘 안 들려서 말뜻을 가까스로 이해했다.

"없습니다. 제 밭에서 그러한 곡식을 심거나 거둬들인 적도 없거니와, 산 적도 없습니다. 소인이 곡식을 샀을 때 낟알은 요즘의 낟알처럼 작았습니다. 한번 소인의 아버지에게 물어보십시오. 그러한 곡식이 어디에서 자라는지 알지도 모릅니다."

그래서 왕은 노인의 아버지를 불러오게 했고, 신하들은 그를 찾아 왕 앞에 대령했다. 그는 지팡이 하나를 짚고 왔다. 왕

277

이 낟알을 보여 주자 아직 시력이 남아 있는 늙은 농부는 그 것을 물끄러미 쳐다보았다. 왕이 노인에게 물었다.

"노인 양반, 이런 곡식이 어디에서 자라는지 아시오? 이런 것을 구입했거나 밭에 심은 적이 있소?"

노인은 소리를 잘 듣지 못했지만 자신의 아들보다는 청각 이 좋았다.

"없습니다. 소인의 밭에서 이런 것을 심거나 거둔 적이 없 습니다. 물론 산 적도 없습니다. 소인이 젊었을 때 돈이란 게 아직 없었기 때문입니다. 모두 자급자족을 했고, 더 필요하 면 서로 나누어 먹었습죠. 소인은 이런 곡식이 어디에서 자 라는지 모릅니다. 소인네 시절의 낟알은 요즘의 것보다 더 크고 꽉 찼었는데, 이런 것은 한 번도 본 적이 없습니다. 그런 데 소인의 아버지가 살던 시절에는 소인네 시절보다 낟알이 더 크고 꽉 찼었다는 얘기를 들었습니다. 소인의 아버지에게 물어보심이 좋을 것 같습니다."

이에 왕은 노인의 아버지를 불러오게 했고, 이번에도 신하 들은 그를 찾아 왕 앞에 대령했다. 그는 지팡이도 없이 쉽게 걸어 들어왔으며, 시력과 청력 모두 좋았고, 말도 분명하게 잘 했다. 왕이 낟알을 보여 주자 노인은 그것을 살펴보고 나 서 손으로 돌려가며 만져 보았다.

"이렇게 좋은 낟알을 본 게 아주 오랜만입니다." 노인은 이 렇게 말하고 그것을 약간 깨물어서 맛을 보았다.

"바로 그겁니다." 노인이 말했다.

"말해 주시오. 이런 곡식이 언제, 어디에서 자랐소? 이런 것을 구입했거나 밭에 심은 적이 있소?"

"이런 곡식은 소인이 젊었을 때 도처에서 자랐습니다. 소인과 그 시절 사람들은 이런 곡식을 먹고살았습죠. 그때 사람들이 심고 거두어 타작했던 곡식은 바로 이런 것이었습니다."

그러자 왕이 물었다.

"노인 양반은 그것을 어딘가에서 샀소 아니면 직접 심었소?"

노인은 웃으며 대답했다.

"소인네 시절에는 곡식을 사고파는 일은 꿈도 꾸지 못했습죠. 돈이란 걸 모르던 시절이었습니다. 모두 충분할 만큼 자급자족을 했습죠."

"그렇다면 노인의 밭은 어디에 있었고, 이런 곡식은 어디서 심었소?" 왕이 물었다.

"소인의 밭은 하느님의 땅이었습니다. 소인이 경작하는 곳이 바로 소인의 밭이었습죠. 땅의 주인은 따로 없었습니다. 땅은 누구의 소유물도 아니었습죠. 사람들이 자기 것이라고 부를 수 있는 건 오직 자신의 노동 뿐이었습니다." 노인이 대답했다.

"두 가지만 더 대답해 주시오. 우선, 그 시절에는 그런 곡식이 자랐는데 지금은 그렇지 않은 이유가 무엇이오? 둘째, 그대의 손자가 지팡이 두 개를 짚고 다니는데 그대의 아들은 한 개를 짚고 다니고, 그대는 지팡이 없이 걸어 다니는 이유가 무엇이오? 그리고 그대는 시력과 치아도 좋고, 말도 분명하게 잘 하던데, 어떻게 이런 일이 가능하오?" 왕이 물었다.

그러자 노인은 대답했다.

"이런 현상이 생긴 이유는 인간이 더 이상 자신의 노동으로 살지 않고 타인의 노동에 의지하여 살게 되었기 때문입니다. 옛날에 인간은 하느님의 율법에 따라 살았습죠. 자신의 것만 소유하고 남이 생산한 것을 탐내지 않았던 것입니다."

1886년

대자(代子)

'눈은 눈으로, 이는 이로.' 하신 말씀을 너희는 들었다. 그러나 나는 이렇게 말한다. 앙갚음하지 마라.

「마태복음」 제5장 38~39절

원수 갚는 것은 내가 할 일이니 내가 갚아 주겠다.

「로마서」 제12장 19절

가난한 농부의 집안에 아들이 태어났다. 농부는 기뻐하며 이웃 사람에게 찾아가 아이의 대부가 되어 달라고 부탁했다. 하지만 가난한 집 아이의 대부가 되는 게 싫었던 그는 거절했다. 농부는 다른 이웃을 찾아가 부탁했으나 역시 거절당했

다. 그후, 마을에 있는 모든 집을 찾아다녔으나 아들의 대부
가 되어 줄 사람을 찾지 못했다. 그리하여 다른 마을을 찾아
가고 있을 때 한 남자가 가던 길을 멈추고 말을 걸어왔다.

"안녕하세요? 어디 가는 길입니까?"

"실은 하느님께서 제게 아이를 보내 주셨어요. 젊을 땐 기
쁨을 주고, 늙어서는 위안이 되며, 죽고 나서는 제 영혼을 위
해 기도해 줄 아이를 말입니다. 그런데 제가 워낙 가난한지
라 마을 사람들이 아이의 대부가 되어 주지 않으려 해서요.
그래서 다른 마을로 가서 아이의 대부를 찾으려고 합니다."

"내가 대부가 되어 주지요." 남자가 말했다.

농부는 기쁘고 감사했지만 이렇게 덧붙였다.

"그렇다면 대모가 되어 줄 분은 없을까요?"

"시내로 가 보세요. 광장에 가면 앞쪽으로 창이 있는 가게가
딸린 돌집이 있습니다. 그 앞에 가면 상인을 만날 수 있을 겁니
다. 그의 딸이 아이의 대모가 될 수 있게 해 달라고 부탁해 보
세요."

농부는 머뭇거렸다.

"제가 감히 어떻게 부유한 상인에게 부탁하겠습니까? 저
를 무시할 텐데요. 딸을 불러오지도 않을 거구요."

"그건 걱정 마세요. 가서 부탁하면 됩니다. 그리고 내가 가
서 세례를 해 줄 테니, 내일 아침까지 모두 준비해 두세요."

가난한 농부는 집으로 돌아갔다가 상인을 만나러 시내로

나갔다. 그가 타고 왔던 말을 마당 안으로 끌고 들어갈 때 상인이 나타났다.

"무슨 일이오?"

"아, 네. 다름이 아니고 하느님께서 제게 아들을 보내 주셨거든요. 젊을 땐 기쁨을 주고, 늙어서는 위안이 되며, 죽고 나서는 제 영혼을 위해 기도해 줄 아들을 말입니다. 인정을 베풀어 주셔서, 귀하의 따님을 아이의 대모로 삼게 해 주십시오."

"세례식이 언제요?" 상인이 물었다.

"내일 아침입니다."

"좋소. 마음 놓고 집으로 가시오. 딸을 내일 아침 미사에 보내리다."

다음날 대부와 대모가 참석한 가운데 아이는 세례를 받았다. 세례가 끝나자마자 대부는 사라졌다. 농부 부부는 그가 누구인지 몰랐고 그를 다시 보지 못했다.

아이는 무럭무럭 자라서 부모에게 기쁨을 주는 존재가 되

었다. 아이는 튼튼했고, 일을 열심히 했으며, 영리하고 말을 잘 들었다. 부모는 아이가 열 살 되던 해, 읽고 쓰기를 가르치기 위해 아이를 학교에 보냈다. 다른 아이들이 5년 동안 배울 것을 아이는 일년 만에 다 배워서 더 이상 배울 것이 없었다.

부활절이 다가왔다. 소년은 대모를 찾아가 부활절 인사를 하고 돌아와서 부모에게 물었다.

"아버지, 어머니, 제 대부는 어디에 살아요? 그분께도 부활절 인사를 드리고 싶어요."

"아들아, 우리는 네 대부에 대해 아는 것이 없단다. 가끔은 그것이 안타까워. 네가 세례를 받은 이후 그분을 본 적도, 소식을 들은 적도 없어. 우리는 그분이 어디 사는지도 모르고, 아직 살아 있는지조차도 모른단다." 아버지가 말했다.

이 말을 들은 아들은 부모에게 절하며 말했다.

"아버지, 어머니, 제가 대부를 찾아보겠습니다. 그분을 꼭 찾아서 부활절 인사를 드리고 싶어요."

그리하여 부모는 이를 수락했고, 아들은 대부를 찾아 집을 나섰다.

3

아이는 집을 나와 길을 따라 걸었다. 몇 시간 정도 걸었을 때 낯선 사람이 아이를 멈춰 세우고 말했다.

"안녕. 어디 가는 길이니?"

"얼마 전에 제가 대모를 찾아가 부활절 인사를 드렸거든요. 그리고 집에 돌아와서 부모님께 제 대부가 어디에 사는지 물었어요. 그분께도 찾아가 부활절 인사를 드리려 했거든요. 부모님은 제가 세례를 받자마자 사라진 그분에 대해 모르시고, 또한 생사도 모르신다고 하셨어요. 하지만 전 그분을 뵙고 싶어서 이렇게 찾으러 나온 거예요." 아이가 대답했다.

그때 남자가 말했다. "내가 네 대부다."

이 말에 아이는 무척 기뻤다. 부활절 인사로 대부에게 입 맞춤을 세 번 한 후 아이는 물었다.

"대부님, 지금 어디로 가고 계신가요? 저희 집 방향으로 가신다면, 저희 집에 들러 주세요. 고향 쪽으로 가신다면, 제가 함께 가겠습니다."

"지금은 네 집에 들를 시간이 없구나. 여러 마을에서 볼일이 있거든. 내일이면 고향에 다시 돌아온단다. 그때 나를 찾아오거라." 대부가 말했다.

"그런데 제가 대부님을 어떻게 찾죠?"

"집을 나와서 해가 떠오르는 방향으로 직진하면 숲이 나올 거야. 숲 속으로 들어가면 빈 터가 나온단다. 빈 터에 이르면 앉아 쉬면서 주위에서 어떤 일이 일어나는지 잘 살펴보아라. 그러고 나서 숲을 나서면 정원이 있고 그 안에 금빛 지붕의 집 한 채가 보일 거야. 거기가 내 집이란다. 대문 앞까지 오면 내가 거기 서 있으마."

대부는 이렇게 말하고 아이 앞에서 사라졌다.

아이는 대부가 말해 준 대로 했다. 동쪽으로 걷다 보니 숲이 나왔고, 숲 안에 빈 터가 있었다. 빈 터 한가운데 소나무 한 그루가 있었는데 나뭇가지에 밧줄이 매여 있고, 밧줄에는 통나무가 매달려 있었다. 통나무 밑에는 꿀이 가득 담긴 나무 그릇이 놓여 있었다. 아이가 꿀은 왜 거기에 있고, 통나무는 왜 그 위에 매달려 있는지 의아해하는 찰나 숲에서 바스락거리는 소리가 나더니 곰 몇 마리가 나타났다. 암곰 뒤에

 일년생 곰 한 마리와 작은 새끼 곰 세 마리가 따라오고 있었다. 암곰은 코를 킁킁거리더니 나무 그릇 쪽으로 곧장 걸어왔고 새끼 곰들도 뒤따라왔다. 암곰은 코끝을 꿀 속에 처박더니 새끼 곰들을 불렀다. 새끼 곰들은 냅다 달려와 꿀을 먹기 시작했다. 이때, 암곰이 머리로 한쪽에 밀어 놓았던 통나무가 잠깐 흔들리다가 원래 자리로 돌아오면서 새끼 곰들을 쳤다. 이를 본 암곰은 앞발로 통나무를 밀쳤다. 그것은 더 크게 흔들리다가 힘차게 제자리로 돌아오면서 한 새끼 곰의 등을, 다른 새끼 곰의 머리를 쳤다. 새끼 곰들은 고통으로 소리를 지르며 달아났고, 어미 곰은 으르렁거리며 앞발로 통나무를 잡아 머리 위로 들어 올린 다음 힘껏 내던졌다. 통나무가 공중 위로 높이 올라가자 일년생 곰이 달려와 나무 그릇에 코를 처박고 꿀을 요란하게 핥았다. 다른 곰들도 다가갔다. 하지만 곰들이 미처 다 가지 못했을 때, 제자리로 되돌아오는 통나무가 일년생 곰의 머리를 쳤고 그 일년생 곰은 그 자리에서 죽고 말았다. 어미 곰은 더 크게 으르렁거리며 통나무를 잡아 있는 힘껏 내던졌다. 통나무는 그것이 매여 있는 나뭇가지보다 더 높이 올라갔다. 어찌나 높이 올라갔는지 밧줄이 느슨해질 정도였다. 이때 어미 곰이 그릇 쪽으로 다가갔고 새끼 곰들도 뒤따라갔다. 통나무는 아주 높이 올라갔다가 어느 순간 멈추더니 내려오기 시작했다. 아래로 내려

올수록 더 세차게 흔들리던 통나무는 엄청난 속도로 어미 곰 머리 위에 떨어졌다. 어미 곰은 땅바닥으로 구르면서 경련을 일으키더니 죽고 말았다. 새끼 곰들은 숲 속으로 달아나 버렸다.

5

이 광경을 보고 놀란 아이는 가던 길을 계속 갔다. 숲을 지나오자 큰 정원이 보였고 그 한가운데 금빛 지붕의 저택이 우뚝 솟아 있었다. 대문에는 아이의 대부가 웃으며 서 있었다. 그는 자신의 대자를 반갑게 맞이하고, 대문을 지나 정원 안으로 데리고 들어갔다. 대자는 정원에서 아름다운 풍경과 기쁨에 도취되었는데, 이는 그동안 한 번도 꿈꾼 적 없었던 경험이었다.

대부가 아이를 저택 안으로 데리고 들어갔다. 그곳은 바깥보다 훨씬 더 아름다웠다. 대부가 모든 방을 차례로 보여 주었는데 방은 갈수록 더 근사했다. 마침내 두 사람은 닫혀 있는 문 앞에 서게 되었다.

"이 문을 보거라. 이 문은 자물쇠로 채워져 있지 않고 닫혀만 있단다. 이 문은 열리긴 하지만 너는 이것을 열면 안 된다. 너는 여기에 살면서 마음대로 돌아다니며 얼마든지 즐거운 시간을 보내도 된다. 다만 한 가지, 이 문을 열지 않는 것만은 꼭 지켜야 한다. 만일 이를 어긴다면 숲에서 본 일을 기억하게 될 것이다."

대부는 이 말을 하고 떠났고, 대자는 저택에 남았다. 그곳 생활이 어찌나 즐겁고 기뻤던지, 대자는 그곳에 산 지 세 시간밖에 되지 않았다고 생각했다. 그러나 실제로는 30년이라는 시간이 흘렀다. 30년이 지난 어느 날, 대자는 굳게 닫힌 문 앞을 무심코 지나가게 되었다. 그리고 대부가 그곳에 들어가지 말라고 한 이유가 무엇일까 곰곰이 생각했다.

'무엇이 있는지, 안을 들여다보기만 해 보자.' 대자가 이렇게 생각하고 문을 밀자 굳게 닫혔던 문이 쉽게 열렸다. 눈앞에 펼쳐진 넓은 방은 다른 어떤 방보다 으리으리하고 아름다웠으며, 한가운데 왕이 앉는 의자가 있었다. 대자는 잠시 방 안을 서성거리다가 계단을 올라 의자에 앉았다. 앉고 보니 의자에 홀(笏)이 기대어 서 있는 걸 발견하고 그것을 손에 쥐었다. 바로 그 순간 방의 네 벽면이 홀연히 사라지는 게 아닌가. 주위를 둘러보니 온 세상과, 세상 속에서 일하고 있는 모든 사람이 한눈에 들어왔다. 앞쪽을 보니 배들이 항해하고 있는 바다가 눈에 들어왔다. 오른쪽으로는 생소한 이교도인들이 사는 지역이 보였고, 왼쪽으로는 그리스도인이면서 러시아인이 아닌 사람들이 사는 지역이 보였다. 그리고 뒤를 돌아보니 자신과 같은 러시아 사람들이 보였다.

"어디, 고향에서 무슨 일이 일어나고 있는지, 추수는 잘 되었는지 봐야겠군."

아버지의 밭쪽을 쳐다보니 곡물 다발이 산더미처럼 쌓여 있었다. 그가 곡물이 얼마나 되는지 다발을 세기 시작했을 때 한 농부가 짐수레를 몰고 오는 게 보였다. 칠흑 같은 어둠이 깔려 있었다. 그는 아버지가 밤에 곡물을 짐수레로 나르러 오는 것으로 생각했다. 그런데 자세히 보니 그 사람은 바실리 쿠드랴쇼프라고 하는 도둑이었다. 도둑은 짐수레를 몰고 밭에 가더니 곡물 다발을 짐수레에 싣기 시작했다. 이에 대자는 발끈하여 소리쳤다.

"아버지, 도둑이 우리 밭에서 곡물을 훔쳐 가요!"

야간 방목장에 말들과 나와 있었던 아버지는 잠에서 깼다.

"곡물을 누가 훔쳐 가는 꿈을 꾸었군. 말을 타고 한번 가 봐야겠다."

그리하여 아버지는 말에 올라타고 밭으로 나가 보았다. 바실리를 발견한 아버지는 다른 농부들을 불러 모아서 함께 두들겨 패고 묶은 다음 감옥에 집어넣었다.

대자는 이제 대모가 사는 시내를 들여다보았다. 대모는 어떤 상인과 결혼한 상태였다. 그녀가 자고 있을 때 그녀의 남편은 잠자리에서 일어나 자신의 정부에게 갔다. 대자는 대모에게 소리쳤다.

"얼른 일어나세요. 당신의 남편이 나쁜 길에 빠져 들었어요!"

대모는 자리에서 벌떡 일어나 옷을 갈아입고 남편이 있는 곳을 찾아내었다. 그리고 남편의 정부를 망신시켜 혼을 내고 남편을 내쫓았다.

대자는 이제 어머니를 찾아보았다. 어머니는 집에서 자고 있었다. 그런데 도둑 한 명이 집으로 슬금슬금 들어와 어머니의 물건이 들어 있는 궤를 부수고 여는 게 아닌가. 어머니는 잠에서 깨어 소리를 질렀다. 그러자 도둑은 도끼를 집어 들고 머리 위에서 휘두르며 어머니를 죽이려고 했다.

이를 본 대자는 참지 못하고 도둑에게 홀을 세게 내던졌다. 관자놀이에 홀이 꽂힌 도둑은 즉사했다.

대자가 도둑을 죽이자마자 네 벽면이 다시 생기면서 방 안은 이전처럼 되었다.

그때 문이 열리며 대부가 들어왔다. 그는 대자에게 다가가 대자의 손을 잡고 의자에서 내려오게 하였다.

"너는 내 부탁을 어겼다. 첫 번째 너의 잘못은 금지된 문을 연 것이고, 두 번째는 의자에 앉아 내 홀을 잡은 것이다. 그리고 세 번째로 너는 이 세상에 악을 증가시키는 잘못을 저질렀다. 네가 한 시간만 더 앉아 있었더라도 인간의 절반을 파멸시켰을 것이다." 대부가 말했다.

대부는 대자를 다시 의자에 앉히고 손에 홀을 쥐어 주었다. 그러자 사방의 벽이 다시 사라지면서 만물이 훤하게 들여다보였다. 대부가 말했다.

"보거라. 네가 네 아버지한테 무슨 일을 했는지. 일년 동안 감옥살이를 한 바실리는 온갖 사악함을 다 배우고 나와 이제는 구제할 수 없는 인간이 되었다. 자, 그가 네 아버지의 말 두 필을 훔치고 광에 불을 지르는 것이 보이지 않느냐. 네 아버지가 당한 이 모든 일은 네가 자초한 것이다."

대자는 아버지의 광이 불길에 휩싸이는 것을 보았다. 하지만 대부는 이 광경을 차단하고 다른 쪽을 보라고 말했다.

"여기엔 네 대모의 남편이 있다. 그는 일년 전 아내를 떠났고, 지금은 여러 여자에게 치근덕대고 있다. 그의 전 정부는 이전보다 더 타락했다. 슬픔에 젖은 대모는 술에 절어 살고 있고. 이것이 네가 대모에게 한 짓이다."

대부는 이 광경도 차단하고 대자에게 아버지의 집을 보여 주었다. 어머니는 자신이 지은 여러 가지 죄 때문에 울면서 후회하며 말했다.

"차라리 그 밤에 도둑의 손에 죽는 게 나을 뻔했어. 그랬다면 내가 이렇게 많은 죄를 짓지 않았을 텐데."

"바로 이것이 네가 어머니한테 한 짓이다." 대부가 말했다.

대부는 이 장면도 차단하고 아래쪽을 가리켰다. 그러자 간수 두 명이 어머니의 집을 침입했던 도둑을 감옥 앞에서 붙잡고 있는 모습이 보였다. 대부는 말했다.

"저 남자는 열 사람을 살해했던 놈이다. 그는 자신의 죄를 실토했어야 했다. 그런데 네가 그를 죽였으므로 그의 죄를 떠맡아야 한다. 이제 네가 그의 모든 죄를 책임져야 한다는 말이다. 이는 네가 스스로 자초한 일이다. 어미 곰은 처음에 통나무를 한쪽으로 밀쳤을 때 새끼 곰들을 다치게 했다. 통나무를 다시 밀쳤을 때는 일년생 곰을 죽게 했다. 그리고 세번째로 통나무를 밀쳤을 때는 자신의 죽음을 자초했다. 네가 한 행동도 이와 같다. 내가 너에게 30년을 줄 테니 세상으로 가서 도둑의 죄를 대신 갚아라. 만일 그렇게 못 하면 네가 도둑이 될 것이다."

"제가 도둑의 죄를 어떻게 대신 갚죠?" 대자가 물었다.

"네가 세상에 자초한 만큼의 악을 없애면 네 죄뿐만 아니라 도둑의 죄도 씻게 된다."

"제가 세상에서 악을 어떻게 없앨 수 있나요?"

"집 밖으로 나가 해가 뜨는 쪽으로 걸어가거라. 한참 가다 보면 사람들이 있는 밭이 나올 거다. 그들이 하는 행동을 보고 그들에게 네가 아는 것을 가르쳐라. 그리고 계속 걸어가면서 목격하게 되는 상황을 잘 새겨 두어라. 나흘째 되는 날 숲에 당도할 것이다. 숲 한가운데 암자가 있고, 거기에 은사 한 명이 살고 있다. 그에게 지금까지 일어난 일을 모두 말하거라. 네가 어떻게 해야 하는지 그가 알려 줄 것이다. 그가 말한 대로 다 하면 너는 너와 도둑의 죄를 씻게 된다." 대부가 말했다.

대부는 이렇게 말한 후 대자를 대문 밖으로 내보냈다.

대자는 길을 가면서 이렇게 생각했다.

'내가 어떻게 세상의 악을 없애지? 악은 악한 사람을 추방하거나 감옥에 가두거나 아니면 사형에 처해야 사라지는 건데. 남의 죄를 내가 떠맡지 않으면서 악을 없애려면 어떻게 해야 할까?'

대자는 한참 동안 생각했으나 결론을 내리지 못했다. 계속 걷다 보니 밭이 나왔고, 밭에는 풍성하게 자란 곡식이 수확을 기다리고 있었다. 그런데 작은 송아지가 밭으로 들어가는 게 보였다. 가까이서 이를 본 몇 사람은 자신들의 말에 올라타 밭을 휘젓고 다니며 송아지를 쫓았다. 송아지는 밭에서 막 나오려고 할 때마다 누군가가 말을 몰고 나타나는 바람에 겁을 집어먹고 다시 밭 안으로 들어갔다. 송아지를 쫓으려고 전속력을 낸 사람들은 밭을 여기저기 짓밟았다. 그러자 길가에 서 있던 한 여자가 울부짖었다.

"그렇게 쫓아내다가 내 송아지 죽이겠어요."

그러자 대자가 농부들에게 말했다.

"무엇들 하십니까? 모두 밭에서 나오고 이 여자 분이 송아지를 불러내게 하십시오."

농부들은 그렇게 했고, 여자는 밭 가장자리로 가서 송아지를 불러내었다. "이리 와, 송아지야 이리 와." 그녀가 말했다. 송아지는 귀를 쫑긋 세우고 잠시 듣더니 자연스럽게 여자한테 달려가서 여자의 치마 속으로 머리를 숨겼고, 그 바람에 여자는 넘어질 뻔했다. 농부들과 여자는 만족스러워했고, 작은 송아지 역시 좋아했다.

대자는 길을 걸으며 생각했다.

'이제 보니 악이 악을 낳는구나. 사람들이 악을 내쫓으려고 발버둥 칠수록 악은 더 기세를 부리잖아. 악은 악으로 없앨 수 없는 것 같아. 하지만 어떤 방법으로 악을 없앨 수 있는

지는 나도 모르겠어. 송아지가 주인 말을 듣자 모든 게 잘 해결되었어. 그런데 녀석이 주인 말을 듣지 않았다면 우리가 어떻게 녀석을 밭에서 내쫓을 수 있었을까?'

다시 한 번 대자는 곰곰이 생각했지만 결론을 내리지 못했고, 가던 길만 계속 걸었다.

걷다 보니 어떤 마을에 도착했다. 마을 가장 안쪽에 있는 집에 멈추어 선 대자는 하룻밤만 묵게 해 달라고 부탁했다. 혼자 집 청소를 하고 있던 주인 여자는 그를 들어오게 했다. 대자는 안으로 들어갔고, 벽난로 위에 앉아 주인 여자가 일하는 모습을 물끄러미 쳐다보았다. 여자는 방을 마저 다 닦고 난 후, 더러운 걸레로 탁자를 닦기 시작했다. 탁자를 한쪽 방향으로 훔쳐 냈지만 깨끗해지지 않았다. 더러운 걸레가 지나간 자리에는 때 자국이 남았다. 여자는 반대 방향으로 다시 훔쳐 냈다. 앞서 생긴 때 자국은 없어졌지만 다른 자국이 새로 생겼다. 그래서 여자는 다시 반대 방향으로 훔쳐 냈지만 상황은 똑같았다. 더러운 걸레는 탁자를 더럽힐 뿐이어서, 어떤 자국이 없어지면 다른 자국이 생기곤 했다. 말없이 이를 지켜보고 있던 대자가 말했다.

"주인아주머니 뭘 하고 계세요?"

"명절을 위해 청소하고 있는 거 안 보이우? 이 탁자만 깨끗이 안 되네. 너무 힘들구먼."

"탁자를 닦기 전에 걸레를 헹구셔야죠." 대자가 말했다.

여자는 그렇게 했고, 탁자는 금방 깨끗해졌다.

"알려 줘서 고마워요." 여자가 말했다.

다음날 아침 대자는 여자에게 인사를 하고 길을 나섰다. 한참을 걷다 보니 숲가에 이르렀다. 그곳에서 농부들이 수레바퀴 테두리를 만들려고 나무를 굽히고 있었다. 가까이 다가가서 보니 농부들이 아무리 애를 써도 나무가 굽혀지지 않았다.

나무를 움직이지 않게 하는 받침이 고정돼 있지 않아 농부가 나무를 휘려고 하면 받침도 함께 움직였다. 이를 본 대자가 말했다.

"여러분, 뭘 하고 계십니까?"

"보면 모르오? 바퀴 테두리를 만들고 있잖소. 두 번이나 시도하면서 진땀 흘렸는데도 나무가 도통 휘어지질 않아."

"우선 받침을 고정시키셔야죠. 안 그러면 같이 돌아가잖아요."

농부들이 그의 충고를 받아들여 받침을 고정하자 일이 순

조롭게 되었다.

대자는 그날 밤 농부들과 함께 지낸 후 가던 길을 계속 갔다. 그는 온종일 그리고 밤새도록 걸었다. 그러다가 동이 틀 무렵, 전날 밤 야영을 한 가축 상인들을 발견했다. 대자는 그 사람들 옆에 드러누웠다. 그들은 모든 가축을 매어 놓고 불을 지피려 애쓰고 있었다. 마른 나뭇가지를 그러모아 불을 붙였지만 나뭇가지가 활활 타오르기도 전에 젖은 땔나무를 집어넣는 바람에 불이 꺼지고 말았다. 땔나무가 쉭 소리를 내고 연기가 피어오르면서 불이 꺼져 버리는 거였다. 가축 상인들은 마른 나뭇가지를 더 많이 가져와 불을 붙이고 젖은 땔나무를 또 얹었다. 그러자 불은 다시 꺼졌다. 그들은 한참 동안 애썼지만 불을 지피지 못했다. 이를 본 대자가 말했다.

"그렇게 성급하게 땔나무를 넣지 마세요. 마른 가지가 적당히 타오른 후에 집어넣으셔야 해요. 불이 잘 타오를 때 마음껏 집어넣으시란 말입니다."

상인들은 그의 충고를 받아들여 불이 충분히 타오를 때 땔나무를 집어넣었다. 그러자 불이 기세를 더하며 활활 타올랐다.

대자는 그곳에 잠시 더 머물다가 가던 길을 재촉했다. 그는 걸어가면서 자신이 보았던 세 가지 광경이 무엇을 의미하는지 곱씹어 보았다. 하지만 도무지 알 수가 없었다.

대자는 하루 종일 걷다가 저녁 즈음에 또 다른 숲에 당도했다. 그곳에서 은사의 암자를 발견한 그는 암자의 문을 두드렸다.

"거기 누구시오?" 안에서 목소리가 들려왔다.

"큰 죄인이옵니다. 저는 저의 죄뿐만 아니라 타인의 죄도 씻어야 하는 몸입니다." 대자가 대답했다.

이 말을 들은 은사가 나왔다.

"자네가 책임져야 할 타인의 죄는 무엇인가?"

대자는 그에게 모두 말했다. 자신의 대부, 어미 곰과 새끼 곰, 출입이 금지된 방에 있던 왕좌, 대부가 했던 부탁에 대해서뿐만 아니라 밭을 밟아 뭉갠 농부들과, 여주인의 부름에 밭을 달려 나온 송아지에 대한 이야기까지 했다.

"저는 사람이 악을 악으로 없애지 못한다는 사실을 목격했습니다. 그런데 악을 어떻게 없앨 수 있는지 잘 모르겠습니다. 저에게 그 방법을 가르쳐 주십시오." 대자가 말했다.

"오는 길에 또 무엇을 보았는지 말해 보게." 은사가 말했다.

대자는 탁자를 닦던 여자, 수레바퀴 테두리를 만들던 사람들, 불을 지피려고 애쓰던 가축 상인들에 대해 말했다.

은사는 모든 이야기를 듣고는 암자 안으로 들어가더니 날이 마모된 낡은 도끼를 가지고 나왔다.

"나를 따라오게나." 은사가 말했다.

어느 정도 걸어갔을 때 은사가 한 나무를 가리키며 말했다.

"저 나무를 베어 넘어뜨려 보게."

대자가 나무를 쓰러뜨렸다.

"이제 나무를 세 등분으로 잘라 보게." 은사가 말했다.

대자가 나무를 세 등분으로 잘랐다. 그러자 은사는 암자로 들어가 불이 타오르는 막대기를 들고 나와 말했다.

"이 나무토막들을 태우게나."

대자는 불을 지펴서 나무토막 세 개를 태웠고, 결국 까맣게 된 밑동만 남았다.

"이제 그것을 이렇게 반쯤 흙에 묻게."

대자는 그렇게 했다.

"언덕 아래에 가면 강이 있네. 거기에 가서 입에 물을 머금고 와 이 밑동에 뿌리게. 주인 여자를 가르친 것처럼 이 밑동에 물을 뿌리게. 수레바퀴 테두리를 만들던 사람들에게 가르친 것처럼 그 옆 밑동에 물을 뿌리고, 가축 상인들에게 가르친 것처럼 마지막 밑동에 물을 뿌리게. 검게 탄 밑동 세 개가 모두 뿌리를 내리고 사과나무 세 그루로 자라면 자네는 인간의 악을 어떻게 없애는지 알게 될 거네. 그리고 자네의 모든 죄를 씻게 될 거야."

은사는 이렇게 말하고 암자로 되돌아갔다. 대자는 한동안 숙고했지만 은사의 말뜻을 이해하지 못했다. 하지만 은사가 말한 대로 했다.

<h1 style="text-align:center">10</h1>

대자는 강으로 걸어 내려가 입 안 가득 물을 머금고 돌아와 까맣게 탄 밑동 하나에 뿌렸다. 이렇게 몇 번 반복하여 모든 밑동에 물을 주었다. 이제 배도 고프고 지친 대자는 은사에게 먹을 것 좀 부탁하려고 암자로 걸어갔다. 그런데 문을 열고 보니 늙은 은사가 침상 위에 죽은 채로 누워 있었다. 대자는 먹을 것을 찾아 둘러보다가 퍼석퍼석한 빵을 발견하고 그것을 먹었다. 그런 다음 가래를 들고 은사의 무덤을 파기 시작했다. 그는 밤이면 입에 물을 머금고 와 밑동에 물을 주었고 낮이면 무덤을 팠다. 그렇게 무덤을 다 파게 되어 시체를 막 묻으려 할 때 마을 사람들이 은사에게 줄 음식을 가지고 나타났다.

사람들은 은사가 죽었으며, 은사가 이미 대자를 축복하고 대자에게 그의 자리를 물려주었다는 이야기를 들었다. 그리하여 그들은 은사를 묻었고, 가져온 빵을 대자에게 주면서 더 가져오겠다는 약속을 하고 돌아갔다.

대자는 은사의 암자에 남았다. 그곳에 살면서 사람들이 가져다준 음식을 먹었으며, 은사가 지시했던 대로 강에서 물을 입에 머금고 와 밑동에 뿌리는 일을 거르지 않았다.

대자는 그렇게 일년 동안 살았고 많은 사람이 그를 방문했다. 그사이에 그는 자신의 영혼을 구제하려고 숲에 살면서 언덕 아래까지 내려가 입에 물을 머금고 와 까맣게 탄 밑동에 물을 주는 성인으로 널리 알려졌다. 그를 보기 위해 사람들이 몰려들었다. 부유한 상인들은 말을 타고 와서 온갖 선물을 주었다. 하지만 그는 최소한의 필수품만 갖고 나머지는 전부 가난한 사람들에게 주었다.

대자는 하루의 반은 입 안 가득 물을 담아와 밑동에 물을 주고, 나머지 반은 쉬면서 사람들을 맞이하며 지냈다. 그러면서 '이것이 내가 지시받았던, 악을 없애고 내 죄를 씻기 위한 삶의 방식인가 보다.'라는 생각을 했다.

대자는 밑동에 물 주는 일을 하루도 거르지 않으면서 2년을 보냈다. 그러나 어느 밑동에서도 싹은 트지 않았다.

어느 날, 정자에 앉아 있던 대자는 어떤 남자가 노래를 부르면서 말을 몰고 지나가는 소리를 들었다. 대자는 어떤 사람인지 보려고 밖으로 나왔다. 옷을 잘 차려입은 건장한 젊은 남자가 훌륭한 안장이 얹힌 근사한 말을 타고 있었다.

대자는 남자를 멈추어 세우고, 누구이며
어디로 가는지 물었다.

남자는 고삐를 잡아당기며 말했다. "난 강
도다. 여기저기 돌아다니며 사람들을 죽이지. 많이 죽일수록
노래가 얼마나 흥겹게 나오는지 모른다."

공포에 질린 대자는 이렇게 생각했다.

'이런 악한에게 존재하는 악은 어떻게 없앤단 말인가? 자
발적으로 나를 찾아와 죄를 자백하는 사람들에게야 말하기
쉽지. 하지만 자신의 악행을 자랑스럽게 떠벌리는 이자에게
무슨 말을 해야 하는가.'

그래서 대자는 아무 말 없이 뒤돌아서며 생각했다. '이제
어떻게 해야 하는가? 저 강도는 이 근처를 돌아다니며 사람
들을 위협하며 몰아낼 텐데. 사람들이 더 이상 나를 찾아오
지 않겠지. 그러면 그들한테도 손해일 거고, 나 또한 어떻게
살아야 할지 모를 텐데.'

그런 생각이 들자 대자는 다시 돌아서서 강도에게 말했다.

"이곳에 오는 사람들은 자신들의 죄를 자랑하지 않고 그것
을 뉘우치며 용서를 구한다오. 당신도 하느님을 두려워한다
면 죄를 뉘우치시오. 그러나 진정으로 그럴 마음이 없다면
여기를 떠나서 다시는 오지 마시오. 나를 난감하게 하지 마
오. 그리고 사람들을 위협하여 몰아내지 마시오. 내 말을 듣
지 않는다면 하느님이 당신을 벌하실 것이오."

강도는 비웃으며 말했다.

"난 하느님 따윈 두렵지 않고, 네 말도 안 들을 거야. 네가 내 주인이라도 된단 말이냐? 넌 신앙 나부랭이를 붙들고 살지만 난 강도질해서 산다. 어차피 인간은 살아야 하니까. 너는 늙어 빠진 여자들을 가르칠 수 있어도 나는 못 가르친다. 그리고 네가 나한테 하느님을 들먹였으니 내일 두 명을 더 죽일 테다. 너도 죽이고 싶지만 지금 내 손을 더럽히고 싶지 않다. 앞으로 내 눈앞에 나타나지 마라!"

강도는 이렇게 으르고 나서 사라졌다. 강도는 다시 나타나지 않았고 대자는 이전처럼 평화롭게 8년을 더 살았다.

11

어느 날 새벽, 대자는 밑동에 물을 주고 암자로 들어가 앉아서 쉬었다. 그리고 누가 올까 하는 생각에 숲길을 내다보았다. 하지만 그날은 온종일 아무도 오지 않았다. 그는 외로움과 적막함을 느끼며 저녁때까지 홀로 앉아 있으면서 지난 세월을 생각했다. 강도가 자신이 신앙 나부랭이를 붙들고 산다며 조소했던 일이 떠오르면서 자신이 살아가는 방식을 곰곰이 생각해 보았다.

'나는 은사가 지시한 대로 살고 있지 않아. 은사는 내게 고행을 지시했는데, 나는 그 사실을 내세워 생계를 유지하고 명성을 얻었지. 이제는 그런 생활에 물들어 사람들이 찾아오지 않으면 얼마나 적막한지. 사람들이 오면 기쁜 이유는 그들이 오로지 날 성인으로 칭송하기 때문이야. 그렇게 살면 안 되는데. 나는 칭송에 연연하느라 타락해 버렸어. 지난 죄를 씻지는 못할망정 새로운 죄를 저지르고 말았네. 숲 저편, 사람들이 날 찾지 못하는 곳으로 가야겠다. 거기서 지난 죄를 씻고, 더는 죄를 짓지 않으며 살아야지.'

이렇게 생각한 대자는 마른 빵을 가방에 그득 담고 가래를 챙긴 후 외진 곳에 있는 골짜기를 향해 떠났다. 그곳이라면 동굴을 파고 사람들을 피해 살아갈 수 있을 터였다.

대자가 가방을 메고 가래를 들고서 걸어가고 있을 때 강도가 말을 몰고 가까이 왔다. 겁을 먹은 대자는 도망쳤지만 강도는 이내 그를 따라잡았다.

"어디 가나?" 강도가 물었다.

대자는 사람들과 멀리 떨어져 혼자 살고 싶다고 말했다. 이에 적잖이 놀란 강도가 물었다.

"사람들이 찾아오지 않으면 무얼 먹고 살려고?"

그런 생각조차 못 했던 대자는 이 질문을 받자 먹을 것이 필요하리라는 생각이 들었다.

"하느님이 주시는 대로 먹고살아야죠." 그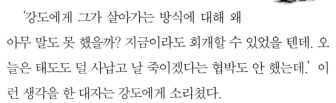
가 대답했다.

이에 강도는 조용히 사라졌다.

'강도에게 그가 살아가는 방식에 대해 왜
아무 말도 못 했을까? 지금이라도 회개할 수 있었을 텐데. 오
늘은 태도도 덜 사납고 날 죽이겠다는 협박도 안 했는데.' 이
런 생각을 한 대자는 강도에게 소리쳤다.

"당신은 죄를 뉘우쳐야 하오. 당신은 하느님에게서 달아나
지 못하오."

강도는 말을 돌리더니 허리춤에서 칼을 빼내어 대자를 위
협했다. 깜짝 놀란 대자는 숲 안쪽으로 혼비백산이 되어 달
아났다.

강도는 쫓아오지는 않고 이렇게 소리쳤다.

"내가 두 번이나 놓아주지만 다음에 내 눈에 띄는 날엔 너
를 죽여 버릴 테다!"

이렇게 말하고 강도는 사라졌다. 저녁에 대자는 밑동에 물
을 주러 갔다. 그런데 밑동 하나에 싹이 튼 게 아닌가. 거기서
작은 사과나무가 자라나기 시작한 거였다.

12

대자는 사람들을 피해 혼자 생활했다. 그러다가 빵이 축나자 밖으로 나가 식물 뿌리라도 찾아야겠다는 생각이 들었다. 그런데 얼마 가지 않아서 빵이 든 가방이 나뭇가지에 걸려 있는 것을 보았다. 그는 빵을 가져와서 당분간 그것을 먹고 살았다.

빵이 모두 바닥났을 때 대자는 똑같은 나뭇가지에 빵 한 자루가 걸려 있는 것을 발견했다. 그는 그것으로 먹고살았다. 그가 괴로움을 느낀 유일한 요인은 강도에 대한 두려움이었다. 강도가 지나가는 기척을 들을 때마다 그는 몸을 숨기며 생각했다.

'내가 죄를 다 씻기도 전에 저자가 날 죽일지도 몰라.'

대자는 그렇게 십 년을 살았다. 사과나무 한 그루는 무럭무럭 자랐지만 나머지 밑동 두 개는 처음 그대로였다.

어느 날 아침, 대자는 아침 일찍 일어나 일을 하러 나갔다. 밑동 주변에 물을 충분히 주고 나니 피곤이 몰려와 앉아서 쉬었다. 그러다가 생각했다.

'나는 죄를 지었고 이제는 죽음을 두려워하게 되었어. 내가 죽음으로써 속죄하는 것이 하느님의 뜻일지도 모른다.'

이런 생각에 빠져 있을 즈음 강도가 말을 몰고 오며 욕을 내뱉는 소리가 들렸다. 이 소리를 들은 대자는 '어떤 사람도 내게 행이나 불행을 야기하지 못한다. 이는 하느님만이 하실 수 있다.'고 생각했다.

그는 강도에게 다가갔다. 가서 보니 강도는 혼자가 아니었고, 입에 재갈이 물리고 손발이 묶인 남자가 강도 뒤에 앉아 있었다. 강도는 가만히 있는 남자에게 심한 욕설을 퍼부었다. 대자는 말 앞에 가서 섰다.

"이 남자를 어디로 끌고 가는 거요?"

"숲 속으로 간다. 상인 아들인데 지 아비의 돈이 어디 있는지 알려 주질 않아 입을 열 때까지 손 좀 봐 주려 한다."

강도가 말에 박차를 가했으나 대자가 말고삐를 잡고 놓아 주지 않았다.

"이 남자를 풀어주시오!" 대자가 말했다.

화가 난 강도는 팔을 들어 때리려고 했다.

"이 녀석이 당하게 될 고통을 너도 맛보고 싶으냐? 너를 죽이겠다고 말했을 텐데. 어서 놓지 못해!"

대자는 두려워하지 않았다.

"당신은 가지 못하오. 난 당신이 두렵지 않아. 난 하느님만을 두려워하오. 그런데 그분이 당신을 놓아주지 말라고 하오. 어서 이 남자를 풀어주시오!"

강도는 얼굴을 찌푸렸다. 그러더니 칼을 꺼내 들고 상인의 아들을 묶은 밧줄을 끊고 그를 풀어주었다.

"둘 다 내 앞에서 썩 꺼져. 내 눈에 안 띄도록 조심해!"

상인의 아들은 말에서 뛰어 내려와 도망갔다. 강도가 말을 몰고 가려고 할 때 대자는 그를 다시 멈춰 세웠다. 그리고 더 이상 악하게 살지 말라고 다시 한 번 말했다. 강도는 대자의 말을 잠자코 끝까지 듣더니 말 한마디 없이 가 버렸다.

다음날 아침 대자는 밑동에 물을 주러 갔다. 그런데 이게 웬일인가! 둘째 밑동에서 싹이 트고 있는 게 아닌가. 또 다른 사과나무가 자라기 시작한 거였다.

13

십 년이 또 흘렀다. 어느 날, 대자는 바라는 것도 두려워하는 것도 없이 기쁨이 충만한 마음으로 조용히 앉아 있었다.

'하느님은 인간에게 얼마나 큰 은혜를 베푸셨는지! 그런데 인간은 얼마나 불필요하게 자신을 괴롭히는가. 행복한 삶을 가로막는 요인은 무엇인가?' 그는 생각했다.

인간에게 존재하는 모든 악과 인간 스스로 자초하는 괴로움을 생각하니 인간이 불쌍하게 여겨졌다.

'내가 이렇게 사는 것은 옳지 못하다. 나가서 사람들에게 내가 배운 것을 가르치리라.'

이런 생각을 하고 있을 때 강도가 다가오는 소리가 들렸다. 그는 강도가 지나가게 내버려 두었다.

'저자한테 말해 봤자 소용없겠지. 이해하지 못할 테니.'

대자는 처음에 이런 생각을 했다가 이내 마음을 바꾸고 오솔길로 나갔다. 가다 보니 말에 올라탄 강도가 보였는데, 강도는 눈을 내리뜨고 침울한 표정을 짓고 있었다. 대자는 그가 불쌍한 생각이 들어 달려가 그의 무릎을 잡았다.

"형제여! 그대의 영혼을 불쌍히 여기게나! 그대 안에는 하느님의 영혼이 살고 있다네. 그대는 스스로 괴로워하고 남에게도 고통을 주어 더 많은 괴로움을 쌓아 두고 있네. 하지만 하느님은 그대를 사랑하셔서 그대를 위한 축복을 예비해 두셨네. 자신을 완전히 망치지 말게. 그대의 삶을 바꾸어 보게!" 대자가 말했다.

강도는 인상을 쓰더니 그를 외면했다.

"날 내버려 둬." 강도가 말했다.

하지만 대자는 강도를 더 꽉 붙잡고 울기 시작했다.

그러자 강도는 눈을 들고 대자를 물끄러미 바라보았다. 그렇게 한참 바라보더니 말에서 내려와 대자 앞에 무릎을 꿇고 앉았다.

"이봐 늙은이, 당신이 날 이겼어. 난 20년 동안 당신을 적

315

대시했는데 이제 당신이 날 이긴 거야. 당신이 내게 하고픈 대로 하시오. 난 더 이상 나를 지배할 수 없으니. 처음에 당신이 날 설득했을 때는 내 화만 북돋웠지. 당신이 사람들을 피해 숨었을 때 비로소 난 당신 말을 생각해 보기 시작했어. 그때 난 당신이 당신 자신을 위해 사람들에게 무엇인가를 바라지 않는다는 것을 알게 되었기 때문이지. 그날 이후 난 당신이 먹을 음식을 나무에 걸어 두었어."

그때 대자는 걸레를 빤 후에 탁자를 닦아야 탁자가 깨끗해진다는 사실을 보여 준 여자가 생각났다. 마찬가지로 대자는 자신의 안위를 생각하지 말고 마음을 깨끗이 비워야 타인의 마음을 정화시킬 수 있었던 거였다.

강도는 계속 말했다.

"당신이 죽음을 두려워하지 않는 모습을 봤을 때 내 마음이 변했지."

대자는 수레바퀴 테두리를 만들던 사람들이 받침을 고정하지 않고는 테두리를 휘지 못했다는 사실을 떠올렸다. 마찬가지로 죽음의 두려움을 버리고 삶의 중심을 하느님께 고정시켜야 강도의 난폭함을 제어할 수 있었던 거였다.

"하지만 당신이 나를 불쌍히 여겨 나를 위해 울었을 때에야 비로소 내 마음은 완전히 누그러졌지."

기쁨에 가득 찬 대자는 밑동이 있는 장소로 강도를 데리고 갔다. 가서 보니 마지막 밑동에서도 사과나무 싹이 올라오고

있었다. 대자는 가축 상인들이 우선 불을 지핀 후에야 젖은 나무를 태울 수 있었던 상황을 떠올렸다. 같은 이치로 그의 마음이 뜨겁게 타올라야 다른 사람의 마음에 불을 붙일 수 있는 거였다.

대자는 마침내 자신의 죄를 씻어 내어 기쁨으로 충만하였다. 그는 강도에게 이 모든 이야기를 해 주고는 눈을 감았다. 강도는 대자를 묻었고, 다른 사람들에게 자신이 배운 것을 가르쳐 주면서 대자가 일러 준 대로 살았다.

1886년

빈 북

볼가강 지역에서 전해 내려오는 민화

에멜리안은 주인을 위해 일하는 머슴이었다. 어느 날 일하러 나가면서 풀밭을 지나갈 때 그는 바로 앞에서 뛰고 있는 개구리를 밟을 뻔했으나 가까스로 피했다. 그때 뒤에서 누군가가 부르는 소리가 갑자기 들려왔다.

주위를 둘러보니 어여쁜 아가씨가 보였다. "에멜리안, 당신은 왜 결혼하지 않아요?" 아가씨가 물었다.

"내가 어떻게 결혼을 하겠어요? 가진 거라곤 걸친 옷밖에 없는 나를 누가 남편으로 맞이하겠어요?"

"그럼 제가 시집을 갈게요." 그녀가 말했다.

"그러면 좋겠지만 어디에다 어떻게 살림을 차려요?" 아가씨가 마음에 든 에멜리안이 말했다.

"그걸 왜 걱정해요? 잠을 줄이고 더 열심히 일하면 어디서든 먹고살 수 있어요."

"좋소. 우리 결혼합시다. 그러면 어디로 가서 살까요?"

"읍으로 나가요."

그리하여 에멜리안과 아가씨는 읍으로 나갔다. 아가씨는 그를 읍 변두리에 있는 작은 집으로 데려갔고, 두 사람은 거기서 식을 올리고 가정을 꾸렸다.

어느 날 왕은 읍을 행차하다가 에멜리안의 집을 지나가게 되었다. 에멜리안의 아내는 왕을 보려고 밖으로 나왔다. 그녀를 본 왕은 크게 놀랐다.

"저렇게 아름다운 여인은 어디에 사는고?" 왕은 이렇게 말하더니 마차를 세우고 그녀를 불러서 물었다. "너는 누구인고?"

"농부 에멜리안의 아내입니다." 그녀가 대답했다.

"너처럼 아름다운 여자가 왜 농부와 결혼을 했느냐? 왕비가 될 수도 있었을 텐데."

"그렇게 말씀하시니 황공하옵니다만, 저는 농부의 아내로 만족하옵니다."

왕은 그녀와 잠시 더 이야기를 나눈 후 마차를 타고 갔다. 하지만 궁전으로 돌아온 뒤에도 에멜리안의 아내의 모습이 머릿속에서 떠나지 않았다. 왕은 그녀를 데려올 궁리를 하느라 밤새 한숨도 못 잤다. 그러나 좋은 수가 생각나지 않아 왕은 신하들을 불러 방법을 찾아보라고 명령했다.

신하들은 대답했다. "에멜리안을 궁전으로 불러들여 일을 시키시옵소서. 저희가 혹독하게 일을 시키면 그자는 아마 죽을 것이옵니다. 그러면 왕께서 과부가 된 그녀를 취하시면 될 것이옵니다."

왕은 그들의 조언을 받아들였다. 그리하여 에멜리안을 일꾼으로 궁전에 불러들이고, 아내와 함께 궁전에 살게 하라는 명령을 내렸다.

사자가 에멜리안을 찾아가 왕의 지시를 전달했다. 이에 에멜리안의 아내가 말했다. "여보, 가세요. 하루 종일 일하고, 깜깜해지면 집으로 돌아와야 해요."

그래서 에멜리안은 궁전으로 갔다. 그를 본 왕의 집사는 "왜 아내 없이 혼자 왔느냐?"라고 물었다.

"아내를 왜 데려와야 합니까? 저희도 살 집이 있는데 말입니다."

궁전 신하들은 에멜리안에게 두 사람분의 일을 시켰다. 그는 마칠 수 있으리라고는 생각하지 않고 일을 시작했다. 그런데 저녁이 될 즈음 일을 다 마친 게 아닌가! 그 모습을 본 집사는 다음날에는 네 배 더 많은 일을 하라고 지시했다.

에멜리안은 집으로 돌아갔다. 집 안은 말끔하게 청소되어 있었다. 난로는 따뜻한 열기를 뿜어 대고 있었고, 저녁 식사가 준비되어 있었다. 아내는 식탁 옆에 앉아 바느질을 하면서 남편의 귀가를 기다리고 있었다. 아내는 그를 반갑게 맞이하고 식탁을 차린 후에 그에게 일이 어땠는지 물었다.

"휴, 일이 너무 힘드오. 내 힘에 부치는 일을 시키잖소. 날 일하다가 죽게 만들 모양이오."

"그렇게 불평하지 말아요. 일을 하기 전이나 끝난 후에 일을 얼마나 했는지, 얼마나 남았는지 살펴보지 말아요. 그저 묵묵히 일만 하세요. 그러면 돼요."

에멜리안은 잠자리에 누워 잠을 청했다. 그리고 다음날 아침, 궁전으로 가서 주위를 한 번도 둘러보지 않고 일을 했다. 그렇게 하여 저녁이 될 즈음 일을 모두 마쳤고, 날이 어두워지기 전에 집으로 돌아갔다.

궁전 신하들은 에멜리안에게 계속해서 더 많은 일을 시켰다. 하지만 그는 항상 제때에 일을 마치고 잠을 자러 집으로 돌아갔다. 한 주가 지났다. 왕의 신하들은 힘든 일로는 그를 쓰러뜨릴 수 없다는 것을 알게 되자 기술이 필요한 일을 그에게 시키려고 했다. 하지만 그렇게 해도 소용이 없었다. 목공일, 석공일, 지붕을 이는 일 등 어떤 일을 지시받아도 에멜리안은 제시간에 일을 마치고 이슥해질 때 아내가 있는 집으로 돌아갔다. 그렇게 두 주가 지났다.

그러자 왕은 신하들을 불러 말했다. "너희는 하는 일도 없이 밥을 축내느냐? 벌써 두 주가 지났는데 너희가 한 일이 도대체 무어냐? 그 녀석을 힘든 일로 녹초가 되게 한다지 않았느냐. 헌데 내가 창문으로 바라보니 그 녀석은 저녁마다 콧노래를 부르며 집으로 돌아가더구나! 너희가 나를 놀리려고 작정했느냐?"

신하들은 이런저런 변명을 늘어놓았다. "저희는 힘든 일을 주어 그자를 지쳐 쓰러지게 하려고 최선을 다했사옵니다. 하지만 어떤 일도 그자에겐 힘들지 않은 모양이옵니다. 그자는 비로 쓸어 내듯 모든 것을 싹 해치워 버리고, 피곤함이란 모르옵니다. 그래서 저희는 기술이 필요한 일을 시켰사옵니다. 그자가 그런 일을 할 수 있을 정도로 똑똑하다고는 생각 못 했는데, 글쎄 다 해내는 것이 아니옵니까. 어떤 일을 시켜도 다 척척 해내는데, 아무도 그 이유를 알지 못하옵나이다. 아무래도 그자나 그자의 아내가 마법을 쓸 줄 아는 모양이옵니다. 저희도 그자가 지긋지긋해서 그자에게 감당하지 못할 일을 시킬 궁리를 하고 있사옵니다. 하여 그자에게 하루 만에 성당을 짓게 할까 생각하고 있사옵니다. 그자를 불러와서 궁전 앞에다 하루 안에 성당을 지으라는 명령을 내리옵소서. 만일 그렇게 하지 못하면 불복종 죄로 그자의 머리를 치시옵소서."

왕은 에멜리안을 불러오게 하여 말했다. "내 명령을 들어라. 궁전 앞 광장에 새로운 성당을 내일 저녁까지 다 지어라. 그렇게 하면 네게 상을 주리라. 하지만 그렇지 못하면 네 목을 치겠노라."

왕의 명령을 받은 에멜리안은 발걸음을 돌려 집으로 갔다. '내 목숨도 얼마 안 남았구나.' 그는 생각했다. 아내를 본 그는 말했다. "어서 준비합시다. 우리는 여길 떠나야 하오. 안 그러면 내가 아무런 잘못도 없이 죽게 생겼소."

"왜 그렇게 겁을 먹었어요? 그리고 왜 우리가 도망가야 하죠?" 아내가 물었다.

"어떻게 겁이 안 나겠소? 왕이 내일 단 하루 만에 성당을 지으라고 명령했단 말이오. 그렇게 못 하면 내 목을 친다고 했소. 방법은 하나뿐이오. 아직 시간이 있을 때 어서 도망가는 거요."

그러나 아내는 그의 말을 들으려 하지 않았다. "왕에겐 수많은 군사가 있어요. 우리가 어딜 가든 그들이 우릴 잡을 거예요. 왕에게서 달아나진 못해요. 힘이 닿는 대로 왕에게 복종하는 수밖에 없어요."

"도저히 내가 할 수 없는 일인데, 어떻게 왕에게 복종하란 말이오?"

"여보, 지레 겁먹지 말아요. 지금 저녁 식사를 하고 잠자리에 드세요. 그리고 아침 일찍 일어나세요. 다 잘 될 거예요."

그래서 에멜리안은 잠자리에 누워서 잠을 청했다. 아내는 다음날 일찍 그를 깨웠다. "어서 가서 성당을 다 지으세요. 여기 못과 망치를 드릴게요. 가시면 하루 동안 할 수 있는 분량의 일이 남아 있을 거예요."

에멜리안은 읍으로 가서 궁전의 광장에 도착했다. 그런데 거기에 미완성된 큰 성당이 서 있는 게 아닌가. 그는 끝마무리에 필요한 일을 시작했고, 저녁 즈음에 일을 모두 마칠 수 있었다.

한편, 잠에서 깨어난 왕이 궁전 밖을 내다보니 성당이 보였고, 에멜리안이 여기저기 돌아다니며 못을 박고 있는 모습도 눈에 들어왔다. 왕은 성당을 보자 이내 못마땅했다. 에멜리안을 사형시켜 그의 아내를 취할 수 없게 되자 화가 머리 끝까지 치밀었다. 그는 다시 신하들을 불러 말했다. "에멜리안이 이 일도 해냈다. 이제 그자를 죽일 구실은 없다. 그자에겐 이 일도 식은 죽 먹기였도다. 더 교활한 방법을 고안하여라. 그렇지 않으면 그자뿐만 아니라 너희의 머리도 쳐 버릴 테니."

그리하여 신하들은 에멜리안에게 궁전 주위에 배가 다니는 강을 만들게 하려는 계획을 세웠다. 왕은 사람을 보내 에멜리안을 불러와 이 새로운 일을 명령했다.

"하루 만에 성당을 지었다면 이 일도 할 수 있을 거다. 내 일까지 모두 완성해야 하느니라. 만일 그렇지 못하면 네 목을 쳐 버리겠다."

전보다 풀이 죽은 에멜리안은 마음 깊이 슬픔을 느끼며 아내에게 갔다.

"왜 그렇게 슬픈 표정이에요? 왕이 또 다른 일을 시켰어요?"

그는 상황을 이야기하며 "여길 떠납시다."라고 말했다.

그러나 아내는 이렇게 말했다. "왕의 군사에게서 도망가야 소용없어요. 우리가 어디를 가든 그들은 쫓아올 거예요. 명령에 복종하는 수밖에 없어요."

"어떻게 그런단 말이오?" 그가 불만스럽게 말했다.

"여보, 그렇게 지레 겁먹지 말아요. 지금 저녁 식사를 하고 잠자리에 드세요. 그리고 내일 일찍 일어나세요. 제때에 다 완성할 수 있을 거예요."

그래서 그는 잠자리에 들었다. 다음날 아침 일찍 아내는 그를 깨우며 말했다. "어서 궁전으로 가세요. 모든 게 다 되어 있을 거예요. 다만, 궁전 앞에 있는 부두에 흙무더기가 있는데, 가래로 그것을 평평하게만 하세요."

아침에 왕이 잠에서 깨어 밖을 내다보니 이전에는 없던 강이 보였다. 배 여러 척이 강 위를 유유히 떠다니고 있었으며, 에멜리안이 가래를 가지고 흙무더기를 고르게 하고 있었다. 왕은 무척 의아했다. 하지만 강이나 배를 보고도 못마땅했을 뿐더러 에멜리안에게 사형을 선고하지 못하게 되자 노여움이 일었다. '저 녀석은 못 하는 일이 없구나. 이제 어떻게 해야 하는가?' 왕은 생각했다. 그리고 신하들을 불러 다시 조언을 구했다.

"녀석이 할 수 없는 일을 생각해 보라. 어떤 일을 지시해도 다 해내니 내가 녀석에게서 아내를 빼앗을 수가 없지 않느냐."

신하들은 고민한 끝에 한 가지 방법을 생각해 냈고, 왕에게 아뢰었다. "사람을 보내 에멜리안을 불러와서 '어디인지 모르는 곳에 가서 무엇인지 모르는 것을 가져오라.'고 명령하시옵소서. 그러면 그자도 어찌해 볼 도리가 없을 것이옵니다. 그자가 어디를 갔다 오든 왕께서 맞는 장소가 아니라고 하시고, 그자가 무엇을 가지고 오든 왕께서 맞는 물건이 아니라고 하시옵소서. 그러면 그자의 목을 베고 그 아내를 취하실 수 있을 것이옵니다."

왕은 몹시 흡족해하며 "그거 좋은 생각이로다."라고 말했다. 그리고 사자를 보내 에멜리안을 불러오게 하여 말했다. "어디인지 모르는 곳에 가서 무엇인지 모르는 것을 가져오너라. 그렇게 하지 못하면 네 목을 치겠노라."

에멜리안은 아내에게 돌아가 왕에게 들은 대로 전해 주었다. 아내는 생각에 잠겼다.

"신하들이 당신을 함정에 빠뜨릴 방법을 왕에게 알려 준 게 틀림없어요. 이제 신중하게 행동해야 돼요." 아내가 말했다. 앉아서 한참 생각하던 아내는 마침내 입을 열었다. "당신은 아주 먼 곳에 계신 어떤 할머니를 만나 그분께 조언을 구해야 해요. 그분은 농사를 지으시고 군인들의 어머니이기도 하세요. 그분께서 도움을 주신다면 곧장 궁전으로 가세요. 저도 거기 있을 거예요. 저도 지금은 그들에게서 벗어날 수 없어요. 그들이 저를 강제로 끌고 가겠지만 오래가지 않을 거예요. 할머니께서 일러 주신 대로 다 한다면 당신은 곧 나를 구할 수 있을 거예요."

아내는 남편이 떠날 준비를 도와주었다. 그리고 전대와 물렛가락을 주면서 말했다. "이걸 할머니께 드려요. 이걸로 당신이 내 남편이라는 사실을 아실 거예요." 아내는 그에게 길을 가르쳐 주었다.

에멜리안은 길을 나섰다. 집을 떠난 그는 군인들이 훈련을 받고 있는 곳에 당도했다. 거기서 발걸음을 멈추고 군인들을 바라보았다. 훈련을 끝낸 군인들은 앉아서 휴식을 취했다. 이때 에멜리안은 그들에게 다가가 물었다. "여러분은 '어디인지 모르는 곳'으로 가는 길을 아십니까? 그리고 '무엇인지 모르는 것'을 얻을 수 있는 방법을 아십니까?"

그의 말을 듣고 깜짝 놀란 군인들이 물었다. "그런 용무로 당신을 여기로 보낸 자가 누구요?"

"바로 왕입니다." 그가 말했다.

"우리는 군인이 된 날부터 '어디인지 모르는 곳'으로 가려고 했지만 아직 도착하지 못했소. 또한 '무엇인지 모르는 것'을 찾으려 했지만 아직 찾지 못했소. 그러니 당신을 도울 수 없구려."

에멜리안은 군인들 옆에 잠시 앉아 있다가 다시 발걸음을 옮겼다. 긴 거리를 터벅터벅 걷다 보니 어떤 숲에 도착했다. 숲에는 오두막집이 한 채 있었다. 그 안에는 군인들의 어머니인 늙은 할머니가 눈물을 흘리며 아마실을 잣고 있었다. 그런데 손가락을 촉촉하게 하기 위해 침을 묻히는 게 아니라 눈물을 묻히고 있었다. 노인은 에멜리안을 보자 버럭 소리를 질렀다. "여기에 무슨 일로 왔어?" 그는 물렛가락을 주며 아내가 보냈다고 말했다.

노인은 단번에 태도를 누그러뜨리더니 그에게 이것저것 물어보았다. 에멜리안은 아내와 결혼하여 읍에 정착해서 열심히 일하며 산 이야기며, 궁전에서 했던 일에 대한 이야기와 성당과 강을 만든 이야기, 그리고 왕이 '어디인지 모르는 곳에 가서 무엇인지 모르는 것을 가져오라.'고 명령한 사연에 이르기까지 그동안 살아온 이야기를 풀어 놓았다.

노인은 끝까지 귀 기울여 듣고는 울음을 멈추고 "이제 때가 왔구만." 하고 중얼거렸다. 그리고 그에게 말했다. "잘 들었네. 우선 여기 앉아 있게나. 내 먹을 것 좀 갖다 주겠네."

에멜리안이 음식을 먹고 나자 할머니는 그에게 해야 할 일을 알려 주었다. "여기 실꾸리가 있네. 이것을 굴려서 그 굴러가는 방향으로 가게. 바다에 이를 때까지 가게나. 바다에 이르면 큰 도시가 보일 거네. 도시 안으로 들어가 가장 안쪽에 있는 집에 가서 하룻밤 묵게 해 달라고 청하게. 거기서 자네가 찾고 있는 것이 있는지 주의해서 보게."

"그런데 제가 그것을 어떻게 알 수 있습니까?" 그가 물었다.

"사람이 부모보다 더 따르는 대상을 발견하면 그게 바로 자네가 찾는 걸세. 그것을 가지고 왕에게 가게. 왕은 그것이 아니라고 말할 걸세. 그러면 '이것이 아니라면 부수어야겠군요.'라고 말하고 그것을 두드린 후 강으로 가져가 산산조각 내어 강물에 버리게나. 그러면 자네의 아내를 되찾고 내 눈물도 마를 걸세."

에멜리안은 할머니에게 인사를 하고 나와 실꾸리를 굴렸다. 실꾸리는 구르고 굴러 마침내 바닷가에 닿았다. 바다 옆에는 큰 도시가 있었고, 도시 가장 안쪽에는 큰 집 한 채가 있었다. 에멜리안은 그 집으로 가서 하룻밤 숙박을 청하여 허락을 받았다. 다음날 아침에 일어나 보니 어떤 아버지가 아들을 깨우면서 장작불을 피울 나무를 베어 오라고 하는 소리가 들렸다. 하지만 아들은 "너무 이르잖아요. 시간은 많이 있다구요."라고 말하며 꿈쩍도 안 했다. 그러자 어머니가 말하는 소리가 들렸다. "아들아 어서 다녀와라. 몸이 아프신 아버지가 가셔야 되겠니? 지금 일어날 때가 됐잖아!"

그러나 아들은 뭐라고 중얼거리더니 다시 자려고 누웠다. 아이가 막 잠들었을 때 길가에서 무엇인가가 덜걱덜걱 울리는 소리가 크게 들렸다. 그러자 아이가 자리에서 벌떡 일어나 옷을 급하게 걸쳐 입고 길가로 달려 나갔다. 이 아이가 부모보다 더 따르는 것이 무엇인가를 보려고 에멜리안도 벌떡 일어나 아이를 따라 달렸다. 그러자 어떤 남자가 자신의 배에 묶은 무엇인가를 봉으로 치면서 길가를 지나가는 모습이 눈에 들어왔다. 그것이 바로 큰 소리로 덜걱덜걱 울리고, 아이가 따랐던 물건이었다. 에멜리안은 가까이 가서 보았다. 그것은 작은 통처럼 둥그스름했고, 양쪽에 팽팽하게 펼쳐진 가죽이 붙어 있었다. 에멜리안은 그것이 무엇인지 물었다.

그는 "북입니다."라고 대답했다.

"이것은 속이 비었나요?"

"그럼요, 비었지요."

에멜리안은 적잖이 놀랐다. 그가 물건을 달라고 하자 상대방은 꺼려했다. 에멜리안은 그 사람을 온종일 따라다녔다. 그러다가 그 사람이 마침내 잠자리에 들었을 때 북을 빼앗아 도망쳤다.

에멜리안은 달리고 또 달려 자신이 사는 읍에 도착했다. 아내를 보러 집으로 갔으나 아내는 없었다. 그가 집을 떠난 다음날 왕이 그녀를 데려갔다. 에멜리안은 그 길로 궁전으로 가서 '어디인지 모르는 곳에 가서 무엇인지 모르는 것을 가져온 사람이 돌아왔습니다.' 는 말을 왕에게 전해 줄 것을 부탁했다.

신하들에게 이 말을 전해들은 왕은 다음날 오라고 말했다.

그러나 에멜리안은 말했다. "왕에게 내가 지금 여기에 왔으며 왕이 원한 것을 가져왔노라고 전하시오. 왕에게 밖으로 나오라고 하시오. 안 그러면 내가 왕 앞에 직접 가겠소!"

왕은 밖으로 나와서 물었다. "어디를 갔다 왔느냐?"

에멜리안은 그대로 대답했다.

"그곳이 아니다. 그렇다면 무얼 가져왔느냐?" 왕이 말했다.

에멜리안이 북을 가리켰으나 왕은 그것에 눈길도 주지 않고 말했다.

"그것이 아니다."

"이것이 아니라면 부수어 악마나 가져가게 해야겠습니다!"

에멜리안은 궁전을 나오면서 북을 두드렸다. 그러자 왕의 모든 군사가 에멜리안을 따라 달려 나와 그에게 경례를 하고 그의 명령을 기다렸다.

왕은 군사들에게 에멜리안을 따르지 말라고 창밖으로 소리쳤다. 하지만 그들은 말을 듣지 않고 에멜리안을 따라갔다.

이 광경을 본 왕은 에멜리안의 아내를 돌려보내고 그에게 북을 달라고 청하라는 명령을 내렸다.

"그럴 순 없습니다. 저는 이것을 부수어서 그 조각들을 강에 버리라고 들었습니다." 에멜리안이 말했다.

그래서 그는 북을 두드리며 강으로 갔고 군사들은 계속해서 그를 따랐다. 그는 강둑에 도착했을 때 북을 산산조각 내어 강물에 던졌다. 그러자 군사들이 모두 달아났다.

에멜리안은 아내를 데리고 집으로 돌아갔다. 왕은 그후로 더 이상 그를 괴롭히지 않았고, 그 부부는 행복하게 살았다.

1891년

수라트의 찻집

톨스토이가 번안한, 베르나르댕 드 상피에르의 작품

인도의 수라트라는 도시에 한 찻집이 있었다. 세계 각지에서 온 여행자와 외국인은 이곳에서 만나 담소를 나누었다.

어느 날 페르시아 출신의 박식한 신학자가 이 찻집을 찾았다. 그는 신의 본질을 연구하고, 그 주제와 관련하여 많은 책을 읽고 글을 쓰는 데 평생을 바쳤다. 그런데 신에 대해 너무 많이 생각하고, 읽고, 글을 쓰다 보니 상당한 혼란감에 사로잡혔고, 심지어 신의 존재를 믿지 않게 되었다. 이 소식을 들은 페르시아 왕은 그를 페르시아에서 추방했다.

이 불운한 신학자는 평생 신에 대해 논하다가 결국 스스로 혼란에 빠졌다. 그리고 자신이 분별력을 잃었다는 사실을 이해하지 못하고, 우주를 지배하는 신이란 존재하지 않는다고 믿게 되었다.

신학자에게는 어디든지 그를 따라다니는 아프리카인 몸종이 한 명 있었다. 그가 찻집으로 들어갈 때 몸종은 밖에 남아 있었다. 햇볕이 내리쬐는 가운데 몸종은 문 옆에 있는 바위에 앉았고, 주위를 맴돌며 윙윙거리는 파리들을 내쫓았다. 신학자는 찻집의 소파에 몸을 기대고 아편 한 잔을 주문했다. 그것을 마시자 두뇌 작용이 활발해지기 시작했다. 그러자 그는 열린 문을 통해 몸종에게 말을 걸었다.

"자네는 신이 있다고 생각하는가?"

"물론 있지요." 몸종이 대답했다. 그러더니 허리춤에서 나무로 된 작은 조각상을 꺼내며 말했다.

"바로 이것이 제가 태어난 순간부터 저를 지켜 준 신입니다. 제 고향에서는 모두가 신성한 나무를 숭배합니다. 이것은 바로 그 나무로 만들어졌습니다."

신학자와 그의 몸종이 나눈 대화는 찻집에 있던 다른 손님들에게도 들렸다. 그들은 주인의 질문에 놀랐고, 몸종의 대답에 더욱 놀랐다.

브라만(인도의 계급 가운데 최고인 승려 계급 — 역주)에 속하는 한 승려가 몸종의 말을 듣더니 그에게 몸을 돌려 말했다.

"어리석은 사람아! 신을 허리춤에 넣고 다니는 게 가능하다고 생각하나? 신은 브라마 한 분뿐이네. 그분은 이 세상 전체보다 위대하시네. 바로 이 세상을 창조하셨기 때문이지. 브라마는 위대한 유일신이네. 갠지스 강가에는 그분을 받드는 성전들이 세워졌는데, 그분의 충실한 승려인 브라만이 거기서 그분을 숭배하네. 그들만이 진정한 신을 알고 있는 것이지. 수많은 세월이 흘러 수많은 변혁의 터널을 거쳐 왔지만 이 승려

342

들의 영향력은 변하지 않았네. 유일신 브라마의 보호를 받았기 때문이지."

승려는 이렇게 말하며 자신이 모든 사람을 납득시켰다고 생각했다. 그런데 그 자리에 있던 유대인 중개상이 그에게 응수했다.

"그건 아니오! 진정한 신의 성전은 인도에 있지 않소. 더군다나 신은 브라만 계급을 보호하지도 않소. 진정한 신은 브라만의 신이 아니라 아브라함, 이삭, 야곱의 하느님이오. 그분은 그분이 선택한 민족, 이스라엘 사람을 보호하신다오. 하느님은 태초부터 우리 민족만을 사랑하셨소. 우리가 지금 세계 각지로 흩어져 있는 이유는 하느님이 우리를 시험하시기 때문이오. 그분은 언젠가 당신의 민족을 예루살렘으로 불러들이신다고 약속하셨소. 그때에 예루살렘 성전에서 빛나는 영광이 되살아날 것이고, 이스라엘에서 세계의 주권자가 세워질 것이오."

유대인은 이 말을 하며 울음을 터뜨렸다. 그가 말을 더 하려고 했지만 이탈리아인 선교사가 그의 말을 가로막았다.

"당신의 말은 사실이 아닙니다. 당신은 하느님을 잘못 전하고 있어요. 그분이 특별히 당신 민족만을 사랑하시는 건 아닙니다. 물론 하느님이 옛날에 이스라엘 민족을 선택하신 건 사실입니다. 하지만 이스라엘 민족을 노여워하신 하느님이 그 나라를 파괴하고, 그들을 세계 곳곳으로 흩어지게 하신 지가 천구백 년이나 되었습니다. 그리하여 그들의 신앙은 몇 지역을 제외하곤 거의 사라졌지요. 하느님은 특별히 어떤 나라를 택하지 않으시며 로마의 가톨릭교회 안에서 구원받길 원하는 모든 사람을 부르십니다. 그러므로 가톨릭교회 밖에 있는 사람들은 구원을 받지 못할 것입니다."

마침 그 자리에 있던 개신교 목사는 이 말을 듣고 얼굴빛이 창백해지더니 가톨릭 선교사를 쳐다보며 소리쳤다.

"어떻게 당신네 종파에만 구원이 있다고 말할 수 있소? 복음서를 보면, 예수님께서 성령과 진리 안에서 하느님을 섬기는 자만이 구원받는다고 말씀하셨소."

한편, 수라트에서 세관원으로 일하는 터키인은 담뱃대를 뻐끔거리며 앉아 있다가 그리스도교인 두 사람을 거만하게 쳐다보며 말했다.

"당신네 가톨릭교의 믿음은 헛된 것이오. 그것은 천2백 년 전에 참된 신앙 즉, 모하메드의 신앙으로 바뀌었소. 모하메드의 참된 신앙이 유럽과 아시아 심지어 개화된 나라 중국에까지 퍼져 있음을 알 것이오. 당신은 하느님이 유대인을 버렸다고 당신 입으로 말했소. 그 증거로 유대인이 억압받았고, 그들의 신앙이 널리 퍼지지 않았다는 점을 들기도 했소. 이슬람교는 승리했고 널리 퍼지고 있소. 그러니 이제 이슬람교의 진리를 받아들이시오. 하느님의 마지막 예언자 모하메드를 믿는 자만이 구원을 받을 것이오. 그 가운데서도 알리가 아니라 오

마르를 따르는 자만이 구원을 받을 것이오. 알리를 따르는 자들의 신앙은 거짓이기 때문이오."

이 말에 알리 종파에 속했던 페르시아인 신학자는 응수를 하려고 했다. 하지만 이때 현존하는 온갖 종교와 종파에 속한 사람들 사이에 소란스러운 논쟁이 발생했다. 아비시니아의 그리스도인도 있었고, 티베트의 라마승, 이스마일파 신도 그리고 배화교 신도도 있었다. 그들은 신의 본질과 신을 숭배하는 방법에 대해 열띤 논쟁을 벌였다. 진정한 신을 믿고 올바르게 숭배하는 나라는 자기 나라뿐이라고 제각각 주장했다.

모두가 소리 높여 주장하는 가운데 중국인 유학자 한 사람은 논쟁에 가담하지 않고 조용히 앉아 있었다. 그는 차를 마시며 다른 사람들의 말을 잠자코 듣고만 있었다.

그를 주시한 터키인은 그에게 호소하며 말했다.

"당신은 내가 한 말을 확증할 수 있을 것이오. 당신은 침묵을 지키고 있지만 만일 입을 연다면 내 의견을 지지할 것이라 생각하오. 당신네 나라의 상인들은 내게 도움을 받으러 와서 말했소. 중국에 많은 종교가 소개되었지만, 당신네 중국인들은 이슬람교를 최고로 여기고 기꺼이 받아들인다고 말이오. 그러니 내 말을 입증해 주고, 진정한 신과 그분의 예언자에 대한 당신의 의견을 말해 주기 바라오."

"그래, 좋소. 어디 당신의 생각은 어떤지 들어 봅시다." 나머지 사람들이 중국인에게 시선을 돌리며 말했다.

중국인 유학자는 눈을 감더니 잠시 생각에 빠졌다. 그러다가 눈을 다시 뜨고, 넓은 소매 밖으로 손을 빼내 가슴께에서 팔짱을 끼더니 차분하고 조용한 목소리로 말했다.

여러분, 내가 보기에 사람들이 신앙과 관련하여 서로 동의하지 못하는 큰 이유는 자만 때문인 것 같습니다. 모두 귀 기울여 들어 주신다면 이를 뒷받침하는 일화를 들려 드리지요.

저는 세계 각지를 도는 영국 증기선을 타고 이곳에 왔습니다. 우리 일행은 신선한 물을 찾아 항해를 중단하고 수마트라 섬의 동쪽 연안에서 내렸습니다. 때는 한낮이었고, 일행 가운데 일부가 마을에서 멀지 않은 바닷가에 있는 코코야자나무의 그늘에 앉았어요. 우리 일행은 국적이 다양했지요.

우리가 거기에 앉아 있을 때 장님이 한 명 다가왔습니다. 그가 태양이 무엇인지 알기 위해 그리고 그 빛을 붙잡기 위해 태양을 너무나 자주, 오랫동안 쳐다봤기 때문에 눈이 멀게 되었다는 사실을 우리는 나중에 알았어요.

그는 그 목적을 달성하려고 끊임없이 태양을 바라보면서 오랫동안 애썼어요. 그러나 결국 태양빛에 눈이 상해 장님이 되고 말았지요.

그때 그는 중얼거렸어요.

'태양빛은 액체가 아니다. 만일 액체라면 한 용기에서 다른 용기로 쏟아 부을 수 있을 것이고, 바람이 불면 물처럼 움직일

것이기 때문이다. 태양빛은 불도 아니다. 불이었다면 물로 그
것을 끌 수 있을 것이다. 또한 눈으로 볼 수 있으므로 영혼도
아니고, 이동시킬 수 없으므로 물체도 아니다. 그러므로 태양
빛은 액체도 불도 아니고 영혼이나 물체도 아니다. 결국 그것
은 아무것도 아니다!' 라고 말입니다.

그는 그렇게 결론을 내렸어요. 항상 태양을 바라보고 너무
골똘히 생각한 결과 시력과 이성을 모두 잃었고요. 그리고 눈
이 완전히 멀게 되자 태양이 존재하지 않는다고 확신하게 되
었어요.

장님은 하인 한 명과 함께 우리한테 왔어요. 하인은 주인을
코코야자나무의 그늘에 앉힌 후 땅에서 코코넛을 하나 집어
들더니 등불을 만들기 시작했습니다. 코코넛 섬유질을 꼬아
심지를 만들고, 안쪽 과육을 껍질 방향으로 눌러 기름을 짜내
고, 그 안에 심지를 담그더군요.

이때 장님은 한숨을 내쉬더니 하인에게 말했습니다.

"이봐, 태양은 없다고 자네에게 말한 것은 틀린 걸까? 자네
도 이 어둠이 보이지 않는가? 그런데 사람들은 태양이 있다고
말하지…… . 만일 그렇다면 태양은 무엇일까?"라고 말이죠.

그러자 하인이 대답했습니다.

"저는 태양이 무엇인지 모릅니다. 그건 제가 알 바가 아닙니
다. 하지만 빛이 무엇인지는 압니다. 그래서 지금 등불을 하나
만들었습니다. 저는 등불의 도움으로 주인님의 시중을 들고,

집에서 무엇이든 찾을 수 있습니다."

하인은 코코넛 껍질을 집어 들고 말했습니다. "이것이 제 태양입니다."

근처에는 목발을 한 절름발이도 있었는데, 그 사람은 이 대화를 듣더니 웃음을 터뜨리며 말했습니다.

"태양이 무엇인지 모르는 걸 보니 당신은 날 때부터 장님이었구려. 그게 무엇인지 내가 말해 주리다. 태양은 불덩어리요. 그것은 아침마다 바다에서 떠서 저녁이면 이 섬에 있는 산으로 다시 진다오. 여기 사람들은 모두 그것을 보았소. 당신도 시력이 있다면 그것을 보았을 텐데 말이오."

이때 옆에서 대화를 듣고 있던 어부가 말했습니다.

"당신은 당신네 섬을 한 번도 떠난 적이 없는 모양이군요. 당신이 절름발이가 아니어서 내가 어선을 타고 나가듯 자주 밖으로 나갔다면 태양이 이 섬의 산으로 지지 않는다는 사실을 알았을 텐데. 태양은 아침마다 바다에서 떠서 밤이면 역시 바다로 져요. 내 말은 사실입니다. 내 눈으로 매일 확인하거든요."

그때 우리 일행이었던 인도 사람이 끼어들어 말했습니다.

"분별 있어 뵈는 분이 그렇게 어리석은 말씀을 하시다니 놀랍군요. 어떻게 불덩어리가 바다로 지는데 불이 꺼지지 않을 수 있습니까? 태양은 불덩어리가 아니라 데바라고 하는 신입니다. 이 신은 전차를 타고 메루라고 하는 황금 산을 돌아요.

때로 라구와 케투라는 사악한 뱀들이 데바를 삼켜 버려요. 그러면 지구가 어둠에 잠깁니다. 하지만 우리 승려들이 데바를 풀어 달라고 기도하면 데바는 자유의 몸이 됩니다. 자기네 섬 밖으로 나가 본 적 없는 당신처럼 무지한 사람만이 태양이 자기 나라에만 비친다고 상상하는 겁니다."

그때 그 자리에 있던 이집트 배 선장이 말했습니다.

"아니오, 당신도 틀렸소. 태양은 데바도 아니고, 인도와 그곳의 황금 산만 도는 게 아니라오. 나는 흑해와 아라비아 연안에서 항해를 수없이 많이 했고 마다가스카르와 필리핀 제도도 갔다 왔소. 태양은 인도에서만 뜨는 게 아니라 지구 전체에서 뜬다오. 태양은 산 한 곳의 주위를 도는 게 아니라 저 동쪽, 일본이라는 섬 너머에서 떠서 저 멀리 서쪽, 영국이라는 섬 너머로 지는 거요. 그래서 일본인들은 자기네 나라를 '해 돋는 나라'라는 뜻의 '니폰'으로 부른다오. 내가 이렇게 잘 아는 이유는 내 스스로가 많이 보았고, 지구 끝까지 항해를 하셨던 할아버지께 많이 들었기 때문이오."

그는 계속 말하려 했으나 우리 배에 탔었던 영국인 선원이 중간에 끼어들었습니다.

"태양의 움직임에 대해 영국인만큼 많이 아는 국민도 없습니다. 태양은 어느 곳에서도 뜨지 않고, 어느 곳으로도 지지 않습니다. 이는 모든 영국인이 알고 있는 사실이죠. 태양은 항상 지구 주위를 돌고 있어요. 우리는 전 세계를 직접 다녀 봤기 때문에 이를 확신할 수 있습니다. 미지의 곳에서 태양을 우연히 만나는 게 아닙니다. 우리가 어디를 가든 태양은 아침에 모습을 드러냈다가 밤이면 모습을 감춥니다. 바로 이곳에서처럼 말이죠."

그 영국인은 막대기를 집어 들더니 모래 위에 원을 그렸습니다. 그리고 태양이 하늘에서 어떻게 움직이며, 지구를 어떻게 도는지 설명하려고 애썼습니다. 그러나 분명하게 설명을 하지 못한 그는 키잡이를 가리키며 말했습니다.

"이분이 저보다 더 많이 아시기 때문에 확실하게 설명해 주실 겁니다."

똑똑한 사람이었던 키잡이는 그때까지 모든 대화를 묵묵히 듣고 있었습니다. 모두가 자신을 주시하자 그가 말했습니다.

"여러분은 모두 서로에게 잘못 알려 주고 있고, 스스로도 잘못 생각하고 있습니다. 태양은 지구를 돌지 않습니다. 지구가 태양을 도는 것입니다. 지구는 24시간 동안 자전을 하면서 태양 주위를 돕니다. 그러니까 비단 일본이나 필리핀 제도 그리고 우리가 있는 수마트라뿐만 아니라 아프리카, 유럽, 아메리카, 그밖에 수많은 나라가 모두 도는 것이죠. 태양은 산 한 곳이나 섬 한 곳 또는 바다 한 곳에만 비치는 게 아니고 지구에만 비치지도 않습니다. 지구뿐만 아니라 다른 행성들에도 비치지요. 자신이 서 있는 땅이 아니라 저 하늘을 본다면 이 모든 것을 이해할 겁니다. 그리고 태양이 자신에게만 또는 자신이 살고 있는 나라에만 비친다는 생각을 더는 하지 않게 될 겁니다."

세계 각지를 자주 항해하고 하늘을 자주 올려다본, 현명한 키잡이는 그렇게 말했습니다.

중국인 유학자는 말을 계속 이어 나갔다. "그러므로 신앙의 문제에 있어서도 바로 자만 때문에 그릇된 생각과 불화가 생겨나는 것입니다. 사람들은 태양에 대해 잘못 알고 있듯 신에 대해서도 잘못 알고 있는 거죠. 사람은 누구나 자신이나 자국을 위한 특별한 신이 존재하기를 원합니다. 모든 나라는 그 신을 세계가 공유할 수 없도록 자국의 성전에서만 모시기를 원하지요.

그 어떤 성전이, 하나의 신앙과 종교 안에서 모든 인간을 일체가 되게 하려고 신이 지으신 성전에 비교될 수 있을까요?

인간의 모든 성전은 신의 세상인 이 성전을 본떠서 지어졌습니다. 성전에는 성수반, 아치형 천장, 등불, 그림이나 조각상, 명문, 경전, 제물, 제단, 성직자가 있습니다. 그러나 과연 어떤 성전에 바다 같은 성수반이 있습니까? 어떤 성전에 하늘 같은 천장이 있으며 태양, 달, 별 같은 등불이 있습니까? 어떤 성전에 서로 사랑하며 도움을 주는 인간과 같은 조각상이 있습니까? 어떤 성전에 신이 인간의 행복을 위해 베푸신 은총보다 이해하기 쉬운 명문이 있습니까? 그리고 어떤 성전에 각자의 마음에 새겨진 말씀보다 더 분명하게 인식되는 경전이 있습니까? 어떤 제물이 사랑이 많은 사람들이 상대방에게 자신을 낮추는 행위만큼 가치가 있겠습니까? 어떤 제단이 신을 위해 자신을 희생하는 선한 인간의 마음과 비교가 되겠습니까?

신에 대한 개념이 분명할수록 신을 더 잘 알게 될 것입니다. 그리고 신을 더 잘 알면 신께 더 가까이 다가가 그분의 선함과 자비와 사랑을 본받으려고 노력할 것입니다.

그러므로 세상을 채우는 빛 전체를 보는 사람은 미신을 믿어 그 우상 안에서 빛의 한 줄기밖에 못 보는 사람을 비난하거나 멸시하지 않습니다. 또한 눈이 멀어 빛을 전혀 보지 못하는 불신자를 혐오하지 않습니다."

중국인 유학자는 그렇게 마무리했다. 그러자 찻집에 있던 사람들은 모두 잠잠해졌고 어떤 신앙이 가장 좋은가에 대한 논쟁을 더는 하지 않았다.

1893년

돈이 너무 많이 들어서

톨스토이가 번안한, 기 드 모파상의 작품

프랑스와 이탈리아 경계선 근처에 있는 지중해 연안에 모나코라는 작은 왕국이 있다. 모나코의 주민 수는 7천 명 정도로 알려져 있다. 상황이 그러하니 작은 나라의 소도시 가운데 주민 수가 이 왕국보다 더 많은 곳이 대부분인 게 사실이다. 만약 이 왕국의 전체 땅을 분할한다면 각 주민에게 할당되는 땅은 일 에이커도 안 될 것이다. 그러나 이 작은 왕국에도 왕은 존재한다. 그 왕은 궁전에 살고, 여러 조신과 장관 그리고 대장과 군대를 거느리며, 주교도 한 명 두고 있다.

전체 군사 수가 60명이라 규모는 크지 않다. 그래도 군대 역할을 하고 있다. 여느 나라처럼 이 왕국도 세금을 걷는다. 담배, 포도주와 각종 술에 세금을 매기고 인두세도 걷는다. 모나코 사람들도 다른 나라 사람들처럼 술을 마시고 담배도 피우지만 그 수가 아주 적다. 따라서 왕이 새롭고 특별한 세입원을 찾지 않았다면 왕 자신도 먹고살기가 어려웠을 것임은 물론이고 많은 조신과 장관에게 봉급을 주기도 어려웠으리라. 이 특별한 세입원은 룰렛 게임장에서 거둬들이는 돈이다. 도박장 관리인은 룰렛 게임을 하는 사람들이 지든 이기든 상관없이 판이 바뀔 때마다 판돈의 일정 부분을 갖는다. 그리고 자신이 벌어들인 수익 가운데 상당 부분을 왕에게 바친다. 왕에게 바쳐야 하는 돈이 그렇게 많은 이유는 룰렛 게임장이 유럽에 남아 있는 유일한 도박 시설이기 때문이다. 일부 독일 군주들은 예전에 그런 유의 도박장을 관리했으나 몇 년 전부터 그것이 금지되었다. 그러한 도박장이 상당히 유해하기 때문이었다. 흔히 사람들은 도박장에 가서 자신의 운을 시험했다. 자기가 가진 모든 돈을 걸었다가 다 잃으면 다른 사람에게 돈을 끌어다가 도박을 하기도 했다. 그런데 그 돈마저 다 날리면 절망감에 빠져 자살을 하는 사람들도 있었다. 그래서 독일 사람들은 통치자들이 도박장 관리로 돈을 마련하는 것을 허락하지 않았다. 하지만 모나코 왕은 자신을 저지시키는 사람이 아무도 없었기에 이 도박 사업을 독점했다.

따라서 이제 도박을 하고 싶은 사람들은 모나코로 간다. 그들이 이기든 지든 상관없이 왕은 수익을 챙긴다. '정직한 노동으로는 으리으리한 저택을 얻을 수 없다.'는 말도 있지 않은가. 모나코 왕은 그것이 더러운 사업이라는 사실을 잘 알지만, 그에게 별다른 수가 있겠는가? 그도 먹고살아야 하지 않는가? 술과 담배에서 거둬들이는 세금은 시원찮다. 그렇게 그는 생활하고, 통치하고, 돈을 긁어모으며, 왕으로서 치러야 할 각종

의식을 궁전에서 거행한다.

그는 대관식과 알현식을 거행한다. 주민들에게 보상이나 처형을 내리고, 죄를 용서하기도 한다. 그에게는 평의회, 법률, 법정도 있다. 이는 그 규모만 작을 뿐 여느 왕들과 똑같다.

몇 년 전, 이 작은 영토에서 살인 사건이 발생했다. 이 왕국의 주민들은 평화적인 사람들이었기 때문에 이전에 그런 일이 발생한 적이 없었다. 재판관들은 엄숙하게 모여 아주 공정한 태도로 사건을 심리했다. 법정에는 재판관뿐만 아니라 기소자, 배심원, 법정 변호사가 참석했다. 그들은 이리저리 논의하고 심리한 끝에 법에 명시된 대로 범인에게 참수형을 선고했다. 그때까지 일은 순조롭게 진행되었다. 그들은 판결문을 왕에게 제출했다. 왕은 판결문을 읽고 말했다. "그자를 사형에 처해야 한다면, 사형에 처하시오."

그런데 한 가지 문제가 있었다. 범인의 목을 자를 단두대와 사형 집행인이 없었던 것이다. 장관들은 이 문제를 논의한 끝에 프랑스 정부에게 단두대와 전문적인 사형 집행인을 빌릴 수 있는지 물어보기로 결정을 내렸다. 그에 따른 비용은 프랑스 정부가 친절하게 알려 주리라 생각했다. 그리하여 그들은 프랑스 정부에 서신을 보냈고 일주일 만에 답장을 받았다. 단두대와 사형 집행인을 빌려 줄 수 있으며, 비용은 1만 6천 프랑이라고 답장에 쓰여 있었다. 이 답장을 받아 본 왕은 한참 고민했다. 1만 6천 프랑이 너무 부담스러웠기 때문이었다. "그

몹쓸 놈에게 그렇게 큰돈을 들일 가치는 없소! 좀 더 저렴하게 처형할 수는 없소? 1만 6천 프랑이면 주민 한 사람당 2프랑 이상 부담해야 할 텐데. 주민들은 그에 반대하여 소요를 일으킬 것이오!" 왕이 말했다.

이 문제를 논의하기 위해 평의회가 소집되었다. 그리하여 이탈리아 왕에게도 똑같은 문의를 해 보자는 결론이 내려졌다. 프랑스는 공화제였기 때문에 왕에 대한 예우가 부족했다. 그러나 이탈리아는 같은 군주제였으므로 더 저렴하게 도움을 줄지도 몰랐다. 그래서 모나코 장관들은 서신을 보냈고, 신속한 답장을 받았다.

이탈리아 정부는 단두대와 사형 집행인을 기꺼이 빌려 주겠으며, 비용은 이동 경비를 포함해 1만 2천 프랑이라는 답장을 보냈다. 그것은 전보다는 저렴했지만 여전히 부담스러운 비용이었다. 그 파렴치범에게 그만한 돈을 들일 가치가 없었다. 더욱이 주민 한 사람당 세금으로 약 2프랑씩 거둬들여야 했다. 평의회가 다시 소집되었고, 더 저렴한 비용으로 사형을 집행할 방법이 논의되었다. 그러다가 군인 가운데 야만적이지만 흔한 방법으로 그 일을 해치울 사람을 찾아보자는 의견이 나왔다. 평의원들은 대장을 불러와 물었다. "사람의 목을 자를 군인 한 사람을 찾아줄 수 있겠소? 군인들은 전장에서 거리낌 없이 사람들을 죽이지 않소. 사실 그렇게 하려고 훈련도 받는 거고 말이오." 그래서 대장은 군인들과 대화를 하며 목을 자르는 일을 할 사람이 없는지 알아보았다. 하지만 모두가 그 일을 꺼려했다. "싫습니다. 저희는 목을 어떻게 잘라야 하는지 모릅니다. 그건 저희가 배워 본 적이 없는 일입니다." 군인들은 말했다.

이제 어떻게 해야 하는가? 장관들은 고민하고 또 고민했다. 그들은 위원회와 소위원회까지 소집하여 논의하다가 결국 사형을 종신형으로 바꾸는 게 최선이라는 결론을 내렸다. 그렇게 하면 왕의 자비를 드러낼 수 있고, 비용도 훨씬 저렴해질 터였다.

왕이 이에 동의하자 그 문제는 일단 해결이 되었다. 그런데 이제 범인을 평생 가둘 적당한 감옥이 없다는 것이 문제가 되었다. 사람들을 일시적으로 가두는 유치장은 있었지만 오래도록 사용할 수 있는 튼튼한 감옥은 없었던 것이다. 하지만 장관들은 감옥 역할을 할 수 있는 장소를 용케 마련해 젊은 범인을 가두고 감시인을 한 명 붙여 주었다. 감시인은 범인을 감시해야 했을 뿐 아니라 그에게 줄 음식을 궁전의 주방에서 가져와야 했다.

죄인이 그곳에서 보낸 시간이 한 달, 두 달 흐르다가 마침내 일년이 지나갔다. 일년이 지난 어느 날 왕은 수입, 지출 계정을 훑어보다가 새로운 지출 품목을 발견했다. 바로 죄인을 구금하는 데 들어가는 비용이었는데 그 돈이 만만치 않았다. 특별 감시인에게 지급되는 돈과 죄인이 먹는 음식비 때문이었다.

그 비용이 일년에 6백 프랑이 넘었다. 가장 큰 문제는 죄인이 젊고 건강해서 족히 50년은 더 살 가능성이 크다는 점이었다. 모든 비용을 산출해 보니 문제가 이만저만 심각한 게 아니었다. 결코 수지가 맞지 않았다. 따라서 왕은 장관들을 불러들여 말했다.

"그 파렴치한을 더 저렴한 비용으로 처리할 수 있는 방법을 찾아야겠소. 지금 실행 중인 계획은 비용이 너무 많이 들어가오." 이에 장관들은 모여서 방안을 생각하고 또 생각했다. 이때 어떤 장관이 "감시인을 두지 말아야 한다고 생각합니다."라고 말했다. 이에 다른 장관이 "그렇게 하면 죄인이 도망갈 것입니다."라고 반박했다. "도망가게 하여 스스로 죽게 내버려 둡시다." 처음에 입을 연 장관이 말했다. 장관들은 이러한 심의 결과를 왕에게 아뢰었고, 왕은 그에 동의했다. 그들은 감시인을 내보낸 후 어떤 일이 발생하는지 기다려 보았다. 저녁 시간이 되자 죄인은 감금된 곳에서 나와 감시인이 없는 걸 보고 궁전 주방으로 가서 저녁 식사를 가져왔다. 발생한 일은 여기까지가 전부였다. 죄인은 저녁을 먹고 감금 장소로 돌아가 스스로 문을 닫았다. 다음날도 변함이 없었다. 죄인은 끼니 때마다 주방으로 들어가 음식을 가져왔고 달아날 기미를 전혀 보이지 않았다. 이제 어떻게 해야 하는가? 장관들은 이 문제를 다시 논의했다. "우리가 감금을 원치 않는다고 그자에게 솔직하게 말합시다." 그들은 말했다. 그래서 법무장관이 죄인을 불

러들여 말했다.

"너는 왜 도망가지 않느냐? 너를 감시할 사람도 없다. 네가 가고 싶은 곳으로 가라. 그래도 왕께서는 상관하지 않으실 거다."

"물론 그러실 테지요. 그런데 저는 갈 데가 없습니다. 제게 무슨 수가 있겠습니까? 나리들께서 내린 선고로 저는 나쁜 놈으로 악명이 높아졌습니다. 사람들은 저에게 등을 돌릴 게 뻔합니다. 더군다나 저는 일자리도 잃은 몸입니다. 나리들께서는 저를 함부로 대했습니다. 공정하지 못하게 말입니다. 우선, 나리들께서는 제게 사형 선고를 내렸을 때 저를 죽였어야 했습니다. 하지만 그렇게 하지 않았습니다. 저는 그것에 불평하지 않았습니다. 그 다음에 나리들께서는 종신형을 선고하고, 제게 음식을 갖다 주는 감시인을 붙여 주었습니다. 그런데 얼마 후 감시인을 내쫓아 저는 음식을 손수 갖다 먹어야 했습니다. 그때도 저는 불평 한마디 안 했습니다. 그런데 이제 와서 저보고 나가라니요? 그렇게는 못 합니다. 나리들께서는 내키는 대로 명령하지만, 저는 나갈 수 없습니다!"

이제 어떻게 해야 하는가? 평의회가 다시 소집되었다. 죄인이 나가려고 하지 않으니 어떤 방법을 써야 하는가? 평의원들은 심사숙고하며 논의했다. 그리하여 죄인을 내쫓는 유일한 방법은 보조금을 주어 내보내는 일이라고 결론지었다. 그들은 심의 결과를 왕에게 아뢰었다. "달리 방법이 없습니다. 어떻게 해서든지 그자를 내보내야 합니다." 그들은 보조금을 6백 프랑으로 확정하고, 이를 죄인에게 알렸다.

"그렇다면 그 돈을 나눠서 주기적으로 지급해 주십시오. 그 조건이라면 기꺼이 나가겠습니다." 죄인은 말했다.

문제는 그렇게 일단락되었다. 죄인은 보조금의 3분의 1을 미리 받고 왕의 영토를 떠났다. 철도편으로 15분밖에 걸리지 않는 곳이었다. 그는 국경 지방으로 이주하여 땅을 조금 사서 시장을 상대로 농원을 운영하며 편안하게 살고 있다. 항상 적당한 때가 되면 보조금을 받으러 간다. 그 돈을 받으면 도박장으로 가서 2~3프랑을 내걸고 도박을 한다. 이길 때도 있고 질 때도 있지만 도박이 끝나면 집으로 돌아간다. 그는 평화롭게 잘 지내고 있다.

그가 죄인을 참수시키거나 감옥에서 종신형을 살게 하는 데 들어가는 비용을 아까워하지 않는 나라에서 죄를 짓지 않은 것은 다행이었다.

1897년

작가연보

1828 9월 9일(구력 8월 8일) 러시아 툴라 야스나야 폴랴나에서 출생

1844 외교관을 지망하여 카잔대학에 입학하였으나 낙제

1847 전과(轉科)한 법학부를 자퇴. 고향에서 지주생활을 하고자 하였으나
     3년간 도시의 향락에 빠짐

1852 카프카스에서 포병대 근무 중 『유년시절』 집필, 《동시대인》에 발표

1854 크림군(軍)에 전속. 『소년시절』

1855 페테르부르크에 귀환. 『세바스토폴리 이야기(~1856)』

1856 고향에 돌아옴. 『지주의 아침』

1857 유럽여행. 『청년시절』

1859 『세 죽음』, 『가정의 행복』

1860 교육활동에 경주(傾注). 교육논문 『아동교육에 관한 각서와 자료』. 맏
     형 죽음

1861 농노해방령 포고에 불신을 품고 농지 조정원이 되어 농민이익 옹호,
     이듬해 사임

1862 18세의 소피아 안드레예브나 베르스와 결혼

1863 『카자흐』

1864 『전쟁과 평화(~1869)』

1873 『안나 카레니나(~1877)』, 『러시아어 독본』

1876 종교문제에 깊이 관여함

1878 I. S. 투르게네프와 화해

1882 『참회록』

1884 『나의 신앙은 어디에 있는가』

1885 『그러면 우리는 무엇을 할 것인가』, 창작민화 『바보 이반』

1886	『이반 일리치의 죽음』, 희곡 『어둠의 힘』
1887	『인생론』
1890	『크로이체르 소나타』
1891	가을 이후 기아(飢餓)구제활동에 몰두
1895	『주인과 남자 하인』
1897	『예술이란 무엇인가』
1899	『부활』
1900	아카데미회원으로 선출
1901	그리스정교회에서 파문당함
1904	러·일전쟁 발발.『생각을 바꿔라』
1908	『침묵하고 있을 수는 없다』
1910	주치의 마코비츠키와 함께 가출했으나 며칠 후인 11월 20일(구력 11월 7일) 랴잔 아스타포보에서 폐렴으로 죽음